WESTWÄRTS IN DIE WILDNIS

STONECROFT SAGA: BAND DREI

B.N RUNDELL

WOLFPACK
PUBLISHING
— EST 2013 —

Westwärts In Die Wildnis
© Copyright 2022 B.N. Rundell

Veröffentlicht in den Vereinigten Staaten von Wolfpack Publishing Verlag, Las Vegas.

Wolfpack Publishing
5130 S. Fort Apache Road, 215-380
Las Vegas, NV 89148

wolfpackpublishing.com

Taschenbuch ISBN 978-1-63977-098-4
eBook ISBN 978-1-63977-097-7

WESTWÄRTS IN DIE WILDNIS

1

ABREISE

Der langbeinige Hengst schritt kräftig aus, aufgeregt, wieder unterwegs zu sein. Es war ein langer Winter gewesen, aber die von den Osage gehaltene Mustang Herde hatte einige Stuten, die den gezüchteten andalusischen Hengst nicht so schnell vergessen würden. Das schöne Pferd mit dem stolzen Stockmaß war von einer Zigeunerbande auf ihrer Reise durch Ost-Pennsylvania mit einem Zwischenstopp in Philadelphia für das Anwesen Stonecroft erworben worden. Der ältere Stonecroft machte das damals zweijährige Hengstfohlen zum Geschenk an seinen Sohn, der im Herbst an die Universität gehen sollte. Seitdem waren die beiden unzertrennlich. Gabriel Stonecroft, der heute als Gabe Stone bekannt war, und sein lebenslanger Freund Ezra Blackwell verließen Philadelphia im Frühling vor einem Jahr ebenso wie eine Meute von Kopfgeldjägern, die ihnen auf den Fersen waren.

Gabe war zum Objekt ihrer Jagd geworden, als er den Sohn eines prominenten und wohlhabenden Händlers, der nur als Old Man Wilson bekannt war, tötete. Der Mann war bekannt für seine Neigung, vor nichts zurückzuschrecken, um seine

Ziele zu erreichen, sei es in geschäftlichen, sozialen oder
persönlichen Angelegenheiten. Er hatte für seinen einzigen
Sohn geschwärmt und ihn wiederholt aus Schwierigkeiten
gerettet. Leider lehrte er den jungen Mann, dass Reichtum und
Rang Privilegien hätten und über dem Gesetz stehen würden.
Aber diese Haltung hatte den jungen Mann öfters dazu
gebracht zu denken, dass er tun könne, was immer er wolle. So
kam es, dass er den jungen Frauen der Gesellschaft von Philadelphia oft unangenehme Annäherungsversuche machte. Es
war einer dieser unerwünschten Annäherungsversuche, der
Gabe dazu veranlasste, die Ehre seiner Schwester zu verteidigen und Jacob Wilson zu konfrontieren, was zu dem Duell
führte. Aber selbst dabei hatte Gabe versucht, das Leben des
Mannes zu verschonen, aber als dieser sich weigerte, sich an
den *Code Duello* zu halten, blieb Gabriel keine andere Wahl, als
zu schießen, und sein Schuss war tödlich gewesen. Das führte
jedoch dazu, dass die beiden Freunde ihre Häuser und Familien verlassen mussten, um ihnen selbst und ihren Familien die
Vergeltung des alten Wilson zu ersparen.

Nun, nachdem sie den Winter bei dem Volk der Osage
verbracht hatten, verließen die beiden Freunde widerwillig das
Dorf ihrer Freunde, um ihrem lang gehegten Traum zu folgen,
die Wildnis westlich des Mississippi zu erforschen. Ihr Weg
führte sie in das Land *La Louisiane*, das 1763 an die Spanier
abgetreten worden war. Durch das Leben in der Stadt, die Sitz
der jungen Regierung der Kolonien war, wurde Gabe in Informationen eingeweiht, die ihm zu verstehen gaben, dass das
gesamte Gebiet zwischen dem Mississippi und dem Pazifischen
Ozean Land war, das die neue Regierung begehrte. Es galt als
sicher, dass diese Regierung das Gebiet eines Tages der jungen
Nation hinzufügen wollte.

Gabe und Ezra hatten lange über die Wildnis gesprochen,
und sie teilten den Traum, eines Tages das unbekannte Land
zu erforschen. Es war ein Traum, der in den Wäldern von

Pennsylvania geboren worden war, als die beiden Jungen durch die Bäume gewandert waren, gejagt hatten und ihre Vorstellungen geteilt hatten. Sie hatten sich immer als große Abenteurer gesehen, und die Umstände, die das Duell mit sich gebracht hatte, machten diese Abenteuer nun möglich. Aber die Freunde ritten nun schweigend, etwas verdrießlich, während sie die Schultern gegen die Morgenkälte hochzogen und den Pferden die Führung überließen.

Es war nur eine Stunde Ritt bis zum Handelsposten von Choteau, auch bekannt als Fort Carondelet. Der zweistöckige Bau kam in Sicht, gerade als das erste graue Licht des Morgens die Schatten der Wälder neben ihnen durchdrang. Ein Mann schwang eine zweischneidige Axt und spaltete etwas Holz für ihre Feuer. Zwischen den Schlägen erregte die Bewegung zwischen den Bäumen seine Aufmerksamkeit, und er griff nach dem Gewehr, das am Baum lehnte, aber ein Gruß von Gabe "Ho! Wir sind friedlich und brauchen Nachschub!", hielt den Mann auf.

Er konnte dem Mann nicht verübeln, dass er ein wenig nervös war. Erst letzten Herbst, kurz nachdem der Posten gebaut worden war, waren sie von einigen Freibeutern überfallen worden, die alle Händler getötet und den Posten geplündert hatten. Aber es war diesen Winter gut für sie gelaufen, und Choteaus Posten hatte sich gut gemacht. Gabe und Ezra stiegen ab, banden die Pferde am Geländer nahe des Eingangs fest und fragten: "Haben sie einen heißen Kaffee auf dem Feuer?"

"Oui! Darauf können Sie wetten!", antwortete der Holzspalter. Er hieb die Klinge der Axt in den Spaltstock und griff nach einer Armladung Brennholz. Seine Hosenbeine waren in den oberen Teil seiner hohen Schnürstiefel gesteckt und Hosenträger über den Schultern hielten die Hosen in einer respektablen Höhe. Ein langärmeliger, verblasster roter Long John Overall verdeckte die Haarmasse, die über dem letzten Knopf

am Hals des Mannes hervorquoll. Er trug einen bleistift-
dünnen Schnurrbart, der kaum zu sehen war, da das, über
mehrere Tage gewachsene Barthaar sein Gesicht verdunkelte.
Unter den dicken Augenbrauen strahlten freundliche Augen
hervor, und ein breites Lächeln zeigte weiße Zähne, eine wahre
Kuriosität in dieser Zeit und der Gegend.

Er drückte die Tür mit dem Fuß auf und sprach über die
Schulter: "Ich bin Jacques Minnard, und mein Partner", er
deutete mit dem Kopf nach innen, "ist John Smith. Er behauptet, er habe keine Verwandten unter den vielen Smiths, die
dieses großartige Land bevölkern!"

Gabe stellte sich und Ezra vor und fragte: "Also, wie gut
bestückt sind sie nach dem Überfall durch diese Gaunerban-
de?" Die beiden folgten Jacques in den Posten.

"Oh, wir sind gut versorgt. Als wir", wieder zeigte er auf
seinen Partner und sich selbst, "aus St. Louie kamen, brachten
wir mehrere Wagen mit Vorräten mit. Die Waren, die wir nicht
behielten, gingen zum Fort am Verdigris. Nun, womit können
wir Ihnen helfen, Monsieur?"

"Nun, Sir, wir brauchen eigentlich alles. Ein paar Grund-
nahrungsmittel, Blei, Pulver und so weiter. Aber wir brauchen
auch ein paar Informationen", begann Gabe und überreichte
dem Händler eine Liste seiner gewünschten Waren. Der Mann
sah sich die Liste an, reichte sie an Smith weiter, lehnte sich
mit dem Ellbogen auf den Tresen und fragte: "Und welche Art
von Informationen?"

Gabe stand seitlich an der Theke, den Arm ausgestreckt
und mit der Handfläche auf der Oberfläche, als er Jacques
ansah und sagte: "Wir gehen nach Westen. Aber ich glaube, der
beste Weg nach Westen ist es, nach Norden zum Missouri
Fluss zu reiten und ihm ein Stückchen zu folgen. Vielleicht
nehmen wir den Platte Fluss im Westen oder sogar das obere
Ende des Missouri. Aber ich frage mich, was Sie vielleicht über

die Standorte anderer Händler oder über die besten Routen nach Westen wissen.

"Oui, oui, m'sier, je comprends. Ich war im Handelsposten von Choteau am Missouri, und ich habe Leute über den Westen sprechen hören. Wenn man Richtung Norden geht, bevor der Missouri nördlich schwenkt, gibt es einen Posten nahe bei den Otoe- oder Missouria-Indianern. Es ist ein Posten der Choteau-Indianer. Ich habe andere von einem neuen Fort weiter nördlich, oberhalb der Platte Mündung, sprechen hören, das von James Mackey errichtet wurde. Und es wird von einem weiteren, noch weiter flussaufwärts gelegenen Fort weit hinter dem Zusammenfluss mit dem Niobrara-Fluss gesprochen, aber ich weiß nicht, ob es dieses Fort gibt oder nicht."

"Und was ist mit den Indianern? Welche Stämme und sind sie freundlich?"

Jacques stand aufrecht, lehnte sich an den Tresen und zeigte ein breites Lächeln: "Ah, difficile á savoir, die Indianer , so viele und so verschieden. Heute freundlich, morgen feindlich. Aber die Otoe und Missouria in der Nähe des Choteau-Postens, sie sind freundlich. Aber die Sioux und Pawnee, wer weiß das schon?"

Gabe blickte Ezra an und zurück zu Jacques: "Wenn Sie mit ihnen am Choteau-Posten gearbeitet haben, dann stellen Sie bitte einige Handelswaren zusammen, die den Indianern gefallen könnten, und legen Sie sie auf den Stapel dazu!"

"Oui, oui. Die meisten Indianer wollen Musketen eintauschen. Soll ich einige mit dazulegen?"

"Ja, legen Sie vier auf den Stapel, fügen Sie Gussformen, Blei und Pulver hinzu, und rechnen Sie dann zusammen!"

KURZ NACH DER Vormittagspause waren sie wieder auf dem Weg zurück, und Ezra sagte: "Also, erklär mir noch einmal, wie wir nach Westen gehen wollen, aber nach Norden reiten sollen!"

Gabe kicherte: "Während meiner Zeit an der Universität habe ich, wie du weißt, umfangreiche Studien über die so genannten westlichen Länder durchgeführt. Es gab Expeditionen der Spanier, die bis ins frühe fünfzehnte Jahrhundert zurückreichen. Coronado, de Vaca, Cabrillo und andere haben berichtet, aber die meisten ihrer Erkundungen fanden im Süden statt. Nun gab es im Norden Streifzüge der Franzosen, aber eine Legende über die verlorenen Brüder der Waliser hat mich immer besonders fasziniert. Man nimmt an, dass ein hellhäutiges Volk, das einige walisisch klingende Worte spricht und helleres Haar hat, Nachkommen von Prinz Madoc und seinen Anhängern sind, die angeblich um 1170 nach Christus ausgewandert sein sollen. Und es gibt auch Leute, die glauben, dass dieselben Menschen in Wirklichkeit Nachkommen der Normannen sind."

"Waliser und Normannen? Wenn das nicht alles schlägt!", antwortete Ezra kopfschüttelnd.

"Hmmmhmmm, ich weiß. Aber da wir in der Nachbarschaft sind..."

"Nachbarschaft? Und wie weit nördlich liegt diese 'Nachbarschaft'?", fragte Ezra skeptisch.

"Nun, laut Jacques, eine Woche oder zehn Tage entfernt, vielleicht mehr. Aber wenn wir eine vielversprechend aussehende Route sehen, die uns anlockt, gibt es nichts, was uns verbietet, diese nehmen zu können", schlug Gabe vor.

Die Männer verstummten nachdenklich bis Ezra sprach: "Normannen, Waliser, französische Händler und Missionare, Spanier, die forschen und Handel treiben, und dann füge noch alle Indianer hinzu. Was genau werden wir erforschen, dass nicht schon alle gesehen haben?"

Gabe kicherte: "Mir scheint, ich habe dich die Bibel zitieren gehört, wo es heißt 'es gibt nichts Neues unter der Sonne'."

"Und die ganze Zeit hatte ich Visionen von uns, wie wir dort stehen, wo noch nie ein Mensch zuvor gestanden hat. Hoch oben auf irgendeinem Berggipfel, unser riesiges Gebiet überblickend, und im Glauben wir wären die ersten Menschen, die es sehen würden. Er drehte sich im Sattel um, eine Hand auf dem Knauf und die andere auf dem Zwiesel, und sah Gabe an: "Du, mein Herr, hast meinen Traum zerstört!"

Gabe hielt sein Pferd an, und drehte sich im Sattel um, um seinen Freund anzuschauen. Er streckte einen Arm aus und machte eine ausladende Bewegung vor ihnen: "Sag mir, Träumer, wie viele Menschen siehst du?"

Ezra runzelte die Stirn, blickte in die Richtung, in die sie ritten, "Nun ja, keinen."

"Und wir sind hier nur ein paar Tage westlich des Mississippi entfernt, und man sieht niemanden. Und als wir mit den Osage auf Büffeljagd waren, wie viele Menschen außer den Osage hast du da gesehen?"

Ezra nickte: "Nochmals, keine!"

"Und glaubst du nicht, dass das Land, je weiter wir nach Norden und Westen reisen, noch weniger bevölkert sein wird als jenes, welches wir gesehen haben?"

"Das hoffe ich sehr! Aber trotzdem, bei all denen, von denen du gesprochen hast, glaubst du nicht, dass wir auf einige Menschen stoßen werden?"

"Vielleicht ein paar, hoffentlich finden wir andere Händler, die wir auch brauchen. Aber ich bin sicher, dass viele Tage vergehen werden, an denen wir keine andere Seele sehen. Und wenn wir in diesen Bergen ankommen, glaube ich auch, dass wir viele Orte finden werden, an denen noch nie ein Mensch zuvor vorbeigekommen ist."

Gabe trieb den großen schwarzen Hengst an und führte sie, während er das Fuchs-Packpferd hinterher zog. Ezra beschleunigte seinen Wallach, bis er neben Gabe ankam und sagte: "Am ersten Ort, den wir so menschenleer vorfinden, werde ich mir eine Hütte bauen und genau dort dann bleiben!"

"Oh, wirklich? Das tust du? Warum?"

"Weil ich dort sein will, wo ich alleine bin und wo sonst niemand ist."

"Aber Ezra, wo auch immer du bist, dort wird es kein Ort mehr sein, an dem es niemanden gibt, denn du wirst ja dort sein."

Ezra blickte finster drein, sah seinen Freund an: "Oh, ja. Du hast recht." Er hielt inne und sagte: "Aber, es wird keinen anderen dort geben!"

"Nur, wenn du nicht eine andere indianische Frau findest, die dich für einen guten Kandidaten als Ehemann hält! Du weißt schon, wie Grauer Fuchs von den Osage. Eine Zeit lang dachte ich, du würdest mit ihr im Dorf zurückbleiben."

Ezras Schultern sackten nach vorne, und er ließ den Kopf hängen. Er antwortete kaum leiser als ein Flüstern: "Eine Zeit-lang dachte ich das auch."

Sie ritten schweigend und erinnerten sich an ihre Zeit bei den Osage und den beiden Frauen, die ihnen so ans Herz gewachsen waren. Es war sehr verlockend gewesen zu bleiben, denn die Dorfbewohner waren ihre Freunde geworden und man hätte sie willkommen geheißen, aber es bestand immer noch die Möglichkeit, dass der alte Wilson das Kopfgeld erhöhte und mehr Freibeuter versucht waren nach der Belohnung in der Wildnis zu suchen. Die Dorfbewohner würden sich ehrenhaft verpflichtet fühlen, sich dem Kampf anzuschließen, so wie sie es schon einmal getan hatten, aber weder Gabe noch Ezra wollten, dass einem ihrer Osage-Freunde wegen der bösen Taten eines rachsüchtigen Mannes Schaden zugefügt würde. Daher hatten sie entschieden, wegzugehen und ihre Reise in den Westen fortzusetzen, um sich ihren Lebenstraum zu erfüllen.

Gabe brach die Träumerei ab, als er mit dem Kinn nach

vorne zeigte: "Sieht aus, als hätten wir einen Fluss und einen kleineren Strom zu überqueren." Er hob seine Augen zum Himmel: "Bald wird es dämmern, wir haben noch genügend Zeit. Wir können zumindest über den Bach reiten, und auf der anderen Seite unser Lager aufschlagen. Vielleicht kannst du uns Frischfleisch besorgen."

Ezra zeigte auf ihre linke Seite: "Wir überqueren den Bach und den Fluss dahinter dann später? Oder überqueren wir beide Gewässer da unten, wo sie sich kreuzen?", er deutete dabei zu dem breiteren Fluss.

"Lass uns genauer hinsehen!", schlug Gabe vor und führte den Rappen ans Bachufer.

ALS SIE DAS trübe und sich langsam bewegende Wasser betrachteten, sagte Gabe: "Ich denke, es wird genauso einfach sein hier zu überqueren wie weiter unten." Er zeigte auf die andere Seite kleineren Gewässers, der etwa fünfundsiebzig Fuß breit war, "Das sieht aus, wie ein anständiger Lagerplatz dort drüben auf der Sandbank."

"Oder dort oben, bei den Bäumen. Sieht aus, als gäbe es dort mehr Gras für die Pferde."

Die Überquerung erwies sich als einfach, der Kiesboden war griffig und das Wasser kaum tief genug, um die Bäuche der Pferde zu berühren. Ezras Wahl des Lagerplatzes erwies sich als die Beste, und Gabe bot an, das Lager und das Feuer vorzubereiten, während Ezra in der Hoffnung einen Hirsch für ihr Abendessen zu erlegen, auf das buschige Flussufer zusteuerte.

Gabe rieb alle Pferde mit einer Handvoll Gras ab, band sie dort an, wo sie reichlich Gras erreichen konnten, und stapelte all ihre Ausrüstung unter die Bäume. Er zündete das Feuer für den Abend an, und sammelte eine Armladung trockenes Holz. Gabriel hatte das Feuer unter den weit ausladenden Ästen der großen Eiche gemacht, da er wusste, dass die neuen Knospen und Blätter den Rauch ableiten würden. Sie hatten gelernt, alles Essbare während der Reise zu sammeln. Am Ufer des Flusses fand er einige frische Triebe von Rohrkolben und hatten einen Hut voll davon gesammelt. Diese wollte er dem frischen Hirschfleisch, das in dem Bärenfett gebraten werden sollte, welches Honigbär im letzten Winter hergestellt hatte, beizufügen.

Ezra kehrte bald darauf triumphierend mit einem jungen Bock auf seinen breiten Schultern und einem Grinsen von Ohr zu Ohr zurück. Gabe begrüßte ihn mit: "Sieht wie ein stattliches Exemplar aus. Ich wette, er wird schmackhaft und zart sein! Ich fange schon mal an zu kochen, während du uns ein paar Steaks aus den Lenden schneidest!."

Ezra antwortete: "Weißt du, irgendwie gefällt mir dieses Arrangement, du kochst und ich jage!"

"Lass es dir nicht zu Kopf steigen, mein Freund! Das ist nur, weil wir uns nicht im Feindesland befinden. Wie Jacques sagte, sind die Indianer denen wir zwischen hier und dem Missouri begegnen meist freundlich gesinnt. Es hat also nicht geschadet, mit deinem Lancaster-Gewehr zu schießen. Ansonsten muss ich die Jagd aber mit meinem Bogen machen."

"Ich weiß, ich weiß, aber trotzdem . . ." stöhnte er. "Ich werde es einfach genießen, solange ich kann!"

2

MISSOURIA

Die sanften Hügel, durchsetzt von grasbewachsenen Flachlandgebieten, boten außer gelegentlichen Wildwechseln nur wenige Pfade und Wege. Der frühe Antritt der Tagesetappe hatte den beiden Freunden viel Zeit für den Tagesritt zur Verfügung gestellt, aber die dichten Wälder verlangsamten die Reise nun. Gabe lehnte sich zurück, schaute sich die Bäume an und versuchte, die verschiedenen Harthölzer und andere Arten zu identifizieren. Besonders gefiel ihm der Hartriegel, der die süß duftenden weißen Blüten und die purpurn leuchtenden Knospen hervorbrachte. Sie gaben den Wäldern eine Vielfalt von Farben, die man nur im Frühling sah. Die hohen Ulmen und Eichen schienen den Wald im Boden zu verankern, während die kleineren Eschen, Nussbäume und Zypressen den vielen Waldbewohnern Schatten und ein Zuhause boten. Viele dieser Bewohner schnatterten den Vorbeireitenden ihre Warnungen entgegen.

Es war ein guter Reisetag, der Himmel war wolkenlos, die Luft frühlingshaft kühl, und die Pferde waren froh unterwegs zu sein, und bewegten sich in einem lebhaften Gang. Ihre

Köpfe wippten, die Ohren zeigten nach vorne und die Reittiere fanden die Wild Pfade oft noch vor ihren Reitern. Sie schreckten ein paar Rehe aus ihren Lagern, schickten einige Kaninchen und Eichhörnchen auf die Flucht und hörten die Alarmrufe der kreisenden Falken. Die Welt war vom Erwachen des Frühlings erfüllt, und sie genossen den gelegentlichen Anblick eines gefleckten Rehkitzes, das seine ersten Schritte auf wackligen Beinen versuchte, oder eines Schwarzbärenjungen, das einen Hang hinunterkullerte.

Nach ihrer Mittagsmahlzeit und einer kurzen Ruhepause waren sie wieder unterwegs und machten das Beste aus dem guten Wetter.

Die langen Äste der hohen Bäume umarmten die Sonne gerade lange genug, damit sie den Himmel mit gedämpften Gold- und Orangetönen bemalen konnte. Die beiden Freunde suchten sich eine Lichtung mit Wasser in der Nähe für ihr nächtliches Lager. Sie wollten gerade aus dem Wald herausreiten, als Gabe an den Zügeln zog, und seine Hand hochhielt, um Ezra aufzuhalten. Er winkte seinen Freund an seine Seite und stellte sich in seinen Steigbügeln auf, um hinter die Bäume zu schauen. "Das gefällt mir nicht. Die Haare in meinem Nacken sagen mir, dass etwas nicht stimmt und die Ohren von Ebenholz haben aufgehört zu zucken."

Ezra stieg leise mit dem Gewehr in der Hand ab, und ging langsam vorwärts, wobei er die Bäume als Deckung benutzte. Er erstarrte an Ort und Stelle, hob einen Fuß an und ließ ihn dann langsam in das hohe Gras sinken. Er senkte sich auf ein Knie, während er Gabe aufforderte, sich ihm anzuschließen. Sie befanden sich auf einer leichten Anhöhe und überblickten eine Wiese, die an einen kleinen gewundenen Fluss grenzte. In der grasbewachsenen Ebene, über dreihundert Meter entfernt, schlug eine Gruppe von Indianern ihr Lager auf. Die meisten errichteten Tipis, andere hüteten Pferde, einige brachten Feuerholz, und viele Frauen waren damit beschäftigt, eine

Mahlzeit zuzubereiten. Mehrere Krieger, immer noch zu Pferd, kamen von den Bäumen, und viele hatten frisch erlegte Hirsche über die Rösser gebunden.

"Von welchem Stamm sind die wohl?", fragte Ezra und beobachtete die Aktivitäten der Menschen.

"Kann ich nicht sicher sagen, aber dieses Gebiet wird als Missouria-Land bezeichnet. "Sind sie freundlich?", fragte Ezra.

"Angeblich, sollen sie es sein, aber man kann ja nie wissen." Gabe schaute zu seinem Freund: "Warum? Hast du vor sie zum Essen einzuladen?"

"Pfff, nein, aber ich hätte nichts dagegen eine Einladung zu bekommen. „Im Übrigen, sollten wir uns nicht nachbarschaftlich geben, und uns vorstellen?'"

"Was ist, wenn sie sich entscheiden, Dich als Abendessen einzuladen?", fragte Gabe kichernd.

"Hah! Du weißt doch, dass Indianer kein dunkles Fleisch mögen! Du solltest skeptisch sein, denn ich habe gehört, dass sich die meisten dieser Eingeborenen nach hellem Fleisch sehnen!"

Gabe sah seinen Freund an, lachte und stand auf, um zu seinem Pferd zurückzukehren. "Na, komm schon! Gehen wir, wenn wir nachbarschaftlich sein wollen. Ist nicht höflich, bis zur letzten Minute zu warten, bis die ganze Arbeit getan ist."

Als sie aus den Bäumen ritten, waren sie Seite an Seite, beide Männer hielten die Zügel in der einen Hand, die andere auf dem Oberschenkel, in der Nähe der Holster ihrer Sattelpistolen. Sie wurden sofort von den Kriegern entdeckt, und mehrere drehten ihre Reittiere um, um sich den Eindringlingen entgegenzustellen. Gabe hob die Hand und sprach laut "Aho!"

Drei Krieger bewegten ihre Pferde in Richtung der beiden Männer, die sich ihrem Lager näherten, und verteilten sich, um den Weg zu blockieren. Der Mann in der Mitte hob seine offene Hand und antwortete: "Aho!"

In Gebärdensprache fragte Gabe, ob sie irgendeine Sprache der Weißen kannten. Der Anführer antwortete nein, dann fragte er, ob Gabe irgendeine Sprache der Eingeborenen spreche. Gabe grinste, sprach einige Worte in Osage, bis der Krieger, nachdem er gekichert hatte, in Englisch sprach. "Ich kenne eure Sprache. Ich habe sie von Händlern der Briten gelernt. Wer seid ihr und warum seid ihr hier in unserem Land?"

"Ich bin Gabe, das ist Ezra, und wir sind nur auf der Durchreise. Wir gehen nach Norden und Westen zu den fernen Bergen. Wer bist du und dein Volk?"

"Wir sind *Niúachi*, aber es gibt diejenigen, die uns Missouria nennen. Du hast Worte der Osage gesprochen; kennst du sie?"

"Ja, wir haben bei den Leuten von Blauer Mais überwintert. Aber du hast mir noch nicht deinen Namen gesagt", sagte Gabe und wartete.

"Ich bin Starker Stier. Unser Volk geht zur Büffeljagd in den Westen." Er lehnte sich zur Seite, um die schwer beladenen Packpferde zu betrachten, und fragte: "Seid ihr gekommen, um zu handeln?"

"Wir können handeln, wir haben einige Waren, die euch gefallen könnten", antwortete Gabe mit einem Blick auf Ezra.

"Dann seid ihr in unserem Dorf willkommen. Wir werden essen, und dann werden wir handeln!", sagte Starker Stier, wendete sein Pferd und forderte Gabe und Ezra auf, ihm zu folgen.

Lahmes Reh und Morgen Kitz, die Frau und Tochter von Starker Stier, bereiteten ein üppiges Mahl aus Hirschfleisch, das Ezra ihnen gab, mit Kürbis und Bohnen aus ihren getrockneten Wintervorräten zu. Starker Stier wollte den Handel unbedingt in Gang bringen, da er die Gewehre auf Gabes Packpferd gesehen hatte. Aber Starker Stier hatte nur wenig zu bieten, was haben Gabe wollte. Nach langem hin und her mit zwei zusätzlichen Paaren des Stammes, begnügte sich Gabe mit zwei Sätzen Hirschleder, einem Paar perlenbesetzter Mokassins mit hohen Spitzen und einem Perlen bestickten Beutel. Starker Stier seinerseits hatte sein Gewehr und seine Ausrüstungsgegenstände. Da die Missouria jedoch Lendenschurz und Leggins trugen, mussten sie noch einen weiteren Tag im Lager warten, bis die Frauen die Wildlederhosen für die beiden fertig gestellt hatten. Und da die Missouria sowieso geplant hatten, noch einen weiteren Tag in diesem Lager zu bleiben, bot dies eine gute Gelegenheit, mehr über diese Menschen zu erfahren.

Gabe und Ezra standen auf, und Gabe sagte: "Wir werden unser Lager dort in den Bäumen auf der anderen Seite des Wassers aufschlagen", und mit dem Kinn zeigte er auf den Platz. "Schick jemanden, wenn die Hosen fertig sind!"

Starker Stier stand da und hielt stolz sein neues Gewehr. Er blickte Gabe an und lächelte: "Ich werde Morgen Kitz die Lederhosen bringen lassen. Sie und ihre Mutter werden sie für euch zu etwas Besonderem machen." Auf sein Wort hin hielt Lahmes Reh Gabe eine Tunika über die Schultern, dann nahm sie Maß mit einem Stück Schnur, damit die Hose später passte. Morgen Kitz , eine junge Frau von etwa dreizehn Sommern, tat dasselbe bei Ezra. Die Frauen traten zurück, sprachen mit Starkem Stier in ihrer Sprache, und er sagte zu Gabe: "Nach dem Mittagessen." Gabe und Ezra schüttelten Starker Stier die Hand und gingen zu ihren Pferden, um in ihr Lager zu gehen.

Als sie ihr Lager am Rande der Bäume vorbereiteten, kam Ezra gerade zurück von dem dichten Gestrüpp am Flussufer. "Du hast Starker Stier das Gewehr ein bisschen billig überlassen, nicht wahr?"

Gabe kicherte, als er die Ausrüstung von den Packpferden nahm: "Ja, aber wir haben einen Freund gewonnen, und das kann wertvoller als alles andere sein.

Ezra, der seinen Fuchswallach mit einer Handvoll Gras abrieb , antwortete: "Ja, da hast du wohl Recht, aber ich hatte gehofft, mir zusätzlich einen Satz Mokassins besorgen zu können. Meine werden ein bisschen dünn."

"Nun, wir gehen ein wenig früher hinüber, und vielleicht können wir noch etwas mehr Handel treiben und dir welche beschaffen."

DIE MÄNNER HATTEN eine gute Weile geschlafen, als Gabe plötzlich erwachte. Er bewegte nur seine Augen, lauschte und suchte nach etwas, von dem er wusste, dass es ihn aufgeweckt hatte. Er hörte, wie Ebenholz mit den Füßen stampfte und schnaubte und Gabe blickte in seine Richtung, um den großen Hengst zu sehen, der mit erhobenem Kopf, weit aufgerissenen Augen und gespitzten Ohren zum Fluss blickte. Gabe bewegte langsam den Kopf, um zum Wasser zu schauen. Er ergriff seine Gürtelpistole mit der linken Hand und tastete mit der anderen nach seinem Ferguson-Gewehr. Das gedämpfte Licht der Sterne und der Halbmond in der klaren Nacht ermöglichten ihm einen guten Blick auf die Wiese jenseits des Flusses und alles sah ruhig aus.

Er setzte sich langsam auf und blickte erneut zu Ebenholz, der immer noch unruhig war. Leise stand er auf, stopfte die Pistole in seinen Gürtel, zog sich die Tasche mit der Munition und das Pulverhorn über die Schulter, und hob die Ferguson Flinte mit der Mündung nach unten zeigend auf. Er brachte das Gewehr leise auf Anschlag, während er die Bäume in der Nähe und auf der anderen Seite des Flusses absuchte. Ein Flüstern kam von Ezra: "Was ist los?"

"Keine Ahnung!", antwortete Gabe, ebenfalls im Flüsterton. Ezra war an seiner Seite mit dem Gewehr in der Hand, als sie hinter Bäume traten, die näher am Wasser lagen.

"Da! Rechts bei den Bäumen!", kam die geflüsterte Warnung von Ezra.

Gabe schaute in die angezeigte Richtung und die Bewegung

war im Mondlicht zu erkennen. Mehrere Krieger krochen durch das hohe Gras auf das Dorf zu. Gabe blickte zum Mond und dann zum östlichen Himmel und bemerkte, dass diese Angreifer vom Dorf aus nicht gesehen werden konnten. Offensichtlich bezogen sie Position, , um das Dorf beim ersten Licht anzugreifen. "Wir müssen sie warnen!"

"Wie?", fragte Ezra.

Gabe begann, sich vom Fluss weg und hinter die dickeren Bäume zurückzuziehen. Er blickte Ezra an: "Glaubst du, du kannst flussabwärts das Gewässer überqueren, und zum Lager von Starker Stier gelangen, ohne gesehen zu werden?"

"Ja, aber was ist mit dir?"

"Ich glaube, ich kann mehr Schaden anrichten, wenn ich sie von hinten erwische und sie davon abhalte wegzulaufen. Wenn ich dort hinübergehe", er zeigte stromaufwärts auf die Bäume hinter der Lichtung, "komme ich vielleicht an ihre Pferde heran. Dann erwische ich sie von hinten, und wir nehmen sie zwischen uns in die Mangel."

Ezra nickte und sagte: "Ich hole auch meine Sattelpistole. Es ist gut, dass der Fluss nicht mehr als knietief ist. Ich hoffe nur, dass ich mir nicht von Starker Stier und seinen Kriegern den Kopf wegschießen lassen muss."

"Du schaffst das! Du bist im Wald besser als alle anderen, mich eingeschlossen!"

ALS EZRA aus dem Wasser kam, stand er ruhig da und durchsuchte das dünne Gestrüpp und die Bäume nach Anzeichen für einen Späher. Er bewegte sich in der Hocke, maß jeden Schritt sorgfältig ab, und beobachtete die Ebene durch das gedämpfte Licht nach Anzeichen für einen Alarm. Er begann, sich an einer großen Eiche vorbeizubewegen, als er eine Bewegung hörte. Es klang wie etwas, das die Rinde des Baumes entlang strich. Ezra erstarrte. Ein Krieger, noch ein junger Kerl, lehnte sich an den Baum und benutzte eine Lanze, um sich abzustützen, während sein Kopf nach unten gesenkt war. Ezra wartete, bis der Späher stillstand, dann trat er um den Baum herum und legte seine Hand über den Mund des Mannes und seinen Unterarm um dessen Schultern, um ihn fest gegen den Baum zu drücken. Er flüsterte: "Ich bin hier, um euch zu warnen! Bleib ganz ruhig!" Er wusste nicht, ob der junge Krieger seine Worte verstanden hatte, aber er verstand sicher seine Stärke, als er unter dem drückenden Arm um Atem rang. Ezra nahm langsam die Hand von dem Mund des Mannes und sagte: "Da kommen Krieger durch das Gras, da drüben!" und deutete mit dem Kinn: "Wir müssen Starken Stier warnen! Er wiederholte den Namen des Häuptlings auf Spanisch und hoffte, dass der junge Mann ihn verstand. Als der Krieger nickte, trat Ezra zurück und flüsterte: "Gehen wir!", und folgte dem Späher bis zum Unterstand von Starker Stier.

Ihre Anwesenheit alarmierte den Häuptling als sie sich näherten. Er setzte sich auf und griff nach seinem neuen Gewehr. Er erkannte Ezra und begann zu sprechen, wurde aber auf Ezras Handzeichen hin gestoppt. Er kniete neben dem Anführer nieder und flüsterte, auf die Gräser deutend. "Es sind viele Krieger in der Nähe eures Lagers. Sie wissen nicht, dass sie gesehen wurden. Wir sahen sie von unserem Lager aus. Wenn sie Bewegung sehen, werden sie wissen, dass sie entdeckt wurden. Kannst du dein Volk warnen?" Starker Stier nickte und rollte sich aus seinen Decken.

GABE WAR BEWAFFNET bis an die Zähne. Zwei französische Doppellauf Sattelpistolen, die der Stolz seines Vaters gewesen waren, und seine doppelläufige Bailes-Gürtelpistole. Die französischen Pistolen hatten doppelte Abschussmechanismen, bei denen allerdings der Lauf jeweils gedreht werden musste. Sein Ferguson-Gewehr hielt er schützend in seinem Arm und er bewegte sich durch das Wasser, indem er das Glucksen des Baches das Geräusch seiner Bewegungen überdecken ließ. Als er das Haus seiner Eltern verließ, hatte ihn sein Vater, der ein begeisterter Sammler war, mit den besten verfügbaren Waffen ausgestattet. Das Ferguson-Gewehr war eine Rarität mit seinem speziellen Verschlussmechanismus, der es Gabe ermöglichte, problemlos nachzuladen und bis zu sieben Mal pro Minute zu schießen. Während ein erfahrener Gewehrschütze sein Vorderlader-Steinschloss zwei- oder dreimal in der Minute laden und abfeuern konnte, machte die Ferguson Flinte Gabe zu einem Gegner, der zwei oder drei Männern ersetzen konnte. Aber mit der zusätzlichen Feuerkraft der Pistolen konnte er bereits in einer ersten Salve sieben Schüsse abfeuern. Das war genug, um jedem Angreifer zu denken zu geben.

In seinem ersten Sommer außerhalb von Philadelphia waren er und Ezra immer wieder auf die Probe gestellt worden, speziell als ihr Flachboot von Flusspiraten angegriffen wurde. Die beiden Männer, die sich im Kampf bewährt hatten, waren zuversichtlich, dass sie die meisten Angreifer in die Flucht schlagen konnten. Gabe dachte kurz über diese früheren Kämpfe nach, und er wusste, dass es gut war, aus jedem Konflikt zu lernen und genau das hatten die beiden Männer getan. Sie ließen jeden Kampf Revue passieren, überprüften womit sie erfolgreich waren und welche Lehren sie bereits aus den Fehlern gezogen hatten. Nun trat er auf die Sandbank am Wasser und fiel auf ein Knie, wobei er die Bäume am Bachufer aufmerksam beobachtete.

Er bewegte sich so leise wie die frühmorgendliche Brise. Vorsichtig wählte er seinen nächsten Schritt, um zu einem anderen Baum zu gehen, während er die ganze Zeit nach den Pferden der Angreifer Ausschau hielt. Er machte eine Pause, suchte die Bäume weiter ab, und betrachtete das Gelände. Gabe dachte über den bestmöglichen Platz zum Verstecken der

Pferde nach. Er wusste, dass sie weit genug von der Lichtung entfernt sein würden, um zu vermeiden, dass die Pferde die Witterung anderer Pferde wahrnehmen und sich durch ein begrüßendes Wiehern verraten würden. Er sah etwas, das wie eine buschig bewachsene Senke aussah, dann hob er seine Augen zum Himmel und beurteilte seine verbleibende Zeit bis zum ersten Licht des Morgens, welches den Angriffszeitpunkt signalisieren würde.

Mit einem tiefen Atemzug, der seine Schultern anhob, ging er näher heran, fiel dann auf die Knie, das Gewehr in den Ellbogen gestemmt, und bewegte sich näher an die Senke heran. Er hörte das Stampfen der Hufe und ein gelegentliches Schnauben und wusste, dass er die Pferde der Feinde gefunden hatte. Es handelte sich um ein trockenes Bachbett, das durch ein flaches, steiniges Ufer auf Gabes Seite gekennzeichnet war. Auf dem steinigen Rand saß ein einsamer Wächter, der sich zurücklehnt hatte und döste. Gabe kam langsam näher. Er legte sein Gewehr beiseite, nahm die beiden Sattelpistolen aus seinem Gürtel und legte sie neben das Gewehr. Er zog sein flämisches Messer und kroch an den Rand des Steilhanges. Er stand langsam auf, achtete darauf die Pferde nicht zu beunruhigen, und kam mit einem langen Schritt an die Seite der Wache. Er legte seine linke Hand über den Mund des Mannes und zog die Messerklinge über seine Kehle, während er in die großen Augen der Wache starrte. Der Mann gluckste, als er sich wehrte, aber Gabe hielt den Kopf gegen die felsige Uferbö-schung gepresst, bis der Krieger sich nicht mehr bewegte. Dann senkte er langsam seinen Körper auf den Boden.

Der Geruch von Blut und das Rascheln der Bewegung veranlasste die Pferde zu schnauben und nervös auf der Stelle zu treten, aber Gabe sprach leise mit ihnen, um die Tiere zu beruhigen, bevor er sich wieder bewegte. Sie waren an ein langes, geflochtenes Rohlederseil angebunden , und Gabe ging zu jedem Führungshalfter, und schnitt es durch. Als alle fünfzehn Pferde befreit waren, sprang und winkte er und schlug ihnen auf Hals und Rücken, um sie in die Bäume zu jagen und zu zerstreuen. Zufrieden holte er seine Waffen und machte sich auf den Weg zurück zur Wiese. Der Angriff würde bald beginnen, und wenn Ezra die Indianer gewarnt hatte, würden diese Angreifer eine Überraschung erleben.

3

KAMPF

Die Nachricht verbreitete sich schnell und geräuschlos im gesamten Lager der Missouria. Starker Stier sagte, dass sie über dreißig Krieger hätten: "Und viele der Frauen sind bewährte Kämpferinnen", fügte er hinzu, als er und Ezra ihre Position in der Nähe des Unterstands einnahmen. Seine Frau und seine Tochter waren angewiesen worden, sich geduckt im Schutz der Hütte zu bleiben. Nach dem Angriff würden sie, falls es besser für sie wäre, zum Bach laufen, ihn überqueren und sich im Wald verstecken. Für den Augenblick, um die Angreifer nicht zu warnen, würden sie aber in der Hütte bleiben.

Ein kurzer Blick nach Osten verriet Ezra, dass sie kurz vor der Morgendämmerung standen. Die dünne graue Linie, die der Vorläufer des Morgenlichts war, verwandelte die fernen Hügel zu dunkeln Schatten. Er blickte zu Starker Stier, der ebenfalls einen kurzen Blick nach Osten geworfen hatte, und nickte als sie sich bereitmachten. Ezra bemerkte die Freude, die sich in den Augen des Häuptlings zeigte, da er sein neues Gewehr in der kommenden Schlacht einsetzen wollte. Ezra erinnerte sich an seine eigene Vorfreude und Angst, als er und

Gabe ihren ersten richtigen Kampf gegen eine Bande abtrün-
niger Shawnee austrugen. Sie beide waren in der Schlacht
blutig geschlagen worden. Aber nun war Ezra ein erfahrener,
und auch wachsamer Krieger, der den Angriff erwartete.

Der zweistimmige Pfiff einer Wiesenlerche kam aus dem
hohen Gras. Es war zu früh für den Ruf des Vogels, und da die
Angreifer im Gras versteckt waren, war dieses Signal die
einzige Warnung für das Volk der Missouria. Sofort erhoben
sich die feindlichen Krieger im Gras und schickten eine Salve
von Pfeilen in weitem Bogen in das Lager. Darauf folgten die
Schreie und Kriegsrufe als sie ihren Lauf in Richtung Lager
begannen, in der Erwartung, dass ihr Angriff eine völlige
Überraschung sein würde und ihnen einen Vorteil verschaffen
würde. Aber die Anführer des Angriffs machten nicht mehr
als zwei ausladende Schritte, bevor ein Sperrfeuer von
Gewehren aus dem dunklen Lager erklang und ein Kugelhagel
seinen Tribut forderte. Der Rauch des Gewehrfeuers verdeckte
einen Großteil des Dorfes, aber andere Missouria schossen
Pfeile auf diejenigen Angreifer, die noch nicht getroffen
worden waren.

Der erste Schuss von Starker Stier überraschte ihn ebenso
wie die anderen, denn das Gewehr bockte und donnerte,
während es seine Rauchwolke ausspuckte. Er beeilte sich, um
nachzuladen, aber seine Unerfahrenheit zeichnete Verwirrung
und Angst auf sein Gesicht, und er warf einen beunruhigten
Blick auf die Angreifer. Der erste Schuss von Ezra hatte getroffen, und ein schreiender Krieger schluckte eine Bleikugel, als
er rückwärts ins hohe Gras stürzte. Aber die anderen Angreifer
kamen immer wieder nach, und ein Krieger mit nacktem
Oberkörper und langer Skalp Locke, in der Federn flatterten,
hob seine Kriegskeule um Starker Stier zu treffen. Ezra riss die
Pistole aus seinem Gürtel, spannte den Hahn als er sie in
Anschlag brachte, und löste einen Schuss aus, der den Krieger
in sein Brustbein traf. Die Kraft in seinen Armen und Beinen

wurde ausgelöscht und ließ ihn vor Starker Stier zu Boden fallen.

Der Häuptling der Missouria schaute Ezra an, dann zurück zu seinem Gewehr, um, motiviert durch den Angriff, das Nachladen zu beenden. Er hob schnell sein Gewehr in Richtung eines anderen Angreifers und feuerte. Doch in seiner Eile hatte er vergessen, den Ladestock zu entfernen, und die Bleikugel drückte ihn aus der Mündung und in den Bauch eines Pawnee-Angreifers. Starker Stier nahm das Gewehr wieder herunter, um abermals nachzuladen, aber nachdem das Pulver in die Mündung gesteckt und die Kugel platziert und in den Lauf gestoßen worden war, griff er vergeblich nach dem Ladestock. Er fühlte nur den leeren Schlitz am Gewehr. Er sah sich um, dann wurde ihm klar, was geschehen war. Er warf einen Blick auf Ezra und fing den von ihm zugeworfenen Ladestock auf. Mit einem kurzen Nicken rammte er die Kugel dahin, wo sie hingehörte, warf den Stab zurück zu Ezra und suchte sich ein anderes Ziel, aber die übriggebliebenen Angreifer liefen bereits durch das hohe Gras davon.

Von den fünfzehn Pawnee hatte Gabe die Wache bei den Pferden getötet und während des Angriffs hatten die Missouria neun weitere erledigt. Einer von denen, die flüchteten, war verwundet und zog ein blutiges Bein nach. Er versuchte mit den anderen, die zu den Pferden flohen, Schritt zu halten. Doch plötzlich kam eine Druckwelle von der Baumgrenze, und ein Mann stürzte mit dem Gesicht voraus ins Gras. Eine weitere Rauchwolke und das Dröhnen eines Schusses kamen aus der Nähe der gleichen Stelle und erwischten einen weiteren der fliehenden Pawnee. Die übrigen vier Angreifer ließen sich ins Gras fallen und versuchten sich zu trennen. Einer übernahm das Kommando und rief, sie sollten sich verteilen und auf seinen Ruf hin wieder angreifen.

Innerhalb weniger Augenblicke schrie ein Mann seinen Kriegsschrei und erhob sich und veranlasste die anderen, sich dem Angriff auf die Schützen in der Baumreihe anzuschließen. Aber die kurze Pause hatte Gabe Zeit gegeben, sowohl sein Gewehr als auch seine Pistole nachzuladen, und der Anführer hatte nicht mehr Zeit, als zwei Schritte zu machen ohne seinen Kriegsschrei zu beenden, als die Kugel Kaliber .65 aus dem Ferguson-Gewehr ihn ins Gesicht traf und aus dem Hinterkopf wieder austrat. Bevor die anderen reagieren konnten, zog Gabe seine Sattelpistole, feuerte beide Läufe auf zwei Männer, die Schulter an Schulter standen, ab. Beide Männer drehten sich um die eigene Achse und fielen zu Boden.

Zwei Krieger blieben übrig, einer von ihnen zog bereits ein verwundetes Bein nach, und beide ließen sich ins Gras fallen. Während Gabe beobachtete, wie sich das Gras bewegte, lud er sein Ferguson Gewehr nach und wartete auf eine Möglichkeit zum Schießen. Er brüllte die Männer im Gras an: "Ich kann euch leicht töten! Ihr müsst nicht sterben! Steht auf!" Er wiederholte seine Warnung auf Spanisch und wartete nur einen Moment. Das Gras bewegte sich leicht, aber niemand stand auf. Gabe wusste, dass es nicht klug wäre den Männern ins Gras zu folgen und er wartete ab. Noch einmal rief er eine Warnung aus aber niemand stand auf. Er brachte das Gewehr bei der letzten Bewegung des Grases wieder in Position, wartete, und als die geringste Bewegung sichtbar wurde, schoss er. Das große Gewehr donnerte und spuckte Rauch und Tod. Das unverkennbare Aufschlagen einer Kugel, die auf Fleisch traf, war zu hören, gefolgt von einem Ächzen und einem leisen Quicken. Es erinnerte Gabe an ein sterbendes Schwein, wie er es als Jugendlicher öfters gehört hatte. Der Tod hat eine Art, alle Geschöpfe gleich zu machen.

Er beobachtete das Gras, während er noch einmal nachlud und wartete, unsicher, ob es noch mehr Krieger gab. Dann sah er eine Hand, die in die Höhe gehoben wurde. "In Ordnung, steh auf, wenn du kannst!", rief er und hob das Gewehr, um den Krieger unter Kontrolle zu halten. Langsam stand ein Mann auf, stolperte ein wenig und sah Gabe mit Furcht in den Augen an. Beide Hände waren schulterhoch erhoben und waren bedeckt mit Blut. Gabe fragte: "Sind da noch andere?" Aber er erhielt nur einen verwirrten Blick und ein Schulterzucken des Mannes, was Gabe andeutete, dass er ihn nicht verstand. Er forderte den Mann auf, nach vorne zu kommen, und er stolperte langsam auf die Bäume zu. Mit Hilfe eines Zeichens fragte Gabe erneut, ob es noch andere gäbe, und erhielt die Antwort mit einem gesenkten Kopfschütteln. Die Geste zeigte auch die Trauer über den Verlust seiner Freunde.

Gabe befahl ihm, dass er sich an den Fuß eines Baumes setzen solle. Dann legte er sein Gewehr beiseite und kniete sich hin, um einen Blick auf die Wunde zu werfen. Es war ein glatter Unterschenkeldurchschuss. Obwohl er stark blutete, war Gabe sicher, dass die Wunde nicht tödlich sein würde. Aber was sollte er jetzt mit ihm tun?

Gabe schnappte sich etwas Moos von der Rückseite des Baumes, der den Verwundeten stützte, und schnitt einige Streifen aus dessen Lendenschurz, sehr zur Bestürzung des Verwundeten. Nachdem er die Wunde so sauber wie möglich abgewischt hatte, stellte er aus dem Moos und den Streifen einen Verband her, um das Blut zu stoppen. Er benutzte ein Zeichen, um dem Mann mitzuteilen, dass die Pferde weg waren und dass er bleiben solle wo er war, während Gabe zum Lager der Missouria zurückkehrte. "Ich werde bald zurückkommen!", sagte er und vergewisserte sich mit Hilfe der Zeichensprache, dass der Mann verstanden hatte. Mit einem Kopfnicken stimmte der Gefangene zu und lehnte sich mit dem Rücken an den Baum. Gabe nahm sein Gewehr, stand auf, warf einen kurzen Blick auf den Mann und machte sich dann auf den Weg zum Lager.

Als er sich dem Lager näherte sah er mehrere Missouria-Krieger, die die Leichen der Pawnee entkleideten, und einige verstümmelten sie. Er drehte sich um, um nach Ezra zu suchen, erblickte ihn am Unterstand von Starker Stier, und machte sich schnell auf den Weg zu ihnen. Der Häuptling lächelte breit und sagte: "Ihr zwei habt unser Volk gerettet! Wir sind euch dankbar! Wie können wir das wiedergutmachen?"

Er drehte sich leicht um, um auf die ferne Baumgrenze zu zeigen: "Da drüben liegt ein verwundeter Pawnee. Ich weiß nicht, was ihr mit ihm machen wollt, aber ..." er blickte zurück zu Starker Stier und sah ein strenges Gesicht mit gerunzelter Stirn.

"Warum hast du ihn nicht getötet?", knurrte er.

"Er war bereits verwundet und konnte nicht mehr kämpfen. Ich sah keine Notwendigkeit, ihn zu töten."

Der Häuptling schaute Gabe an, als ob mit ihm etwas nicht stimmte. "Aber du hast viele andere getötet."

"Ja, aber sie haben versucht, mich oder meine Freunde zu töten. Dieser Mann hatte aufgegeben und konnte niemanden mehr töten", erklärte Gabe besorgt.

Starker Stier schaute weg, sah einen Krieger, der von seinen Taten im Gras zurückkehrte, und winkte ihn zu sich. Er blickte zu Gabe: "Ich werde diesen Mann schicken, um den Pawnee zu töten!"

Gabe hielt seine Hand hoch und sagte: "Moment, warte! Er ist doch mein Gefangener, oder?"

"Ja, er gehört dir. Willst du nicht, dass er stirbt?", fragte Starker Stier und zeigte offen seine Verwirrung.

"Nein!", antwortete Gabe und blickte Ezra mit einem kurzen Augenzwinkern an: "Wir behalten ihn, machen ihn zu unserem Sklaven."

Starker Stier grinste und nickte: "Gut, gut. Es ist gut, einen Sklaven zu haben, der deine Arbeit tut."

Gabe sah den Häuptling an: "Übrigens, Häuptling, ich habe die Pferde dieses Haufens verjagt. Es sind etwa fünfzehn Stück, die frei im Wald herumlaufen. Vielleicht möchtest du, dass deine Männer sie einsammeln?"

Starker Stier nickte, schickte den herbeigerufenen Mann, um es den anderen Kriegern mitzuteilen, und wandte sich an Gabe. "Du hast viel für unser Volk getan. Wir werden es nicht vergessen."

"Nun, wir gehen jetzt zurück in unser Lager und packen zusammen. Sobald die Hirschleder Hosen fertig sind schicke Morgen Kitz mit ihnen zum Lager rüber, und wir machen uns auf den Weg."

"Das ist gut", antwortete Starker Bulle.

4

GEFANGENER

"Also, was machen wir mit ihm? Du willst ihn doch nicht ernsthaft zum Sklaven machen?", fragte Ezra ungläubig und sah den jungen Pawnee, der neben dem Baum saß, an.

Gabe kicherte, blickte seinen Freund an: "Nein, aber ich dachte, das sei die einzige Möglichkeit, ihn lebend von hier wegzubringen. Ich glaube, er kann eine Zeit lang mit uns reisen, zumindest bis wir in die Nähe seiner Leute kommen. Dann lassen wir ihn frei, oder wir bringen ihn zurück und schließen Freundschaften, oder ...", zuckte er mit den Schultern.

"Freunde? Mit den Pawnee? Nach dem, was wir getan haben? Und ich meine nicht nur hier. Erinnere dich mal daran, dass wir im letzten Herbst zusammen mit den Osage mit den Pawnee zusammengestoßen sind und einige von ihnen überlebt haben. Die erinnern sich vielleicht an uns", erklärte Ezra.

"Nun, wir schauen einfach von Tag zu Tag, wie man so sagt. Bis dahin braucht er ein Pferd zum Reiten, und während du mit ihm zu unserem Lager zurückgehst, werde ich ein Pferd von denen für ihn besorgen, die ich vorhin verjagt habe.

"Und was ist, wenn er versucht, mir die Kehle durchzu-
schneiden oder mich zu skalpieren oder zu ertränken ?"

Gabe schaute den Pawnee Krieger an und benutzte die
Zeichensprache, um ihm zu erklären, was sie als nächstes tun
würden, und um ihn zu warnen, nichts krummes zu versuchen,
sonst würde dieser Mann, dessen Haut wie die dunkelste Nacht
war, ihn zu seinen Vorfahren schicken. Dann fragte er nach
seinem Namen. Der Gefangene antwortete: "Ich habe noch nie
einen Mann mit Nachthaut gesehen, und mein Name ist
Nachtwolf."

Gabe kicherte, blickte Ezra an, wusste, dass er die Zeichensprache genauso beherrschte wie Gabe selbst und fragte seinen
Freund: „Ist das nicht etwas Besonderes, oh Mann, dessen Haut
so dunkel ist wie die dunkelste Nacht?"

"Wie ist der nur zu dem Namen gekommen? Abgesehen
davon ist meine Haut gar nicht so dunkel. Eher wie die
Dämmerung als Mitternacht!", antwortete er, schaute auf
seinen Arm und zurück zu Gabe.

Beide Männer lachten, und Gabe sagte: "Bring ihn einfach
ins Lager. Ich bin bald zurück, hoffe ich."

EZRA MACHTE FEUER, kochte Kaffee und brutzelte Fleisch , als
Gabe auf einem staubgrauen Wallach zurückkam, der dem
Gefangenen ein Lächeln ins Gesicht zauberte. Gabe bemerkte
seine Reaktion und fragte: "War das dein Pferd?"

Nachtwolf kämpfte sich auf die Füße, griff nach dem Pferd
und nickte. Es war offensichtlich, dass die beiden einander
kannten, als der Mann die Nüstern des Pferdes streichelte und
das Tier seinen Kopf vertraut gegen den Brustkorb des Mannes
drückte. "Er war nicht weit geflüchtet und hatte seine
Führungsleine hinter sich hergezogen. Er war leicht zu fangen",
sagte Gabe und benutzte Gebärden, während er sprach. Er
rutschte vom Pferd, reichte Nachtwolf die Leine und trat ans

Feuer, um sich Kaffee einzuschenken. Als Nachtwolf sich lächelnd zu Gabe umdrehte, seufzte er und fragte: "Was werdet ihr jetzt tun?"

"Wir nehmen dich mit, bis dein Bein verheilt ist, dann bringen wir dich wahrscheinlich zu deinen Leuten."

"Warum solltet ihr das tun? Wir sind Feinde!", fragte er.

"Wir sind keine Feinde; ich habe gegen dein Volk gekämpft, weil es meine Freunde angegriffen hat. Wenn ihr nicht angegriffen hättet, könnten wir Freunde sein."

"Ihr werdet mich gehen lassen?", fragte er erneut.

"Ja, aber du musst zuerst gesund werden. Setz dich also hin, ich muss den Verband wechseln!", wies Gabe ihn an und zeigte auf sein Bein und den nahen Baumstamm.

Bei seiner Rückkehr ins Lager hatte Gabe einige Pappeln entdeckt und einige Streifen der inneren Rinde, einen Hut voller roter, saftiger Knospen und einige Blätter gesammelt. Nun machte er einen Wickel aus den verschiedenen Pflanzenteilen und bereitete einen neuen Verband aus Moos und Hirschleder vor. Nachtwolf wunderte sich: "Bist du ein Medizinmann in deinem Volk?

Gabe kicherte und antwortete: "Nein, ich weiß das nur von der Zeit, die ich mit den Osage verbracht habe.

Nachtwolf runzelte die Stirn: "Du hast bei den Osage gelebt?"

"Haben gerade den Winter mit ihnen verbracht."

"Eine Kriegsgruppe meines Volkes ging in der Zeit der Farben gegen die Osage vor. Viele wurden getötet, und sie sprachen von einem weißen Mann und einem schwarzen Mann, die mit ihnen kämpften. Warst du das?"

Gabe atmete tief ein, legte den Verband an und band ihn fest zusammen, lehnte sich dann zurück und sah den Gefangenen an. Er antwortete: "Ja, das waren wir. Wir haben mit unseren Freunden gekämpft, um ihr Volk zu schützen."

Nachtwolf saß für einen Moment still da, blickte zu Gabe

auf, "Ihr", er nickte auch Ezra zu, "habt euch als große Krieger erwiesen. Viele meines Volkes sind durch eure Hand gestorben."

"Auch sie waren große Krieger!", antwortete Gabe. "Aber in der Schlacht kämpfen wir, um zu leben und um unsere Freunde am Leben zu erhalten. Wir betrachten die Pawnee nicht als unsere Feinde."

"Warum hast du mich nicht getötet, als ich im Gras stand?", fragte Nachtwolf.

"Es ist keine Ehre, einen verwundeten Krieger zu töten. Ich hätte dich töten können, aber ich habe mich entschieden es nicht zu tun. Stattdessen werden wir versuchen, dein Freund zu sein. Aber sag mir, warum greift dein Volk die Osage und die Missouria an?"

Nachtwolf bemühte sich, sich aufzusetzen und begann, nachdem er es sich bequemer gemacht hatte: "In der Zeit der Farben hatte unser Schamane oder der Hüter des Morgenstern-bündels die Vision, die Zeremonie des Morgensterns durchführen zu müssen. Unser Volk hatte zwei Sommer mit schlechter Ernte überstanden, und die Zeremonie sollte beim Abendstern, die Quelle allen tierischen und pflanzlichen Lebens, für eine gute Ernte bitten. Um diese Zeremonie durchzuführen, müssen wir eine junge Frau eines anderen Stammes fangen. Sie wird mit großer Ehre und Respekt behandelt und es wird ihr angeboten, der Abendstern selbst zu werden. Wenn sie geopfert wird, ist es die Paarung von Abendstern und Morgenstern, und ihr Blut wird in die Erde eindringen und den Boden fruchtbar machen, um Leben hervorzubringen. Wenn wir dies nicht tun, wird mein Volk keine gute Ernte haben, und viele werden sterben."

Gabe und Ezra hatten der Erzählung des Mannes große Aufmerksamkeit geschenkt und schüttelten nun verständnisvoll den Kopf über die Einfachheit ihres Denkens und die

Aufrichtigkeit ihrer Absicht. Obwohl nach den Maßstäben des Christentums und der Heiligen Schrift falsch, unterschied sich diese lange Tradition nicht von der vieler Völker auf der ganzen Welt, die falschen Göttern dienten und glaubten, dass Opfer notwendig seien, um die Götter zu besänftigen oder ihre Gunst zu gewinnen. Gabe sah Nachtwolf an, senkte den Kopf, blickte dann zu dem Mann zurück und seufzte: "Viele deiner Krieger sind gestorben, und wie steht es mit ihrem Tod? Sind sie nicht so wichtig wie die möglichen Todesfälle durch eine schlechte Ernte?"

"Was ihr getan habt, ist doch dasselbe. Ihr beide würdet euer Leben geben, um diejenigen zu retten, die eure Freunde sind. Würdet ihr nicht mehr für die eigene Familie oder das eigene Volk tun? Wir sind nicht gekommen, um zu töten, sondern um unser eigenes Volk zu retten!"

Gabe stand auf und ging weg; er brauchte einige Zeit, um zu verdauen, was er gerade gelernt hatte. Es stand außer Frage, dass er wusste, dass Menschenopfer falsch waren und er würde immer dafür kämpfen, diese zu verhindern. Die Motive derjenigen in Frage zu stellen, die nur ihr eigenes Volk retten wollten, so desillusioniert sie auch waren, war aber eine andere Sache.

AM SPÄTEN NACHMITTAG des folgenden Tages ritten sie zum Handelsposten, der als Choteaus bekannt war und am Ufer des Missouri nahe der Mündung des Kaw-Flusses lag. Es handelte sich um einen massiven Bau aus Stein , ähnlich wie der Posten in der Nähe der Osage Indianer, bestehend aus zwei Stockwerken mit Schießscharten im Boden des zweiten Stocks und in jedem der mit Fensterläden versehenen Fenster. An einer der beiden Geländer waren mehrere Pferde angebunden, und Gabe und Ezra banden ihre Pferde daneben an. Nachdem zwei

Männer, offensichtlich französische *coureurs des bois* oder
Fallensteller, ihnen einen misstrauischen Blick zuwarfen,
entschied sich Ezra, bei den Pferden und dem Pawnee zu bleiben. Gabe ging währenddessen in den Posten. Obwohl es ungewöhnlich war, französische Fallensteller soweit südwestlich
von ihrem üblichen Gebiet zu sehen, erkannte man sie leicht
an ihrer Kleidung und dem ständigen Strom von Französisch
begleitet von lebhaften Gesten ihrer Hände. Aber Ezra und
Gabe waren nicht am Fallenstellen interessiert und stellten
keine Konkurrenz für die Männer und ihre Felle dar. Dennoch
erregten sie bei den Männern großes Misstrauen.

Einer von ihnen warf Ezra einen Seitenblick zu und sprach
dann mit seinem Freund. Sie hielten inne, schauten noch
einmal hin und kamen dann näher. Ein Mann fragte in gebro-
chenem Englisch: "Monsieur, sind Sie ein Sklave?"

Ezra senkte den Kopf, schüttelte ihn und blickte dann grinsend zu den Männern auf und sagte: "Nein, Herr, das bin ich
nicht, noch bin ich jemals ein Sklave gewesen. Ich bin, wie
mein Freund", er nickte in Richtung des Postens, "frei geboren."

Sie nickten, lächelten und fragten dann: "Und der Indianer?
Ist er Ihr Sklave?"

Wieder kicherte Ezra, lächelte dann und antwortete: "Nein,
er ist nicht unser Sklave. Er wurde verwundet und wir bringen
ihn zu seinem Volk zurück."

"Würden Sie ihn an uns verkaufen? Wir könnten einen
Sklaven gebrauchen, der uns mit den Pelzen hilft."

"Ihn verkaufen?! Nein! Ich sagte, er ist kein Sklave."

"Aber, Monsieur, unser Volk im Norden hat viele solcher
Sklaven. Er ist *Panis*, nicht wahr?"

Ezra blickte finster drein, erkannte, dass die Aussprache
des Wortes so klang, wie er es kannte, und antwortete: "Er ist
vom Volk der Pawnee, ja!"

Beide Franzosen nickten lächelnd: "Ah, das dachte ich mir.
Es gibt in Französisch-Kanada so viele *Panis* wie Neger, die

Sklaven sind. Sind Sie sicher, dass Sie ihn nicht verkaufen wollen?"

Ezra zog plötzlich seine Sattelpistole und spannte den Hahn, als er sie hochhob, um sie über seinen Sattelknauf zu legen: "Sie regen mich auf. Ich schlage vor, dass Sie verschwinden, und verschwinden sie schnell, bevor ich Sie in einer Kiste nach Französisch-Kanada zurückschicke!"

Die Männer waren erschrocken, aber einer der Männer sagte: "Sie haben nur einen Schuss, wir sind zu zweit!

"Schauen Sie auf das Ende dieser Pistole. Wie viele Läufe sehen Sie?", knurrte Ezra.

Die Männer starrten auf die Waffe, blickten dann in das finstere Gesicht von Ezra, banden eilig ihre Pferde los und stiegen auf, um zu verschwinden. Mit nicht mehr als einem flüchtigen Blick über die Schultern auf Ezra trieben sie ihre Pferde zum Galopp an und verschwanden in die Bäumen und das Dickicht am Flussufer. Ezra schüttelte den Kopf und murmelte vor sich hin, als er mit einem Seitenblick auf einen lächelnden Nachtwolf die Pistole zurück in den Halfter steckte.

Er sagte: "Wenn du nur verstehen könntest, was sie sagten."

Ezra stieg ab und deutete auf Nachtwolf, es ihm gleich zu tun. Die beiden Männer vertraten sich die Beine, während sie auf Gabe warteten. Obwohl sie nur wenig Nachschub benötigten, ließen sie keine Gelegenheit aus, Informationen über Land und Leute zu sammeln. Nach kurzer Zeit kam Gabe lächelnd aus dem Gebäude und sah Ezra an, der ein wenig verärgert war. Er fragte: "Also, was ist dir über die Leber gelaufen, mein Freund?"

"Hast du die beiden Franzosen gesehen, die gerade rauskamen, als du rein gegangen bist?"

"Ja, was ist mit denen?" fragte Gabe, der sich an das Geländer lehnte.

"Sie wollten, dass ich, *wohlgemerkt,* Nachtwolf an sie als

Sklave verkaufe! Das war, nachdem sie gefragt hatten, ob ich selbst ein Sklave sei!"

Gabe kicherte: "Anscheinend hast du ihn nicht verkauft, also was haben Sie gesagt?"

Ezra schüttelte nur den Kopf: "Nicht viel. Aber als ich den Hammer meiner Pistole spannte, haben sie die Botschaft verstanden!"

Gabe kicherte, als er Ebenholz losband und in den Sattel stieg. "Ich erinnere mich, dass ich einen Artikel las, in dem der französische Admiral Louis Antoine de Bougainville, der im Siebenjährigen Krieg und gegen die Briten in unserem Revolutionskrieg kämpfte, sagte, dass die 'Pawnee in Amerika dieselbe Rolle spielen wie die Neger in Europa'. Aber natürlich dachte er dabei mehr an Kanada."

Ezra schüttelte den Kopf: "Was ist nur mit den Weißen los? Müssen sie aus jedem einen Sklaven machen?" Er spuckte die Worte in geschmacklosem Ton aus, etwas, das nur passierte, wenn er über das schreckliche Thema Sklaverei sprach.

"Äh, die meisten der Pawnee wurden von anderen Indianern und nicht von Weißen gefangen genommen und verkauft. Es gibt Unterlagen aus einer Zeit vor etwa hundert Jahren, als eine Bande Apachen einige gefangene Pawnee und andere Indianer zu einem Handel mit den Spaniern nach Santa Fe brachten, aber es gab nicht genügend Käufer. Also enthaupteten sie sie alle auf der Stelle."

SIE WAREN von dem Posten weggeritten und folgten dem Südufer des Kaw-Flusses, als Ezra fragte: "Wohin gehen wir?" Es war sein erster Blick durch Augen, die nicht vor Wut rot waren, und er war überrascht über das ungewohnte Terrain am Fluss.

"Wir werden den Fluss Kaw überqueren. Der Händler sagte, es gäbe eine gute Überquerungsmöglichkeit kurz hinter dieser weiten Kurve. Die Strömung dort sei schwach, der Boden sei trittsicher, und es soll eine leichte Überquerung sein. Wir werden auf der anderen Seite kampieren."

"Oh", lautete die knappe Antwort von Ezra, der sich etwas niedergeschlagen fühlte.

... ...

5

DORF

Die dichte Wolkendecke forderte die aufgehende Sonne, damit sie einen silbrigen Umriss um die flauschigen Wolken, die das Land vor ihnen trüb erscheinen ließen, zeichnete. Durch das gedämpfte Sonnenlicht erschien die Luft einen Hauch kühler als zuvor. Die Pferde schritten zügig aus, während sich die Reiter innerhalb der Baumgrenze an den Weg hielten. Zu ihrer Rechten befand sich das breite Flussbett des Big Muddy Flusses, der sich auf seinem Weg zum entfernten Zusammenfluss mit dem Mississippi schlängelte. Mit breiten lehmigen Untiefen, Sandbänken mit trügerischem Treibsand und Tiefwasserströmungen, die sich unter dem leicht plätschernden Oberwasser verbargen, sollte der Fluss eher gemieden werden, obwohl er als Wegweiser nach Nordwesten diente.

Von Beginn ihrer Reise an arbeiteten die drei Männer daran, sich gegenseitig über die einzigartige Lebensart und die Sprache des anderen aufzuklären. Nachtwolf hatte wenig Kontakt zu den Menschen außerhalb seines Stammes gehabt, mit der einzigen Ausnahme von den Zeiten, die er mit französischen und spanischen Händlern verbrachte, und den gelegentlichen Besuchen der schwarzen Roben aus Frankreich. Mit der Gebärdensprache gelang es den Drei, die gesprochene Sprache des jeweils anderen sowie die Gemeinsamkeiten und Unterschiede der Kulturen kennen zu lernen.

Die ersten vier Tage hatten sich als interessant und herausfordernd für das Trio erwiesen, da jeder mit dem Lernen und dem Mitteilen zu kämpfen hatte, aber der ständige Gebrauch der Kombination aus Gebärdensprache, Pawnee, Englisch und Französisch, fesselte alle drei gleichermaßen. Gelegentlich fanden sie sich in ausgedehnten Diskussionen wieder, die meist mit einem Anflug von Neugierde anfingen. "Nachtwolf, wir sind jetzt seit vier Tagen unterwegs, und du sagst wir haben noch ein paar Tage Zeit, bevor wir in dein Dorf kommen, also warum ist deine Truppe so weit gereist, um ein Mädchen gefangen zu nehmen?"

"Es entspricht der Vision unseres Schamanen. Ihm wurde gezeigt, dass die junge Frau aus dem Missouria Volk stammen muss", antwortete Nachtwolf.

"Aber der erste Haufen, griff die Osage an. Warum also die Osage , wenn die Vision für ein Missouria Frau sprach?" fragte Ezra.

"Unser Kriegsführer, führte uns zu den Osage. Der Schamane sagte damals nicht, dass es eine Missouria sein müsse, denn das Volk der Missouria, die Otoe und die Osage sind Verbündete.

"Aber eine solche Entfernung für eine Gefangene zurückzulegen, scheint eine Menge Aufwand zu bedeuten!", vermutete Gabe.

"Um die Zeremonie des Morgensterns zu erfüllen, muss alles exakt sein. Sogar das Gerüst muss aus dem richtigen Holz und mehr noch, auf die richtige Weise hergestellt werden!", erklärte der Pawnee.

Die Männer waren eine kurze Weile nachdenklich, bis

Gabe fragte: "Dein Lager liegt auf der Südseite des Platte Flusses, stimmt das?"

"Ja, für das Tuhitsppiat-Dorf *(Dorf, das sich im Tiefland erstreckt) der Tskirirara (Skidi-Föderation der Pawnee)* ist das unser Platz. Aber viele werden von dort aus zur Büffeljagd in der Zeit der grün werdenden Bäume verschwinden."

"Aber da ihr so viele Krieger verloren habt, macht es dann Sinn, dass die anderen trotzdem auf die Jagd gehen?", fragte Gabe.

"In unserem Volk gibt es Krieger, die kämpfen, und dann die Jäger. In einer Zeit des Krieges mit anderen Menschen oder eines Angriffs, werden alle, Jäger und Krieger, kämpfen. Aber die Jäger würden dennoch schon auf die Jagd gehen, obwohl die Krieger noch nicht zurückgekehrt sind."

"Wird es dann noch Menschen im Dorf geben?"

"Ja, die Familien der Krieger, obwohl einige Frauen mit auf die Jagd gehen, um den anderen beim Verarbeiten des Fleisches zu helfen. Aber die meisten warten auf die Rückkehr ihrer Männer. Und die alten Leute würden immer noch dort sein. Unsere Frauen haben die Feldfrüchte bereits gepflanzt und werden nach der Jagd zurückkehren, um sich um die Pflanzen zu kümmern", fügte er hinzu.

DER MORGEN des fünften Tages begann mit einer vollständigen Wolkendecke, die den Himmel aussehen ließ, als ob eine riesige flaumige Decke über die gesamte Schöpfung gespannt worden wäre. Der Nebelsaum lag zwischen den Baumkronen, als ob er sich in den Ästen verfangen hätte. Er verdunkelte die Spitzen und dämpfte die üblichen Geräusche des Waldes. Eichhörnchen blieben in ihren Nestern, Eulen schliefen auf den Ästen, und keine Raubvögel flogen durch die Lüfte. Die einzigen Geräusche der Wildnis waren das Quaken der Frösche vom Flussufer her. Der feine Morgennebel befeuchtete die Schlafdecken, und der nasse Rand scheuerte an Gabes Gesicht, und weckte ihn. Bevor er aufstand blickte er sich im Lager um, und vergewisserte sich, dass alles in Ordnung war. Er warf seine Decken beiseite und zündete das Morgenfeuer an.

"Na, wenn das kein trostloser Morgen ist!", murmelte Ezra, als er aus seiner Bettrolle kroch. Er schaute zu Nachtwolfs Decken, und sah, dass sie leer waren, und mit einem Blick zu Gabe zuckte er mit den Schultern und streckte die Hände in hilfloser Geste aus. Wo war der Indianer geblieben? Gabe deutete mit dem Kinn auf die dichter stehenden Bäume am Flussufer. Ezra verstand. Jeder Mann musste einmal in die Bäume, um sich zu erleichtern.

Am Vormittag verdunstete die neblige Decke und enthüllte einen klaren blauen Himmel mit einer strahlenden Sonne, die ihre Schultern wärmte als sie ihren Weg nach Norden fortsetzten. Die Pferde schnappten beim Laufen nach Gras, was die Reiter veranlasste, sich nach einem Ort für eine kurze Mittagspause umzusehen. Nachtwolf ritt voran auf dem Pfad, der vor ihnen durch den Wald führte. Die beiden Männern, die je ein Packpferd führten, folgten. Sie waren überrascht, als sie zu ihm aufschlossen, und er auf dem Weg kniete, um eine Spur zu untersuchen.

Nachtwolf stand auf, nickte in Richtung der Spuren und sagte: "Viele Reiter, die meisten weißen Männer, beschlagene Ponys, eine Hand und noch mehr."

"Wie viele mehr?", fragte Gabe, "und in welche Richtung gingen sie?"

Er hielt eine Hand mit ausgestreckten Fingern und die zweite Hand mit zwei, dann drei Fingern nach oben. Er zeigte auf den Nordwesten: "Gleiche Richtung. Sie überquerten hier vor ein, vielleicht zwei Tagen. Ein oder zwei Pferde nicht geritten, aber schwer tragend."

"Also, könnten es Packpferde sein", spekulierte Ezra.

Der Pawnee nickte und schwang sich wieder auf sein graues Pferd. Gabe schlug vor: "Lasst uns einen Platz für unsere Mittagspause finden und den Pferden eine Verschnaufpause gönnen. Ich habe das Gefühl, dass wir das Tempo vielleicht bald beschleunigen müssen."

"Hmmhmm, die Haare auf meinem Nacken stehen schon den ganzen Morgen auf!", teilte Ezra mit.

"Du glaubst also, dass es sich bei diesem Haufen um Händler handeln könnte, die in dein Dorf gehen?", fragte Gabe. Sie befanden sich auf der letzten Etappe ihrer Reise zu Nachtwolfs Dorf und sollten das Lager vor der Dämmerung erreichen.

"Mein Volk hat oft mit den Franzosen und den Spaniern gehandelt. Diese Männer haben Packpferde und könnten Händler sein", erklärte er, aber sein Zögern in seiner Antwort sagte Gabe und Ezra, dass der Mann Bedenken oder Vorbehalte hinsichtlich der Männer hatte, denen sie folgten.

Am späten Nachmittag hatte Nachtwolf das Tempo verlangsamt und war besonders wachsam. Als Gabe ihn nach dem Grund für seine Besorgnis fragte, antwortete er: "Es sollte Späher geben, die das Dorf bewachen und Ausschau halten, und da sind keine."

"Meinst du , dass alle Männer auf die Jagd gegangen sind?", fragte Gabe.

"Nein, es gibt immer welche, die zurückbleiben, um das Dorf zu schützen. Junge Krieger, alte Männer und sogar einige Frauen sind Späher und Beschützer unseres Dorfes."

Sie waren weniger als eine Meile geritten, als Nachtwolf vom Weg abbog und in den Wald ritt. Ezra und Gabe folgten dicht dahinter, als sie auf einen verlassenen Lagerplatz stießen. Nachtwolf stieg vom Pferd, gefolgt von den beiden Freunden, und alle begannen, die Spuren um das Lager herum zu untersuchen. Es stellte sich bald heraus, dass dies das Lager der Bande gewesen war, die anfangs für Händler gehalten wurden.

Nachtwolf sagte: "Zwei gingen mit Packpferden weg und kehrten zurück. Andere gingen ebenfalls und kehrten zurück, aber sie kamen mit anderen, die auf denselben Pferden ritten."

Gabe und Ezra blickten einander an und schlussfolgernden, dass dies bedeutete, dass die Männer Gefangene aus dem Dorf verschleppt haben mussten. Ezra sah Gabe an und spuckte: "Sklavenhändler! Wie die Franzosen, die wir bei Choteau trafen!"

"Vielleicht, aber überstürze nichts, bis wir es sicher wissen!" Er schaute Nachtwolf an: "Lass uns weiterreiten und in dein Dorf gehen!"

Die Männer stiegen auf die Pferde und trieben sie an, um im Galopp zu starten. Es dauerte bei dem Tempo nur kurze Zeit, bis die Männer zwei Meilen weiter in ein ruhiges und scheinbar verlassenes Dorf ritten. Nachtwolf zügelte sein Pferd und sprang von dessen Rücken. Er sah sich um und rief in Pawnee: "Aho! Ich bin Nachtwolf vom Volk der *Tskirirara!* Wo ist mein Volk?" Er lief nervös herum, blickte von Hütte zu Hütte und wartete ängstlich, bis schließlich eine Decke vor einem Eingang beiseitegeschoben wurde. Ein alter Mann trat heraus, stand aufrecht mit verschränkten Armen vor der Brust *und* wartete darauf, dass Nachtwolf sich näherte.

Der junge Krieger ging sofort auf den alten Mann zu, streckte die Hand aus und begrüßte ihn mit "Aho, Großvater! Ich bin Nachtwolf. Ich gehörte zu der Gruppe von Kriegern, die unserem Kriegshäuptling folgte. Ich bin der Einzige, der überlebt hat."

Die Überraschung und Bestürzung des alten Mannes zeigten sich deutlich auf seinem Gesicht. Seine Augen drückten sowohl Besorgnis als auch Traurigkeit aus, aber der Gesichtsausdruck blieb dennoch stoisch und gefasst. Er fragte: "Wer sind diese Männer?", und zeigte mit dem Kinn auf Gabe und Ezra die jetzt neben ihren Reittieren standen.

Der junge Krieger blickte zurück und sah den Dorfältesten

an und antwortete: "Das sind Freunde. Sie haben meine Wunden versorgt und mich zu meinem Volk gebracht. Was ist hier geschehen?"

"Männer wie diese kamen zum Handel, während die Jäger und auch andere auf die Jagd gegangen waren.. Aber andere kamen zum Fluss, wo sich einige Frauen und Kinder um Felle und andere Dinge kümmerten. Sie nahmen einige unserer Leute mit."

Nachtwolf war beunruhigt, da er seine eigene Familie noch nicht unter denen gesehen hatte, die langsam aus ihren Hütten gekommen waren. "Wie viele wurden entführt und wer?"

"Vier Kinder, drei Mädchen und ein Junge, und drei Frauen. Deine Frau, Laufender Vogel , war eine davon."

Nachtwolf atmete tief durch und versuchte, sich unter Kontrolle zu halten, aber eine Mischung aus Wut und Trauer brannte in ihm, als er den alten Mann fragte: "Gab es niemanden, der sie aufhielt oder ihnen nachging?"

"Du und die anderen Krieger waren wegen der Vision des Schamanen nach Süden gegangen. Die Jäger und die anderen waren bereits auf die Jagd gegangen. Alles, was übrigblieb, waren alte Menschen, Frauen und Kinder. Wir warteten auf die Rückkehr der Jäger und die der Krieger. Du und deine Brüder hätten hier sein sollen."

"Aiiieee!", schrie Nachtwolf vor Wut und Frustration. "Ich werde ihnen nachgehen! Ich werde sie zurückbringen!"

"Was kannst du gegen so viele tun? Du bist nur einer!", bemerkte der alte Mann traurig.

Nachtwolf drehte sich um, um Gabe und Ezra anzusehen, wandte sich von dem alten Mann ab und fragte die beiden: "Habt ihr verstanden, was gesagt wurde?"

"Äh, nicht alles!", antwortete Gabe und wartete.

Nachtwolf erklärte und fügte dann hinzu: "Ich werde die verfolgen, die meine Frau und die anderen entführt haben!"

Gabe sah Ezra an und fragte: "Meinst du, wir sollten mit ihm gehen?"

"Ja! Du weißt, dass ich, wenn ich etwas gegen Sklaverei tun kann, sofort dabei bin", antwortete Ezra.

Gabe drehte sich zu Nachtwolf um und sagte: "Wenn wir jetzt aufbrechen, können wir ihnen für ein paar Stunden auf der Fährte folgen, bevor die Dunkelheit eintritt."

Nachtwolfs Augen zwinkerten verwirrt und seine Stirn war gerunzelt, als er fragte: "Warum tust du das?"

Gabe stellte eine Gegenfrage: "Erinnerst du dich, was ich über den Kampf für meine Freunde gesagt habe?" Als Nachtwolf langsam nickte, sich aber immer noch ein verwirrter Ausdruck auf seinem Gesicht zeigte, fuhr Gabe fort: "Nun, in den letzten Tagen haben wir uns irgendwie an dich gewöhnt, und ich glaube, du bist für uns ein Freund geworden. Also . . ." Gabe zuckte mit den Schultern. Dann fragte er: "Bist du bereit?"

Nachtwolf hob langsam den Kopf, nickte und wandte sich dem Älteren zu: "Wir werden gehen!" Er sah Gabe an und sagte: "Ich muss meine Waffen aus meiner Hütte holen."

Anstatt sich auf eine erholsame Nacht unter neuen Freunden zu freuen, machten sich die drei Männer innerhalb weniger Augenblicke wieder auf den Weg und nahmen die ersten Kilometer im Galopp, bevor sie sich von der heraneilenden Dunkelheit zum Beziehen eines Nachtlagers zwingen lassen mussten. Die Pferde waren erschöpft, ebenso wie die drei Männer, und der Gedanke an eine warme Mahlzeit, Kaffee und etwas Ruhe war sehr verlockend.

6

VERFOLGUNGSJAGD

Die Spur der Sklavenhändlerbande zeigte, dass sie es nicht eilig hatten. Die Pferde gingen gleichmäßig, ritten in einer einzelnen Linie und hielten oft an. Männer auf Pferden konnten leicht zwanzig bis dreißig Meilen an einem Tag zurücklegen, vorausgesetzt, es waren keine schwierigen Hindernisse zu überwinden. Die Bande aber legte weniger als zwanzig Meilen zurück, und verließen ihr Lager nur selten früh, um beizeiten aufzubrechen. Ihre Spur war von den erfahrenen Fährtenlesern leicht zu lesen und zeigte, dass die Frauen offensichtlich nicht gut behandelt wurden. Die Kinder waren alle an Händen und Füßen gefesselt, und nur wenn sie ritten, wurden die Fesseln gelöst. Sie ritten jeweils zu zweit auf einem Pferd.

Es war spät am zweiten Tag nach Verlassen des Dorfes, als das Trio an den Zusammenfluss des Platte und des Missouri kam. "Der Handelsposten von James Mackay, von dem mir der Händler in Choteau erzählte, liegt hier in der Nähe, nur ein paar Meilen flussaufwärts. Nach den Spuren, denen wir folgen hielten diese Männer wohl an dem Posten an, um Nachschub zu besorgen. Vielleicht erhalten wir ein paar Informationen von dem Mann."

Sie waren misstrauisch als sie sich dem Posten näherten. Es handelte sich um eine einfache Holkonstruktion, die kaum mehr als ein simples Blockhaus zu sein schien. In der Nähe befanden sich mehrere Tipis einiger Otoe, und die Männer warfen dem Pawnee, der neben dem weißen Mann ritt, boshafte Blicke zu. Aber die drei schenkten dem kleinen Dorf nur wenig Aufmerksamkeit und bemerkten, dass keine Pferde am Pfosten angebunden waren. Niemand , außer der Otoe, schien in der Nähe zu sein. Gabe stieg ab, übergab Ezra die Zügel von Ebenholz, und ging durch die offene Tür.

An einer Wand standen Stapel von Kisten, Fässern und Regalen, die mit Waren beladen waren. Pelzstapel säumten die Rückwand, und an der anderen Seitenwand stand ein kleiner Tisch mit zwei Stühlen. Eine simple Pritsche stand daneben, darauf lag ein ausgestreckter Mann, den Unterarm über die Augen gelegt, und schnarchte. Gabe stampfte mit den Füßen, um seine Anwesenheit anzukündigen, und hörte ein Stöhnen des Mannes als er sich langsam aufrichtete und Gabe anstarrte.

"Wer bist du und was willst du?", murmelte er.

"Ich bin Gabe und ich möchte einige Informationen."

"Geh weg, ich bin müde!", murmelte der Mann und fiel wieder auf das Bett zurück.

Gabe ging an seine Seite, schaute auf ihn herab und sagte: „Beantworten Sie meine Fragen, und Sie können wieder schlafen gehen, aber ich gehe nicht, bevor Sie antworten!"

Von seiner Position auf dem Bett blickte er zu dem großen, breitschultrigen Mann auf, der einen ernsthaften und finsteren Gesichtsausdruck hatte, und James Mackay beschloss der Bitte des Mannes nachzukommen. Er setzte sich wieder auf, rieb sich die Augen, stellte sich neben das Bett und sagte: "In Ordnung. Was wollen Sie wissen?"

"Ist hier gestern oder so jemand durchgekommen, der mit mehreren indianischen Frauen und Kindern unterwegs war?"

"Ja, und?"

"Wer waren sie und haben sie etwas darüber gesagt, was sie tun oder wohin sie gehen würden?"

"Ich weiß nicht, wer sie waren, für mich sahen sie wie Métis Pelzhändler aus. Die haben immer Indianerfrauen dabei. Kommen immer mal wieder welche hier vorbei. Ich bin aber erst seit etwa einem Jahr hier, habe also noch nicht viele von ihnen gesehen."

"Wie viele Männer waren da?"

"Ich weiß nicht, vielleicht ein halbes Dutzend. Nur einer von ihnen kam rein, um ihre Vorräte zu holen. Ein Zweiter half ihm beim Tragen und Aufpacken."

"Haben sie irgendwas darüber gesagt, wo sie hinwollten?"

"Nein, aber ich hatte den Eindruck, dass es Franzosen waren, die zurück in den Norden ritten. Ein Mann sprach davon, bald nach Hause zu kommen, und sie sprachen Französisch miteinander. Wahrscheinlich dachte er, ich würde die Sprache nicht verstehen, aber ich verstehe sie."

"Diese Männer haben diese Frauen und Kinder aus dem Dorf Pawnee gestohlen. Wir trafen einige von ihnen auf dem Weg zu Choteaus Posten, und sie versuchten, einen indianischen Freund von uns zu kaufen. Sie sprachen von all den indianischen Sklaven in Kanada, also nehme ich an, Sie haben Recht damit, dass sie nach Norden gehen."

Gabe sah den Mann streng an, schüttelte den Kopf und drehte sich um, um zu gehen. Ohne einen Blick zurück zu werfen, stieg er in seinen Sattel und führte die kleine Gruppe weg. Sie wussten, dass sie die Fährte leicht wieder aufnehmen konnten. Das Wissen, dass die Sklavenhändler nach Kanada zurückkehrten, half ihnen bei ihrem Plan, den Haufen zu überholen und hoffentlich die Gefangenen zu retten.

Sie wollten den Staub vom Platz des Händlers von ihren

Füßen schütteln und einige Meilen hinter sich bringen, bevor sie ein Lager für die Nacht aufschlagen würden. Sobald sie sich ihren Platz für die Nacht gesucht hatten, saßen sie um das Feuer herum und überlegten die besten Möglichkeiten für einen Rettungsversuch.

"Ich glaube nicht, dass es die beste Lösung sein wird, anzugreifen und drauf los zu schießen. Soweit wir wissen, sind es mindestens sechs Männer und wir werden nicht genau wissen, wo sie ihre Position haben werden und wo die Gefangenen. ", begann Gabe.

"So gerne ich mich einfach zurücklehnen und sie wie Zielscheiben auf einen Zaun schießen würde, glaube ich, dass du damit Recht hast!", stimmte Ezra zu.

Beide Männer sahen Nachtwolf an, der auf dem Stamm einer umgefallenen Pappel saß und nachdenklich und stoisch wirkte. Als er aufblickte, war er überrascht, dass die beiden Männer ihn ansahen und offensichtlich auf eine Antwort warteten. Er fragte: "Warum seht ihr mich so an?"

"Wir möchten wissen, was deiner Meinung nach, der beste Weg wäre, um an die Männer heranzukommen, die deine Frau entführt haben?"

Er blickte finster drein, riss sein Messer aus der Scheide und knurrte: "Ich werde sie im Schlaf töten und ihnen die Kehle durchschneiden!", und während er sprach tat er so, als würde er einem Mann tatsächlich die Kehle durchschneiden. "Ich werde ihnen ins Gesicht spucken und sie skalpieren, aber ich werde den Skalp im Feuer verbrennen, damit er in meiner Hütte nicht stinkt!"

Ezra und Gabe sahen sich an und nickten. Jeder dachte dasselbe. Sie warenfroh, dass sie nicht Nachtwolfs Rachegefühlen ausgesetzt sein mussten. Gabe sagte: "Weißt du, ich glaube, er könnte damit Recht haben. Natürlich müssen wir diese Entscheidung erst treffen, wenn wir sie einholen. Aber wenn wir im Dunkeln tatsächlich einige ausschalten könnten und deren Chancen verringern oder vielleicht sogar die Gefangenen befreien könnten, dann wäre das vielleicht wirklich der beste Weg."

"Nun, lass uns zuerst etwas schlafen und Morgen ganz früh losreiten. Vielleicht können wir sie einholen, wenn es dunkel wird, und dann entscheiden wir!", erklärte Ezra.

Gabe stand auf, streckte sich und breitete die Kohlen des Feuers etwas aus, da er die Wärme des Feuers in der Nacht nicht brauchte, aber einige Kohlen für ihr Morgenfeuer erhalten wollte. Die Männer drehten sich um und entschieden sich, keine Wache aufzustellen, sondern die Pferde als Warnung für den Fall einer Gefahr zu nutzen. Jeder der Männer hatte einen leichten Schlaf und sie waren sicher, dass sie niemand überraschen konnte, nicht einmal im Dunkeln. Aber als Gabe unter seiner Decke lag, die Hände hinter dem Kopf verschränkt, während er die Sterne anstarrte, dachte er: *Wenn wir zuversichtlich sind, dass uns niemand in der Nacht überrumpeln kann, was unterscheidet uns dann so sehr von den Sklavenhändlern?* Mit diesem Gedanken im Hinterkopf schlief er schließlich ein.

SCHON VOR DEM ersten Tageslicht waren sie auf der Fährte. Nachtwolf kundschaftete weit vor den beiden Freunden, die die Packpferde anführten. Ezra war den ganzen Morgen ungewöhnlich ruhig gewesen, und Gabe fragte: "Wieso ist deine Stimmung so düster heute Morgen?"

Ezra warf seinem Freund einen Blick zu und schüttelte den Kopf: "Es ist nur die Vorstellung, dass jeder einen anderen gefangen nehmen und für den Rest seines Lebens versklaven kann, und niemand tut etwas dagegen! Habe ich dir von der Zeit erzählt, als du an der Universität warst und einige Sklavenfänger versuchten, mich als Ausreißer gefangen zu nehmen und in Ketten zu legen?"

Gabe blickte finster drein, denn die beiden Männer teilten fast alles miteinander, und bei etwas so Ernstem war er sehr überrascht, dass sein Freund es für sich behalten hatte. "Nein, du hast nie etwas derartiges erzählt. Wann ist das passiert?"

"Es war dieser außergewöhnliche Winter nach Weihnachten, du weißt schon, als wir bis Ende Januar keinen Schnee bekamen?"

"Ja, das war mein letztes Jahr an der Universität, und ich war vollgepackt mit Vorlesungen und hatte keine Zeit, etwas anderes zu tun als zu studieren. Das eine Mal, als wir im Januar gutes Wetter hatten und ich für gar nichts nach draußen gehen konnte!"

"Ja, genau das war die Zeit. Ich war in der Kirche meines Vaters gewesen, um ihm sein Mittagessen zu bringen. Du weißt ja, wie meine Mutter war. Sie dachte immer, er müsse jeden Tag ein warmes Mittagessen haben. Jedenfalls war ich auf dem Rückweg, und diese beiden weißen Männer lenkten ihre Kutsche plötzlich an meine Seite. Einer von ihnen sprang mich an, hielt mich fest, bis der andere vom Bock heruntersprang und ihm half. Ich hatte mich gerade vom ersten Mann befreit, als der Zweite mich mit irgendetwas über den Kopf schlug. Als ich aufwachte, war ich gefesselt und geknebelt und hinten auf dem Wagen. Sie fuhren gerade an, und ich setzte mich auf. Da sah ich eines der Gemeindemitglieder meines Vaters und versuchte zu schreien, aber ich war geknebelt. Ich schätze, er sah meine großen Augen und wusste, dass etwas nicht stimmte. Er brüllte die Männer an, aber sie verfluchten ihn und stoben davon.

Wie auch immer, Bruder Clark, er ist derjenige, der mich gesehen hatte, ging zu meinem Vater, und sie trommelten einige Männer zusammen und kamen uns hinterher. Diese beiden Männer dachten anscheinend, sie hätten nichts zu befürchten, denn ich hörte, wie sie von der Belohnung sprachen, die sie erwarteten, und falls sie keine angemessene

Belohnung bekämen, würden sie mich einfach verkaufen. Da
der Einzige, der sie bei ihrer Tat gesehen hatte ein Farbiger
war, hatten sie keine Angst, erwischt zu werden. Wir waren am
Stadtrand, als sie in Smittys Mietstall ankamen. Sie hatten eine
Vereinbarung mit dem alten Mann, alle gefangenen Ausreißer
in seiner Sattelkammer einsperren zu können. Sie zogen mich
vom Wagen runter, und ich versuchte gegen sie zu kämpfen,
aber ich konnte es nicht. Sie sperrten mich in die Sattelkammer, warfen mich auf den Boden und nahmen mir nicht
einmal die Seile und den Knebel ab. Dann verschwanden sie.
Aber sie liefen gerade zu ihrem Hotel zurück, als Bruder Clark
sie erkannte. Pa und seine beiden Diakone, Brutus und Justis,
du erinnerst dich an die beiden, die Pa immer als Beispielfi-
guren für die Größe Goliaths benutzt hat, blockierten den
beiden Entführern den Weg. Die dachten, sie könnten sich
einfach an den beiden vorbeidrängen, aber diese beiden
Brüder ließen das nicht zu.

"Dann bat Pa sie höflich, ihn dorthin zu bringen, wo sie
den Mann hatten von dem sie sagten, dass er ein Ausreißer
sei. Vater sagte, er wolle für sein Gemeindemitglied beten,
aber sie wollten nichts davon wissen. Also nahm Brutus einen
der Männer in den Schwitzkasten unter den Arm und Justis
tat dasselbe mit dem anderen und sie trugen die beiden
einfach zum Mietstall. Der alte Smitty sah sie kommen und
stand schon an der Tür und schloss sie auf, als sie ankamen.
Als Pa mich so gefesselt sah, wandte er sich an die beiden
Sklavenfänger und las ihnen aus der Heiligen Schrift vor. Was
er zu sagen hatte, stammte natürlich aus dem ersten Buch
von Reverend Blackwell. Während er predigte, hielten die
beiden Diakone sie etwa einen Fuß über dem Boden schwe-
bend an den Ohren fest, nur um sicherzugehen, dass sie
richtig zuhörten. Sie versuchten sich mit Treten und Schlagen
zu wehren, aber als sie anfingen zu fluchen, tat Pa etwas, das
ich nie vergessen werde. Er stopfte ihnen den Mund mit Pfer-

deäpfeln voll, damit sie ruhig blieben und zuhörten. Du kennst das ja, wenn die Leute unruhig werden, wenn die Predigt zu lange dauert. Naja, Pa sagte, er würde so lange predigen, bis sie mit dem Treten aufhören würden. Sie hingen also still in der Luft und Pa nickte den Diakonen zu sie laufen zu lassen, aber erst, nachdem er sie ermahnt hatte, dass es das Beste für ihre Gesundheit wäre, Philadelphia sofort zu verlassen."

Ezra schüttelte den Kopf und fügte hinzu: "Seitdem ich aus erster Hand erfahren habe, wie es ist entführt zu werden, um in die Sklaverei verkauft zu werden, bin ich ein gebranntes Kind. Das ist also einer der Gründe, warum ich bei diesem 'großen Abenteuer' mit dir mitgekommen bin!"

Gabe sagte: "Ich bin überrascht, dass du mir nie davon erzählt hast. Warum hast du es verschwiegen?"

"Ich habe zu sehr versucht es zu vergessen", erklärte er.

"Dann habe ich hier noch etwas, was dich zur Weißglut bringen wird. Vor einigen Jahren verbot der spanische Gouverneur Alejandro O'Reilly, der über diesen Teil des Landes herrschte, den Sklavenhandel mit den Eingeborenen. Er verbot das gesamte Geschäft der Sklaverei mit den indianischen Gefangenen. Anscheinend dachte er, dass dies zu viel Ärger verursachte, denn die Stämme hatten angefangen sich gegenseitig zu überfallen und Gefangene zu nehmen. Diese wollten sie dann jeweils auf dem Sklavenhandel verkaufen. Aber die Menschen machten trotzdem weiter. Also veröffentlichte der neue Gouverneur, Esteban Rodriguez Miro, diesen Erlass erneut und erlaubte den Indianern sogar ihre Freiheit einzuklagen. Das hat die Übergriffe so ziemlich gestoppt, zumindest hier in diesem Gebiet."

"Es gibt also ein Gesetz, das es dieser Bande verbietet, Eingeborene als Sklaven zu nehmen?", fragte Ezra.

"Das ist richtig, aber diese Männer bringen sie nach Kanada, und dort ist es nicht gegen das Gesetz. Jetzt kommt der

Clou: Wenn sie Farbige entführt hätten, wäre das nicht verboten oder strafbar!"

Ezra zügelte sein Pferd, drehte sich um und sah seinen Freund an: "Du meinst, wenn sie mich genommen hätten, obwohl meine Mutter eine schwarze Irin und keine echte Farbige war, wäre das rechtmäßig gewesen, aber es ist gegen das Gesetz Indianer zu versklaven?"

"Genauso ist es!", antwortete Gabe.

Ezra sah ihn mit weit aufgerissenen Augen und gerunzelter Stirn ungläubig an. Er kniff die Augen zornig zusammen und seine Kiefer mahlten. Ezra blähte verachtend seine Nasenlöcher, als er den Kopf schüttelte. Dann schaute er wieder auf die Fährte, trieb sein Reittier vorwärts und murmelte wütend vor sich hin. Nach einem Moment drehte er sich auf seinem Sattel um, blickte Gabe an und sagte: "Ich schätze, ich muss ihnen einfach beibringen, dass ihr gewähltes Leben falsch ist. Vielleicht muss ich ihnen sogar predigen, wie es mein Pa getan hat!"

Gabe grinste und kicherte, dann antwortete er: "Tu das, mein Freund! Und ich übernehme das Einsammeln des Tributs!"

7

SKLAVENHÄNDLER

Die Männer hatten sich daran gewöhnt den Frauen die Arbeit beim Aufbau ihres Lagers zu überlassen. Obwohl die Männer die Pferde versorgten, übernahmen die Frauen das Sammeln von Brennholz, das Richten des Kochfeuers und die Zubereitung der Mahlzeiten. Die Franzosen erwiesen sich als ein fauler Haufen, typisch für diejenigen, die Sklaven hatten. Die Sklaven mussten die ganze niedere Arbeit für sie erledigten und sie saßen herum, und sahen den Frauen bei der Arbeit zu. Sie sprachen über die Sklaven und ihre Pläne auf Französisch in dem Glauben, dass keiner ihrer Gefangenen sie verstand.

Gaspard Dubois war der Anführer der Sklavenhändlerbande, nachdem er sich von seiner Arbeit als Handelsvertreter für die Northwest Company abgewendet hatte. Über diese Gesellschaft und über die Hudson's Bay Company hatte er diese Bande von Außenseitern angeworben. Es waren alles ehemalige Trapper, die es vorzogen einen gefangenen Indianer für fünfzehnhundert bis zweitausend Franc zu verkaufen, anstatt in den eisigen Strömen eines Flusses für ein Biberfell

durch das Wasser zu waten, das am Ende nicht mehr als fünfzehn Franc wert war. Dubois hatte für die Gefangenen bereits
eine Summe von über zehntausend Franc oder Zweitausend
Dollar kalkuliert. Er würde seinen Anteil von fünfhundert
Dollar einbehalten, und jeder der anderen würde dreihundert
bekommen. Das war mehr, als sie in zwei Jahren als Trapper
verdienen konnten.

Ein wütender Raphael Bernard näherte sich Dubois mit
einem Sattel, warf ihn zu Dubois' Füßen auf den Boden und
knurrte: "Jemand hat sich mit einem Messer an dem Sattelgurt
zu schaffen gemacht! Hätte ich das nicht rechtzeitig gesehen,
wäre ich bei der ersten plötzlichen Bewegung vom Pferd
gefallen! "

"Wer hat es getan?", fragte Dubois.

"Ich glaube, es war diese Squaw, die mit mir geritten ist. Sie
war nicht allzu freundlich und kämpft immer wieder gegen
mich! Sie braucht eine Lektion, wie man einen Mann richtig
behandelt!", knurrte der Mann. Er war der unbeliebteste des
ganzen Haufens, immer klagend und meckernd, und drückte
sich immer um seine Aufgaben. Er war ein vulgärer Mann.
Niemand hatte gesehen, dass er mehr Wasser als bis zu seinen
Handgelenken oder Knöcheln abbekam und sein Bart zog
Fliegen an, wie ein eine Woche alter Kadaver. Alle mieden ihn
und die gefangene Squaw, die mit ihm ritt, war erheblich
mürrischer geworden als die anderen Gefangenen. Keiner der
Männer konnte ihr ihre offensichtliche Abscheu verübeln.

"Im Moment ist uns diese Squaw mehr wert als du! Also
pass auf und überleg dir gut, was du tust! Wenn ihr etwas
zustößt, wird es von deinem Anteil abgezogen! Verstanden?",
knurrte Dubois. Er war einen halben Kopf größer als Bernard
und wog mindestens dreißig Pfund mehr als er. Die anderen
Männer respektierten Dubois und fürchteten ihn, weil sein Ruf
schon immer der eines Kämpfers und Mörders gewesen war.
Als Bernard zu reagieren begann, ächzte er schließlich wütend

und bückte sich, um den Sattel aufzuheben und mit den Reparaturen zu beginnen. Zwei der Männer hatten den Austausch zwischen ihrem Anführer und dem verärgerten Bernard beobachtet, und einer, Louis Petit, fragte Dubois: "Wir könnten leicht ohne ihn auskommen, und niemand würde ihn vermissen!"

Dubois blickte Petit finster an: "Darum kümmern wir uns, wenn es soweit ist. Denn im Moment sind wir ganz in der Nähe des Dorfes der Omaha und wir wollen sie nicht verärgern. Ich hatte gehofft mit ihnen handeln zu können, und möchte schauen, ob sie irgendwelche Gefangenen zu verkaufen haben."

Bernard hatte ein Stück Bisonleder, das von den Otoe gehandelt worden war entlang der Oberfläche einer ergrauten, umgestürzten Pappel ausgelegt. Der Latigo Riemen des Sattelgurtes war fast ganz durchgeschnitten, so dass der gesamte Latigo ersetzt werden musste. Er legte den Riemen auf das ausgelegte Bisonleder, um ihn als Schablone zu nutzen. Mit seinem Häutungsmesser begann er den langen, geraden Schnitt. Er sah auf, und sah die Pawnee-Squaw namens Graue Taube, die ihm beim Schneiden des Leders zusah. Sie stand mit den Fäusten auf den Hüften und blickte den dreckigen Sklavenhändler an. Ihre Augen waren voller Hass und leicht zusammengekniffen. Ihre Lippen und Mimik zeigten ihre Abscheu und ihre Nasenlöcher weiteten sich. Sie sprach ihn in Pawnee an, was Bertrand aber nicht verstehen konnte. Aber der Tonfall und der Gesichtsausdruck waren eindeutig. "Dein Gestank verpestet die Luft! Du riechst, als ob du schon tot wärst!"

Er stand da und knurrte die Frau an: "Ich weiß nicht, was du gesagt hast, aber ich weiß, dass du es warst, die den Riemen durchgeschnitten hat! Ich sollte das Messer dafür an dir benutzen!"

Graue Taube verstand den Franzosen nicht, verstand aber

was er meinte, als er mit dem Messer vor ihr herumfuchtelte. Sie räusperte sich und spuckte ihn an. Sie drehte sich um, um zu gehen, aber der unflätige Mann stürzte sich auf sie, packte ihren langen Zopf und riss sie zu sich zurück. Er knurrte: "Spuck mich doch an!" und führte sein Messer über ihre Kehle. Ihre Augen flackerten auf, und sie versuchte erneut zu spucken, aber es kam nur Blut, während das Leben langsam aus ihren Augen entwich.

Er hielt sie an seine Brust gepresst, stieß ihr das Messer in die Brust, riss es heraus und rammte es ihr immer wieder durch die Rippen. Er wusste, dass sie tot war, aber er schlachtete sie zu seinem eigenen Vergnügen regelrecht ab. Er stand mit dem Rücken zu den Männern am Feuer, und er hielt ihren Körper an sich gepresst. Dann senkte er ihn langsam zu Boden, und ließ sie dann knurrend wie ein Bündel auf die Seite fallen. Er wischte sein Messer an seinem Hosenbein ab und wandte sich wieder seiner Arbeit am Leder zu. Sie lag neben dem großen Baumstamm aus Pappelholz, den er zum Zurechtschneiden des Riemens verwendete, und war für die anderen nicht sichtbar, da die hereinbrechende Dunkelheit und die langen Schatten der Bäume ihren Körper verdeckten.

Laufender Vogel und Blaue Blume deuteten zu den Männern und signalisierten, dass ihr Essen fertig war. Gaspard führte die anderen an, um ihren Wildfleischeintopf zu schöpfen und ihre Tassen mit Rum zu füllen. Louis Petit rief Bernard: "Hey Raphael, das Essen ist fertig!"

"Ja, ja, ich komme!", knurrte dieser, steckte sein Messer wieder in die Scheide und machte sich auf an das Feuer.

Laufender Vogel runzelte die Stirn. Sie war auf der Suche nach Graue Taube nachdem sie bemerkt hatte, dass diese zu den Bäumen jenseits des Baumstammes ging wo Bernard gearbeitet hatte. Während die Männer ihr Essen auftischten ging sie auf den Baumstamm zu und rief leise ihren Namen. Ohne

eine Antwort zu erhalten sah sie in den Wald und rief ihren
Namen etwas lauter. Sie ging an dem Baumstamm vorbei,
suchte die Baumgrenze ab und rief erneut ihren Namen. Als
keine Antwort kam, wandte sie sich wieder dem Feuer zu und
sah schließlich die zusammengesunkene Form im dunklen
Schatten neben dem Baumstamm. Drei schnelle Schritte
brachten sie zur Seite des stillen Körpers und sie kniete sich
neben ihrer Freundin nieder. Sie stieß sie an ihrem Arm an
und dachte sie könne sie wecken. Doch als der Körper auf den
Rücken rollte, keuchte Laufender Vogel erschrocken auf, die
Hand über ihren Mund gepresst. Langsam stand sie auf, zeigte
auf Bernard und rief: "Du hast sie getötet! Du hast sie getötet!
Du hast sie getötet!" und stampfte auf ihn zu, Wut brannte in
ihren Augen, die Arme hielt sie seitlich steif, und sie schrie:
"Du solltest sterben!"

Die anderen Männer waren wie gebannt als sie der
wütenden Frau zusahen, und obwohl sie ihre Worte nicht klar
verstanden, wussten sie doch, was sie meinte. Gaspard trat vor
sie, stieß sie zurück, drehte sich zu Bernard um und fragte ihn
auf Französisch: "Was hast du getan? Bevor der Mann
antworten konnte, drehte er sich um und befahl Louis Petit:
"Geh, schau!" und nickte in Richtung des Baumstammes.
Laufender Vogel war außer sich vor Zorn und knurrte mit knir-
schenden Zähnen Französisch: "Il l'a tuée!"

Dubois blickte Bernard mit finsterer Miene an: "Hast du die
Squaw getötet?"

"Sie hat es verdient! Sie schnitt den Sattelgurt durch und
spuckte mir dann ins Gesicht!", blaffte er zurück und spuckte
zur Seite, um seine Verachtung auszudrücken.

Ohne ein Wort der Warnung schlug Dubois dem Mann
seinen Teller voller Eintopf ins Gesicht und schlug ihm eine
fleischige Faust in die Eingeweide. Er riss ihn nach vorne und
schlug ihn dann mit solcher Wucht an die Schläfe, dass der

Mann rückwärts über das Feuer stolperte und dabei schrie und fluchte. Er begann aufzustehen, aber Dubois war an seine Seite getreten und stellte sich drohend über ihn. Er setzte seinen großen Stiefel auf die Brust des Mannes und drohte: "Der Wert dieser Squaw wird von deinem Anteil abgezogen! Und wenn du auch nur den Anschein erweckst, als würdest du noch einen dieser Indianer anrühren, schneide ich dir persönlich die Kehle durch und spucke dir ins Gesicht, während du verblutest! Jetzt steh auf und geh hinunter zum Bach. Es würde dir und uns guttun, wenn du hineinspringen und dich waschen würdest. Du stinkst!", brüllte Dubois und drehte sich zum Topf am Feuer zurück, um seinen Teller wieder aufzufüllen.

Bernard ächzte und brummte vor sich hin, wischte sich das meiste Essen aus dem Gesicht und stapfte in Richtung des Baches. Als er los ging, fragte Petit Dubois: "Glaubst du, er wird sich wirklich waschen?"

"Non, er wird sein Gesicht ins Wasser halten, es abwischen und denken, er sei sauber!", antwortete der große Mann und fing an seinen Eintopf zu essen. "Wir werden morgen den Missouri überqueren, dann können wir ihn vielleicht reinwerfen und ihn dazu bringen ans Ufer zu schwimmen. Die beiden Männer lachten und als Louis Petit wiederholte, was ihr Anführer gesagt hatte, lachten auch die anderen Männer zusammen. Sie waren alle voller Hoffnung, dass gegen den stinkenden Bernard etwas unternommen werden würde.

Gaspard Dubois hatte Laufender Vogel requiriert und behielt sie an seiner Seite, als sie sich für die Nacht hinlegten. Louis Petit hatte Blaue Blume mit zu sich genommen, und die anderen Männer hatten jeweils eines der Mädchen bei sich. In dieser Nacht würde Raphael Bernard niemanden haben, der ihm seine Decken wärmte. Der einsame Junge, der Dachs genannt wurde, war an einen Baum gefesselt und man hatte eine Decke über ihn geworfen. Obwohl die Männer gewarnt worden waren, keinen der Gefangenen zu misshandeln, passte

Dubois verstärkt auf, dass die Frauen unverletzt blieben, um
ihren Wert zu erhalten. Sie wurden wie Handelswaren behandelt, und der Wert hing von ihrem Zustand ab, so dass seine
Sorge ausschließlich finanzieller und nicht moralischer
Natur war.

8

KONFRONTATION

Es war offensichtlich, dass die Sklavenhändler und ihre Gefangenen keine Anstrengungen unternahmen, ihre Spuren zu verdecken. Daraus schlussfolgerten Gabe und seine Begleiter, dass keiner der Franzosen glaubte, dass ihnen jemand folgen würde. Jeden Tag beeilte sich das Trio mehr, um die Distanz zwischen sich und der Sklavenhändlerbande zu verkürzen. Jeden Tag wurden die Spuren frischer und sie kamen ihnen immer näher. Da das Gelände ein eintöniges Flachland mit kurzen Abschnitten von mit Wäldern bewachsenen Hügeln war, gab es kaum eine Gelegenheit für die Verfolger, die Entführer vor sich zu sehen.

Bei Einbruch der Dämmerung des vierten Tages, seit sie den Zusammenflusses der Flüsse Platte und Missouri hinter sich gelassen hatten, zeigte die Spur der Sklavenhändler landeinwärts, und führte auf die Anhöhe, die über dem sumpfigen Gelände lag. Der Big Muddy, der Große Schlammige Fluss, änderte oft seinen Kurs und hinterließ fruchtbares Uferland oder weite Sumpfgebiete, die Treibsand, Weiden und Rohrkolben aber keinen festen Untergrund zum Reiten boten. Nachtwolf hatte die Führung übernommen. Er stellte sich in seinen Steigbügel auf und schirmte seine Augen ab, um das Gebiet jenseits des niedrigen Vorgebirges zu beobachten. Als Gabe und Ezra neben ihm anhielten, deutete er nach vorne: "Sie schlagen bald ihr Lager auf, vielleicht zwischen den Bäumen heute. Er deutete vom Fluss weg: "Großes Dorf der Omaha, dort. Viele Hütten."

Gabe griff zurück und holte sein Messingteleskop heraus, streckte es in Richtung des Dorfes aus und runzelte die Stirn. Er blickte Nachtwolf an, "Wie groß ist das Dorf?", und hob das Fernrohr wieder an sein Auge. In der Ferne zeigten sich unter den Baumwipfeln eine tiefhängende Wolke aus Rauch, unverkennbar der Qualm von vielen Kochfeuern. Doch das Gelände und die Bäume verhinderten jede Sicht auf das Dorf selbst.

"Die *U-Mo'n-Ho'n* nennen es *Ton-wa-tonga* oder Großes Dorf. Ihr Häuptling ist Schwarzdrossel. In diesem Dorf gibt es so viele Hütten wie Tage an zwei Monden."

Gabe senkte den Blick auf Nachtwolf und sagte: "Das sind sechzig dieser großen Hütten!" Er runzelte die Stirn, als er an die Größe dieses Dorfes dachte und fragte dann: "Wie viele Leute in jeder Hütte?"

Nachtwolf dachte einen Moment nach, dann erhoben sich beide Hände mit erhobenen Fingern, und er signalisierte dreimal mal Zehn.

Gabe starrte den Mann fassungslos an und blickte dann zu Ezra: "Das wären dann weit über tausend Menschen. Das ist größer als die meisten Städte des weißen Mannes!" Er blickte zu dem jungen Pawnee zurück: "Sind sie freundlich?"

"Sie treiben Handel mit den Franzosen und den Spaniern sowie mit anderen Stämmen. Sie sind freundlich, ja!", antwortete Nachtwolf.

Während sie sprachen, fuhr Gabe fort, die Hügel und Bäume wo Nachtwolf das nächste Lager der Sklavenhändler vermutete, zu beobachten. Sie befanden sich auf einem kahlen, flachen Tafelberg, der etwa dreihundertfünfzig Fuß über dem

Flussbett lag und einen guten Ausblick auf das umliegende Land bot. Plötzlich stockte er, lehnte sich leicht nach vorne und stellte das Zielfernrohr genauer ein. Sein Atem kam in flachen Zügen, als er das Zielfernrohr leicht zur Seite bewegte. "Da!", flüsterte er. Er senkte das Zielfernrohr ab und reichte es Ezra: "Da ist eine dünne Rauchfahne bei der Senke in jenen Hügeln, nur sehr schwach zu sehen. Ich glaube, die Frauen produzieren absichtlich Rauch mit ihrem Feuer."

Ezra suchte in der angegebenen Richtung und hielt dann inne: "Hmmhmm. Ist nicht viel, aber ich glaube, du hast Recht." Er übergab das Fernrohr Nachtwolf, der es entgegennahm, aber noch nie zuvor ein Teleskop gesehen oder benutzt hatte. Gabe, der die Frustration des Mannes sofort sah, zeigte ihm, was er zu tun hatte, und gab ihm abermals das Fernrohr in die Hand. Er sah hindurch, senkte es wieder, und sah es verblüfft an und dann zu Gabe, der grinsend nickte und Nachtwolf aufforderte, dass er noch einmal hindurchsehen sollte. Der Pawnee Krieger hob das Teleskop langsam zum Auge, hielt das Messingrohr ruhig und stieß ein leises Stöhnen aus, als er hindurchsah. Als er das Fernrohr absenkte, blickte er noch einmal zur gleichen Stelle auf der anderen Seite und dann auf das Fernrohr als er es Gabe zurückgab. Er schüttelte langsam den Kopf, die Augen erstaunt weit aufgerissen und die Augenbrauen hochgezogen.

"Das ist nicht mehr als eine Stunde entfernt, also können wir näher heranrücken und die Stellung halten, bevor wir uns in ihr Lager schleichen und sehen, was sie haben!", schlug Gabe vor. Er blickte zu den anderen und ohne eine Antwort zu erhalten, deutete er zu Nachtwolf, er solle voraus spähen. Gabes Verstand arbeitete bereits an einem möglichen Plan für die Rettung der Gefangenen. Nach dem, was er vor verlassen der Anhöhe hatte sehen können, lagerte die Sklavenhändlerbande am Rande der Bäume in der Nähe der Ufer Auen des Missouri. Er wusste, dass sie sich ein genaueres Bild machen mussten, bevor sie entscheiden konnten, was zu tun war. Aber Gabe wusste auch, dass sie den Schutz der Dunkelheit für ihren Angriff nutzen mussten. Da sie zwei zu eins in der Unterzahl waren und die Gefangenen wahrscheinlich als Schutzschilde benutzt werden würden, konnten sie keinen direkten Angriff mit vielen Schüssen riskieren, der die Frauen und Kinder gefährden würde.

Sie blieben in den dichteren Wäldern, suchten sich ihre eigene Fährte und folgten nicht mehr den Spuren der Sklavenhändlerbande. Der große Fluss verlief dicht an dem Wald entlang, in dem sie sich befanden. Er zwang sie weiter den Hang hinauf, aber der Flusslauf drängte sich in die Ebene unter ihnen und folgte einem früheren Flussbett weg von den sumpfigen Marschen am Waldrand. Nachtwolf führte sie zu höher gelegenem Gebiet, welches die kargen Sandflächen überblickte, die sich im abnehmenden Tageslicht in blassen Farben zeigten. Als ihre gewählte Route sie schließlich auf den Gipfel einer bewaldeten Anhöhe führte, vermutete Gabe, dass sie sich auf dem großen Hügel genau über dem Lager der Sklavenhändler befanden. Nachtwolf deutete mit Zeichensprache an, dass Gabes Vermutung richtig war. Die drei Männer stiegen von ihren Reittieren ab und standen erst einmal ruhig beieinander.

Während sie sich umsahen und durch die Bäume blickten, versuchte Gabe sich in die Köpfe der Franzosen zu versetzen. Sie hatten sich in der Wildnis als klug, aber auch als faul erwiesen. Er flüsterte den anderen zu und deutete auf ein breites Tal zu ihrer Linken, das sich zwischen den Hügeln hindurchschlängelte: "Ich glaube, dort unten ist ein Bach und als wir ihre Fährte verließen, gingen sie in jene Richtung. Wenn sie erwarten würden, dass ihnen jemand folgt, würden sie sicher erwarten, dass derjenige auf genau diesem Weg durch dieses Tal hinter ihnen herläuft. Er hielt inne und blickte nach rechts in Richtung des Flusses. "Ich glaube, es wäre besser, wenn wir von dort unten auf sie treffen würden!", und zeigte auf die Baumgrenze die ihre Schatten auf die Ebenen neben dem Fluss warf.

Die Auen erstreckten sich etwa anderthalb Kilometer breit bis zum Flussufer. "Wenn wir innerhalb der Bäume bleiben, haben wir eine gute Deckung bis wir zu ihrem Lager kommen. Wir können die Pferde dort unten lassen", nickte er zum Rand der Bäume hin. "Aber...", er richtete seine Augen auf die abnehmende Dunkelheit und auf den Halbmond, der inmitten einer Handvoll leuchtender Sterne zu hängen schien, "wir werden ihnen Zeit geben, um tief und fest zu schlafen, bevor wir uns ihnen nähern. Ich denke, wir schleichen uns näher heran, um ihr Lager zu auszukundschaften, und dann schmieden wir einen Plan, wie wir sie vor dem Tageslicht außer Gefecht setzen können.

Sie zogen sich tief in den Wald zurück, suchten sich ihren Weg durch die dunklen, schattigen Bäume und folgten der Kontur des Hügels bis an den Rand der Ebene. Gabe vermutete, dass sie nur etwa zwei Meilen vom Lager der Sklavenhändler und fünf Meilen vom Dorf Omaha entfernt waren, aber die kleine Lichtung bot ihnen trotzdem reichlich Deckung. Es war ein kaltes Lager zum Übernachten, da kein Feuer ihren Standort verraten durfte. Dennoch mussten sie versuchen, sich ein wenig auszuruhen bevor sie zu ihrem Angriff auf die Sklavenhändler aufbrechen würden.

Die verbleibende Zeit wurde aber nicht schlafend in ihren Decken verbracht. Jeder der drei Männer war damit beschäftigt seine Waffen vorzubereiten, die Messer zu schärfen, die Pistolen und Gewehre nachzuladen und vieles mehr, während sie die ganze Zeit über den bevorstehenden Kampf nachdachten. Ohne Feuer schärften sie ihre Sehnerven für die Dunkelheit. Gabe sprach leise: "Ich habe nachgedacht. Vielleicht sollten wir den Kampf so still wie möglich führen, denn das Dorf der Omaha in der Nähe verunsichert mich. Ich möchte nicht, dass sie denken, sie müssen sich in den Kampf einmischen und dann hinter uns herjagen, weil wir in ihrem Territorium sind und so weiter. Was meinst du, Nachtwolf? Würden deine Krieger nicht zornig werden, wenn einige Männer, davon noch ein Weißer, in das Gebiet deines Stammes kommen und einen Kampf anzetteln würden, auch wenn es nicht ein Konflikt gegen euch wäre?"

"Ja, jeder Kampf in der Nähe unseres Dorfes würde uns glauben machen, es sei ein Angriff gegen uns und wir würden kämpfen!", antwortete er.

"Ich weiß, du sagtest die Omaha seien freundlich gesinnt, aber ..." sagte er kopfschüttelnd.

"Aber ihr kämpft mit euren Gewehren und Pistolen! Die sind nicht still!", zweifelte Nachtwolf.

Gabe grinste: "Oh, wir haben noch andere Waffen. Zeig sie ihm, Ezra!"

Ezra kicherte, stand auf und ging zu seiner Ausrüstung die bei den Bäumen neben den Pferden lag, holte seine Kriegskeule heraus und kehrte zurück. Ezra schwang die Hartholzkeule mit den eingelegten Steinen und Perlen und der Hellebardenklinge durch die Luft, und brachte Nachtwolf dazu, sich schnell zu ducken. Er reichte die Kriegskeule an zum Begutachten an den Indianer weiter. Der Krieger stand auf, hielt die teuflische Waffe in der Hand, schwang sie dann hin und her und blickte Ezra grinsend an. Als er sie zurückgab blickte er zu Gabe hinüber und sah, wie der weiße Mann einen ungewöhnlichen Bogen spannte, der sich dabei in die entgegengesetzte Form seines ursprünglichen Aussehens bog.

Der Pawnee schaute ernst und ging näher heran, um diese Waffe in den Händen seines Freundes näher zu betrachten. Gabe streckte Nachtwolf den Bogen entgegen, der ihn vorsichtig ergriff und die Form der ungewöhnlichen Waffe untersuchte. Wenn er gespannt wurde, war der mongolische Bogen etwa gleich lang, wie der traditionelle Bogen der Indianer, aber die entgegengesetzte Bogenform, verlieh ihm bedeutend mehr Durchschlagskraft. Nachdem er ihn ausführlich betrachtet hatte, hob Nachtwolf den Bogen an, legte seine Finger auf die gedrehte Pferdelederschnur die als Bogensehne diente, und begann zu ziehen. Aber er war überrascht, als die Schnur straff blieb und er sie nicht zurückziehen konnte. Lediglich einen Zentimeter oder so konnte er die Sehne bewegen und dass nur mit großer Anstrengung. Er schaute Gabe an, dann den Bogen und zog erneut, aber auch diesmal war er erfolglos. Er sagte: "Die Schnur ist so straff, eine solche Waffe kann man nicht benutzen!"

Gabe nahm den Bogen entgegen, als Nachtwolf ihn seinem Freund entgegenstreckte, und Gabe versicherte ihm: "Oh, ich kann ihn ganz gut gebrauchen. Es erfordert viel Übung und Mühe, aber dieser Bogen ist viel wirkungsvoller, als du denkst. Was mir dabei in den Sinn kommt: Ich weiß, dass ihr beide persönliche Rache an diesem Haufen üben wollt, und ich werde nicht versuchen, euch dieses Recht abzusprechen. Wenn wir uns also erst einmal ein klares Bild von ihrer Anordnung im Lager gemacht haben, könnt ihr beide oder auch nur einer von euch diese Revenge vollbringen. Ich werde mit meinem Bogen über das Kampfgeschehen wachen, und ich werde auch meine Pistolen zur Hand haben, nur für alle Fälle", erklärte Gabe. Er hob seine Augen zum Nachthimmel: "Also, sobald wir bereit sind, werden wir einen Spaziergang machen. Wir sollten nun eigentlich zur richtigen Zeit im Lager ankommen."

Gabe gab die Führung an Nachtwolf ab. Obwohl die drei Männer gleichermaßen fähig und geschickt in den Wäldern waren und sich leise und heimlich durch die Bäume bewegten, wusste Gabe, dass Nachtwolf in Gedanken mehr damit beschäftigt war, da seine Frau eine der Gefangenen war. Sie waren wie Schatten in der Dunkelheit. Das Mondlicht wies ihnen den Weg und reflektierte sanft von ihren Schultern zurück. Ihre Bewegungen war das einzige Anzeichen für ihre Anwesenheit im Wald. Es war der Geruch von Rauch, der Nachtwolf plötzlich auf ein Knie fallen ließ, die Hand hochgehalten, um die anderen anzuhalten. Gabe und Ezras geblähte Nasenlöcher fingen den gleichen Geruch auf. Sie erstarrten an Ort und Stelle und suchten im gedämpften Licht nach dem Lager. Diejenigen, die nicht an die Schwärze der Nacht gewöhnt sind denken oft, dass in der Dunkelheit nichts zu sehen sei. Aber Mond und Sterne gaben mehr Licht ab, als die meisten glauben, und die Männer nutzten die schwachen Lichtquellen für ihre Suche.

Sie suchten eher nach Formen als nach Details. Sie lauschten den, für den Wald ungewöhnlichen, Geräusche. Sie achteten auf die geringste Bewegung. "Da!", flüsterte Nachtwolf und zeigte auf den Rand der Bäume, an denen Pferde angebunden waren. Eines der Reittiere stampfte, ein anderes schnaubte, und ein weiteres verlagerte sein Gewicht bei minimaler Bewegung. Die drei Männer hatten das gespannte Seil, an dem die Pferde festgebunden waren, bemerkt. Ihre Augen drehten sich dem dämmrigen Schein aschebedeckter Kohlen zu und begannen langsam, die schlafenden Formen zu identifizieren. Nachdem sich Gabe im Kopf eine mentale Karte des Lagers gemerkt hatte, deutete er an, dass sie zurück hinter die Bäume gehen sollten.

"Da nur ein Gefangener an diesem Baum festgebunden ist, sieht es so aus, als hätte jeder der Männer einen Gefangenen in seinen Decken bei sich. Seht ihr das auch so?", flüsterte Gabe und schaute von einem Mann zum anderen.

"Ja, und es ist schwer zu sagen, welche Form ein Sklavenhändler und welche eine Gefangene ist, es sei denn wir bekommen mehr Licht ", bemerkte Ezra.

"Wenn wir näher dran sind können wir das sehr wohl erkennen. Die Männer sind alle größer", brummte Nachtwolf, der mit seiner Hand seinen Messergriff packte, dann aber wieder los ließ. Der Gedanke an seine Frau in den Decken mit einem anderen Mann schürte seinen Zorn.

"Hier ist mein Vorschlag. Nachtwolf, du umkreist das Lager und kommst vom oberen Ende heran! Ezra, du folgst ihm, bis du an dem Baum vorbeikommst, an den der Junge gefesselt ist. Ich bleibe am Rande der Bäume auf der unteren Seite, damit keiner von ihnen entkommen kann. Wir werden den Schrei des Nachtfalken abgeben, nur einmal, um zu signalisieren, wann ihr bereit seid. Wenn ich das etwas tiefere Echo eures Rufes von mir gebe, ist das euer Signal euren Angriff zu starten."

Sowohl Ezra als auch der Pawnee Krieger nickten, dann fügte Gabe hinzu: "Nachtwolf, ich weiß, dass du zuerst deine Frau retten willst, und Ezra, du befreist den Jungen. Folge dem, was du im Herzen fühlst, und wenn dir danach ist, dann schleich durch ihr Lager und sag ihnen auf deine Weise gute Nacht. Ich halte mich mit meinem Bogen bereit, für den Fall das einige von ihnen unruhig und zu einer Gefahr für euch werden." Die Männer trennten sich, bewegten sich in den tiefen Schatten der Bäume. Still wie die Falken in der Nacht auf der Jagd umkreisten sie ihre Beute und warteten auf den Angriff.

9

VERGELTUNG

Der frühmorgendliche Tau lag schwer auf den vermodernden Blättern des Waldes. Gabe spürte die Nässe durch seine Mokassins, und wusste, dass die Feuchtigkeit ihr Heranschleichen noch mehr dämpfen würde. Als er sich nur noch etwa zwanzig Meter vom Lager entfernt befand, ging er auf die Hände und Knie, den Bogen über den Rücken und das Lederhemd über seine Pistolen gezogen, um den Tau von ihnen fernzuhalten. Er rückte etwa weitere fünf Meter näher heran und ließ sich dann auf seinen Bauch fallen, um das Lager zu beobachten. Nichts bewegte sich, aber das Schnarchen, Grunzen und Stöhnen der schlafenden Männer vermischte sich mit dem gelegentlichen Scharren der Pferdehufe und gab reichlich Hinweise auf die Positionen der einzelnen Schläfer. Während er auf die Körper unter den Decken starrte, bemerkte er eine große Gestalt. Da die Decke über die Beine gespannt war, vermutete Gabe, dass derjenige allein schlief. Alle anderen hatten einen Gefangenen dicht neben sich, die meisten mit einem Bein oder einem Arm quer über dem Körper der Verschleppten.

Eine Form zuckte und versuchte sich aufzusetzen, wurde aber wieder auf den Rücken zurückgezogen. In diesem Moment sah Gabe ein kurzes Stück Seil am Handgelenk der Gefangenen. Er wartete und beobachtete das Paar, das sich bewegt hatte, aber bald lagen sie wieder still da und atmeten regelmäßig. Der Mann schnarchte bei jedem Atemzug. Gabe glitt noch näher heran, bewegte sich dabei langsamer als eine faule Schildkröte und vermied alles, dass ihn verraten würde. Sein Ziel war eine große Bur Eiche, die etwas abseits der anderen Bäume stand. Der hohe, gerade Stamm war breit genug, um ihm eine perfekte Deckung zu bieten.

Er benutzte den Baum als Schild und erhob sich langsam, um dahinter zu stehen. Die schwarze Nacht wurde zögerlich zum trüben Grau, und die dünne Linie am östlichen Horizont kündigte die Ankunft eines neuen Tages an. Er prüfte seine Pistolen. Er machte sich keine Sorgen, denn ihre Zündpfannen waren wasserdicht. Gabe prüfte jedoch die Bailes Pistole mit ihrem Wechsellauf gründlicher. Zufrieden holte er den Bogen von seinem Rücken, zog drei Pfeile aus dem Köcher, der an seiner Seite hing, stach zwei zu seinen Füßen leicht in den Boden und legte den Dritten auf die Sehne. Er bewegte sich langsam an die Seite des Baumes, blieb aber nahe an ihn gelehnt, damit sich seine Silhouette nicht von dem rauen, entrindeten Baum unterscheiden würde. Dann wartete er.

Plötzlich kam der erste Ruf des Nachtfalken, den Gabe auf Grund der Position als Ezras Ruf erkannte. Innerhalb weniger Augenblicke, fast wie ein Echo, kam ein weiterer schriller Pfiff. Beide Männer waren bereit, und Gabe holte tief Luft und ließ den dritten durchdringenden Jagdruf des Vogels durch die Dunkelheit hallen. Die drei Männer beobachteten jede Form im Lager, da sie sicher gehen wollten, dass die Rufe des Nachtfalken die Franzosen nicht geweckt hatten. Erst als sie überzeugt waren, zeigten sich Ezra und Nachtwolf als Schatten in der Dunkelheit, die langsam näherkamen.

Ezra fiel neben der ruhigen Form des Jungen auf ein Knie, legte schnell eine Hand über seinen Mund und schnitt dann seine Fesseln mit dem rasiermesserscharfen Messer durch, dass demselben flämischen Messer entsprach, wie die beiden, die Gabe bei sich trug. Als der Junge frei war, benutzte Ezra Handzeichen, um ihm zu erklären, er solle ruhig in die Bäume gehen. Ein langsames Nicken des Jungen, der seine Augen weit aufgerissen hatte, folgte und Ezra wich zurück und sah zu, wie der junge Mann schweigend im Wald verschwand. Er wusste, dass der neugierige Junge gerade weit genug außer Sichtweite sein würde, aber nah genug, um zu beobachten, was auch immer geschehen würde. Er würde die Frauen und Mädchen nicht allein lassen.

Nachtwolf schlich auf Händen und Zehen, ähnlich der Bewegung einer großen Spinne, ein Messer zwischen den Zähnen haltend, und kam schnell an die Seite eines, mit einer Decke bedeckten Körpers. Die beiden Menschen lagen auf der Seite, die Frau vor dem großen Mann. Er hatte seinen Arm über ihre Rippen gelegt und hielt sie eng umschlungen. Sein Schnarchen blies der Frau Strähnen ihrer Haare in die Luft und sie bewegte sich bei jedem Schnauben leicht, was Nacht-wolf zeigte, dass sie nicht fest schlief. Er bewegte sich hinter dem Mann, sank vorsichtig auf ein Knie, legte dann plötzlich seine Hand über den Mund des Mannes und stieß gleichzeitig die Klinge seines Messers in dessen Rücken. Die Klinge glitt durch die Rippen und fuhr in sein Herz. Der Mann zuckte, aber Nachtwolf bewegte die Klinge des Messers von einer Seite zur anderen. Nachtwolfs Knie auf der Seite des Mannes, seine Hand auf dessen Mund und das tief hineingetriebene Messer hielten den Mann von jeder weiteren Bewegung ab. Der Krieger riss das Messer heraus, drückte den Mann auf den Rücken und schlitzte ihm die Kehle auf. Die Frau versuchte wegzurücken, erkannte aber sofort ihren Mann, und obwohl sie am Handgelenk gefesselt war, zog sie sich weit genug zurück, um dem Pawnee Krieger den nötigen Platz für den Kampf zu geben.

Gaspard Dubois' Augen starrten in den dunklen Himmel, der einzige Blick, den er je auf ein himmlisches Zuhause haben würde. Nachtwolf spuckte ihm verachtend ins Gesicht. Er drehte sich um, um seine Frau anzuschauen, sah die Fesseln und durchtrennte schnell das Lederband. Er drehte sich wieder zu Dubois um und fuhr mit seinem Messer am Haaransatz des Mannes entlang , griff sich eine Handvoll Haare und riss die Kopfhaut ab. Er reichte den Skalp seiner Frau und schickte sie mit einem Kopfnicken in die Bäume.

Nachtwolf blickte auf die nächste Decke, sah, wie der Mann sich zu bewegen begann, und ließ sich rasch in eine tiefe Hocke fallen und bewegte sich nicht mehr. Der Mann, Louis Petit, hatte mit Blauer Blume in der gleichen Position wie Dubois geschlafen. Beide hatten auf der Seite gelegen, in die gleiche Richtung blickend, die Frau nahe an ihn ran gezogen. Aber nun drehte sich der Franzose um, zog an der Fessel, knurrte mürrisch und begann, sich aufzusetzen. Er sah Nachtwolf und wollte etwas sagen, aber das Zischen eines Pfeils durschnitt die Luft, und der Schaft schlug in die Brust des Mannes und drückte ihn zu Boden. Er trat um sich und versuchte zu schreien, erstickte aber an seinem eigenen Blut. Blaue Blume setzte sich auf, blickte Nachtwolf mit großen Augen an, dann hielt sie ihr Handgelenk mit ihren Fesseln hoch. Der Krieger schnitt schnell durch den Leder Riemen und deutete ihr, zu den Bäumen rüber zu gehen.

Ezra hatte sich von dem Baum, an dem der Junge gefesselt war, entfernt, sah Nachtwolf auf eine schlafende Figur zugehen. Ezra suchte sich sein eigenes Ziel in der Nähe aus. Er kroch auf den Kopf des Mannes zu, dessen Schnarchen das Geräusch eines herannahenden Pferdes überdeckt hätte. Als er in Reichweite war, erhob sich Ezra auf ein Knie, legte seine

Hand über den Mund des Mannes und schlitzte ihm mit einer schnellen Bewegung die Kehle auf. Die Augen des Mannes weiteten sich, er stieß die Decke weg und versuchte, sich zu bewegen, aber das Blut kam in strömenden Schüben und entzog dem Sklavenhändler schnell das Leben. Ezra wischte sein Messer an der Decke ab, schnitt die Leine des verängstigten Mädchens durch, das nun auf aufrecht saß und diesen schwarzen Geist der Nacht anstarrte. Ezra zeigte auf den Wald und gestikulierte, dass sie ruhig sein musste. Das Mädchen sprang schnell auf die Beine und rannte zu den Bäumen, ohne sich umzusehen.

"Hey!", rief ein Mann, der aufrecht saß und zu Nachtwolf schaute, und dann schnell nach seinem Gewehr griff. Ein Pfeil traf ihn jedoch in die Kehle. Er griff mit beiden Händen nach dem Schaft, fiel aber mit großen Augen zurück und starrte auf die graue Linie des Morgens, des letzten Tages, den er je sehen würde. Aber sein Schrei hatte die anderen in Aufregung versetzt, und Decken wurden beiseite geworfen, als die beiden, Raphael Bernard und ein anderer zu ihren Waffen krabbelten. Der große, unflätige Franzose Bernard legte seine Hand auf sein Gewehr, aber der Mokassin von Nachtwolf hielt ihn auf. Er blickte auf, um zu sehen, wie das blutige Messer des Indianers Richtung seiner Kehle gehoben wurde, und der Indianer griff ihm grob in die Haare. Bernard blieb wie erstarrt an Ort und Stelle, die Augen weit aufgerissen, der Mund offen und er stotterte , als Nachtwolf ihn auf seine Füße zog. Er trat hinter ihn und hielt immer noch sein Haar mit dem Messer an seiner Kehle.

Der einzige verbliebene Mann, Etienne Barbou, war der jüngste der Gruppe. Er war wahrscheinlich nicht mehr als zwanzig, aber genauso schmutzig und genauso schuldig wie die anderen. Er hatte sich sein Gewehr geschnappt, aber noch bevor er es an seine Schulter anlegen konnte, sah er Gabe hinter dem Baum hervortreten und einen Pfeil, der auf der vollständig aufgezogenen Sehne lag und auf ihn gerichtet war. Er ließ seine Waffe los und hielt eine Hand hoch, die andere hielt er, immer noch an ein Mädchen an seine Seite gefesselt, nach unten. Sein Mund war offen, seine Augen weit aufgerissen, und sein Herz klopfte, als wolle es aus seiner Brust herausspringen. Er begann sich vom Lager zu erheben, machte sich aber selbst nass vor lauter Angst. Er blickte zu dem Mädchen, welches soweit es die Fesselung erlaubte, von ihm abrückte. Ezra trat an die Seite des Mädchens, schnitt den Riemen durch und führte sie zu den Bäumen.

Die Frauen hatten zugesehen und kamen nun von den Bäumen zurück, der Junge und die Mädchen waren bei ihnen. Laufender Vogel ging an die Seite ihres Mannes und schaute zu Gabe und Ezra, dann zu ihrem Mann und fragte in Pawnee: "Wer sind diese, die mit dir kämpfen?"

Nachtwolf kicherte: "Sie sind Freunde." Er nickte Gabe zu und sagte: "Das ist Gabe!", dann zu Ezra: "Er ist Ezra!"

Gabe kam näher, hielt seinen Bogen immer noch mit dem eingespannten Pfeil in der Hand, nahm aber die Spannung aus der Sehne und senkte ihn vor sich Richtung Boden. Er blickte zu Laufender Vogel: "Wo ist die andere Frau?"

Sie blickte Bernard an, spuckte ihn an und sagte: "Er hat sie getötet!" Bernard war zurückgewichen, als sie ihn anspuckte, und versuchte sich dann vorwärts zu stürzen, aber das Messer an seiner Kehle stoppte ihn schnell.

Gabe fragte: "Wurden Sie oder die anderen misshandelt?"

Laufender Vogel senkte die Augen, dann blickte sie zu Blaue Blume, und beide blickten Gabe an. Keine der beiden Frauen antwortete, aber ihr Antlitz mit den mahlenden Kiefern, den zusammengekniffenen Augen und die sich blähenden Nasenflügel sagten ihm alles, was er wissen musste. Obwohl sie in gestelztem Pawnee und Französisch sprachen, sagten die

Mienen der Frauen mehr als ihre Worte. Gabe blickte zu Nacht-wolf: "Meinst du , wir sollten die Frauen entscheiden lassen, was mit den beiden Franzosen geschehen soll?" Er wusste, dass die Frauen der Eingeborenen oft an der Folter und dem Tod von Gefangenen mitwirkten und gewöhnlich eine größere Neigung zur Grausamkeit zeigten als die Männer.

"Es ist Brauch in meinem Volk, dass derjenige, dem Unrecht zugefügt wurde, das Recht hat, es zurückzuzahlen!", antwortete der Pawnee Krieger.

"Nun, es sieht so aus, als bräuchten Sie unsere Hilfe dafür nicht. Wir schlendern einfach zum Lager zurück, um unsere Ausrüstung und Pferde zu holen, dann kommen wieder und helfen euch mit dem Rest!", antwortete Gabe und nickte Ezra zu, damit auch er mitkommen würde.. Die beiden Freunde wandten sich ab und machten sich im Schein der aufgehenden Sonne auf den Weg zurück zu ihrem Lager. Es wurde wenig gesagt, als sie die mehr als zwei Meilen zu Fuß dorthin zurück-legten, wo die Pferde warteten. Als sie jedoch bei ihrem behelfsmäßigen Lager ankamen, fragte Ezra: "Was glaubst du, was sie tun werden?"

"Keine Ahnung, aber ich habe einige ziemlich grausame Geschichten darüber gehört, was einige dieser Eingeborenen-frauen tun können. Diese Frauen und Kinder haben viel durchgemacht, und ich habe bei diesen beiden Franzosen nicht mal mir selbst über den Weg getraut. Gabe schüttelte den Kopf: "Als ich darüber nachdachte, was hätte passieren können, konnte ich nur daran denken, wie diesen Männern dasselbe hätte angetan werden können. Steht in der Bibel nicht irgendwo *'Auge um Auge'*?"

Ezra schüttelte den Kopf und kicherte: "Ja, das tut es. Aber auf denselben Seiten steht auch, dass man die andere Wange hinhalten und die zusätzliche Meile gehen soll. Was wir getan haben, um diese Gefangenen zu retten, das ist eine Sache, aber jemanden absichtlich zu foltern und zu töten, das ist etwas anderes.

"Nun, es ist ja nicht so, dass wir sie irgendwo zu einem Sheriff schleppen und sie ins Gefängnis werfen könnten!", erklärte Gabe. "Wenn diese Männer unerwartet auf uns gestoßen wären, hätten sie keine Gnade gezeigt und keinen Gedankendaran verschwendet, uns nicht zu töten!", argumentierte Gabe und bückte sich, um seinen Sattel aufzuheben. Er trat neben Ebenholz, legte die Satteldecke auf das Pferd, glättete sie und schwang den Sattel auf den Rücken des Hengstes. Er griff unter den Bauch des großen Rappen, packte den Sattelgurt, fädelte den Latigo Riemen hindurch und zog ihn fest. drückte sein Knie in die Rippen des störrischen Pferdes, damit er seinen Atem aus dem Bauch ließ, zog den Sattelgurt fester und schloss schließlich die Schnalle. Er drehte sich um und sah Ezra an: "Also, was hätten wir sonst tun können?"

"Ich glaube, ich hätte ihnen aus der Heiligen Schrift vorlesen können, wie es mein Pa getan hat, aber ich hatte nicht zwei Monsterdiakone in meiner 'Amen'-Ecke stehen, um sicherzustellen, dass sie die Worte auch verstehen. Aber andererseits glaube ich nicht, dass es jemandem wie ihnen viel nützen würde", antwortete Ezra und sattelte seinen dunkelbraunen Fuchswallach. Zuerst wurden die Packpferde aufgepackt. Dann löste Gabe die Sehne an seinem Bogen, steckte die Waffe in das Futteral und hängte den Pfeilköcher hinter den Zwiesel. Zum Schluss steckte Gabe die Sattelpistolen in ihre Halfter neben dem Knauf. Ezra hatte das Gleiche getan, und schließlich stiegen sie auf und machten sich auf den Weg zurück zu Nachtwolf und den wartenden Gefangenen.

Als sie sich dem Lager näherten, spürten Gabe und Ezra , dass etwas nicht stimmte. Es war zu ruhig. Es wurde nicht gesprochen, es gab keine Bewegung, nichts. Ein kurzer Blick verriet den Männern, dass die Pferde losgeschnitten worden waren. Obwohl mehrere in der Nähe grasten, waren ein paar der Tiere verschwunden. Als sie die Bäume am Rande der Lichtung umrundeten, sahen sie die kleine Mädchengruppe, die sich aneinander festhielt, und den Jungen, der in der Nähe stand. Aber neben der Eiche, die Gabe als Deckung benutzt hatte, kniete die Frau, die sie Blaue Blume nannten, und schaukelte hin und her. Sie schluchzte. Vor ihr lagen die Körper von Nachtwolf und Laufender Vogel.

10

VERGELTUNG

E r konnte auf einen Blick erkennen, dass sowohl Nachtwolf als auch Laufender Vogel tot waren, und seine Wut kochte in ihm. Es war falsch von ihm gewesen, den großen, stinkenden Franzosen mit Nachtwolf und den Frauen allein zu lassen. Er hatte nur an ihr Bedürfnis nach Rache gedacht, nicht an die Gefahr, und er hatte geglaubt, Nachtwolf wäre dem Sklavenhändler mehr als gewachsen. Nun, mit der Last der selbstauferlegten Schuld, riss er den Kopf von Ebenholz herum und knurrte Ezra an: "Du bleibst bei dieser Frau und diesen Kindern! Ich verfolge diesen mörderischen Abschaum!"

Ohne auf eine Antwort zu warten, ließ er die Führungsleine des Packpferdes fallen und setzte dem Rapphengst die Fersen an die Rippen. Der große Hengst sprang los, eifrig, um die Verfolgung aufzunehmen, und innerhalb von zwei Sprüngen war er im vollen Galopp über die Grasflächen in Richtung des Big Muddy Flusses. Die Spuren des fliehenden Sklavenhändlers waren weniger als eine Stunde alt, und die Hufabdrücke des fliehenden Pferdes hatte sich tief in den weichen Boden eingegraben. Gabe richtete sich am Ufer des Flusses auf, zog das Ferguson Gewehr aus der Scheide, legte es quer über den Sattel hinter dem Knauf, stopfte seine Gurtpistole in den Knauf und legte die geölte Hülle des Mongolenbogens zusätzlich auf das Gewehr. Er trat seine Füße von den Steigbügeln los und trieb den schwarzen Rappen mit dem Druck seiner Knie ins Wasser. Trotz der zweihundert Metern breiten Strömung wusste er, dass sein Ebenholz der Sache gewachsen war. Sobald das Pferd im tiefen Wasser auftrieb, glitt er vom Sattel auf die stromabwärts gerichtete Seite und überließ dem Hengst seinen eigen Willen gegen die Strömung, indem er sich an den Riemen am Knauf des Sattels festhielt.

Mit ausgestrecktem Hals und langen Beinen, die sich kräftig bewegten, machte Ebenholz gegen den Strom gute Fortschritte. Gabe zitterte im kalten Wasser, seine Zähne klapperten, aber er schwamm neben seinem Pferd her. Er trat mit den Füßen, um dem Hengst so viel Hilfe wie möglich zu geben, und wenige Augenblicke später spürte er, wie der große Hengst im weichen Flussbett Fuß fasste. Die Strömung drückte gegen sie, aber der Hengst fand auf festem Boden Halt und erhob sich bald aus dem Wasser. Oben am Ufer angekommen, griff Gabe nach dem Ferguson Gewehr und dem Bogenetui und ging zur Seite, als der Rappe das überschüssige Wasser abschüttelte. Nach ein paar weiteren Schritten auf trockenem Boden drehte Ebenholz seinen Hals, um Gabe anzusehen und wartete darauf, dass er aufsitzen würde.

Gabe hängte den Bogen unter das linke Steigbügelleder, hielt die Ferguson Flinte fest und schwang sich in den Sattel. Er würde warten, bis das Futteral mehr trocknete, bevor er sein Gewehr wieder dem feuchten Leder anvertraute. Mit einem kurzen Blick erblickte er die Spuren des fliehenden Pferdes, und er setzte seinen Hengst auf die Fährte an. Er war sicher, dass sein Reitpferd die Kraft und Ausdauer sowie die Schnel-

ligkeit besaß, um den Sklavenhändler bald zu überholen. Er
überließ Ebenholz die Führung. Innerhalb weniger Schritte
stürmte der Rappe in gestrecktem Galopp und fing den Wind
in seiner Mähne. Sein Schweif flog hinter ihm, wie die Flagge
eines Piraten auf einem Schoner. Gabe beugte sich über seinen
Knauf, streckte sich auf Ebenholzes Hals, fing die fliegende
Mähne in seinem Gesicht ein und griff nach unten, um seinen
Hals zu tätscheln und das Tier in seinem Lauf zu ermutigen.

Der Big Muddy floss wohin er wollte, und änderte seinen
Lauf oft durch die Masse an Schmelzwasser im Frühjahr.
Genau das hatte er offenbar in diesem Jahr wieder getan. Nach
einer kurzen Strecke mit Gestrüpp und Holz kamen sie zum
alten Flussbett, und die Spuren des Sklavenhändlers führten
direkt auf das Gebiet mit unsicherem Boden. Der sonnenge-
trocknete Schlamm hatte Risse bekommen und kräuselte sich.
Das alte Flussbett sah aus, wie eine Bratpfanne an der sich eine
unerfahrene Braut versucht hatte, Brötchen darin zu backen.
Der große Schwarze brach durch die ausgetrocknete Kruste,
und der Schlamm und das Moor darunter zogen an seinen
Hufen, aber er kämpfte sich hinüber auf festeren Boden. Die
Spuren von Bernards Pferd zeigten, dass es nicht mehr schnell
lief, und Gabe vermutete, dass der große Mann angenommen
hatte, dass ihm niemand folgen würde. Wahrscheinlich hatte
er beschlossen das Tier zu schonen. Es war nicht ungewöhnlich, dass selbst der sich am schrecklichsten benehmende
Mann sein Pferd besser behandelte, weil er wusste, dass das
Tier den Unterschied zwischen Leben und Tod in der Wildnis
ausmachen konnte. Gabe hielt auch Ebenholz etwas in einen
langsameren Galopp zurück, aber immer noch fest
entschlossen den fliehenden Sklavenhändler ohne weitere
Verzögerung zu fangen. Dennoch wollte auch Gabe dabei sein
Pferd schonen.

Es näherte sich die Mittagszeit, als der Horizont eine Linie dichteren Waldes zeigte. Sie waren durch die Ebenen geritten und Büffelgras wurde grün, frühe Blumen färbten die Wiesen, Blaustängel und Gramma Gräser zeigten einen Hauch mehr Farbe. Er konnte nicht umhin, an den Unterschied zwischen diesem Land und seiner Heimat in Pennsylvania zu denken. Er hatte die Weite der Prärie und die Freiheit die sie bot lieben gelernt. Aber sein Verstand kehrte bald wieder zu seiner Mission zurück, als er sich von den Spuren des fliehenden Sklavenhändlers abwandte, weil er glaubte, dass der Mann vielleicht in den Bäumen Schutz gesucht hatte.

Er erhaschte einen flüchtigen Blick auf eine dünne Rauchsäule und vermutete, dass sie vom mittäglichen Kochfeuer des Sklavenhändlers kam. Er befand sich etwa eine halbe Meile von der Baumgrenze entfernt und lenkte den Rappen von der Spur weg und hin zu den dichteren Bäumen, die weiter entfernt von dem vermeintlichen Lager waren. Es gab nichts, was darauf hindeutete, dass er gesehen worden war. Daher ritt er tiefer zwischen die Bäume hinein und sah einen kleinen Fluss, der sich nach Südwesten schlängelte. Die Lage des nahen Flusses erklärte, warum der Sklavenhändler angehalten hatte und hier seine Pause verbrachte. Die Bäume stellten die übliche grüne Grenze zum nahen Fluss.

Er stieg ab, band den Hengst fest und stopfte eine seiner Sattelpistolen neben die Gürtelpistole. Mit dem Ferguson Gewehr in der Hand, überprüfte er die Munition und schlich durch die Bäume in Richtung der dünnen Rauchfahne, die er gesehen hatte. Seine Wut trieb ihn vorwärts, aber er musste sie in Schach halten, denn er konnte nicht zulassen, dass irgendetwas seinen Rachefeldzug behinderte.

Sorgfältig arbeitete er sich durch die dichten Bäume und das Gestrüpp und achtete auf jeden Schritt, obwohl seine Tarnung durch das frische Grün, das sich durch die welken Blätter des Winters drängte, unterstützt wurde. Er bewegte sich langsam und immer ein wenig in die Hocke geduckt, und suchte durch die Äste nach Rauch und Bewegung. Plötzlich beim Klang einer rauen Stimme blieb Gabe wie angewurzelt stehen. Er erkannte das Schnauzen und Knurren des dreckigen Franzosen, hörte aber nichts anderes. Er ging etwas näher heran, hielt sich hinter der Deckung. Gabe wollte sehen, mit wem der Mann sprach. Vielleicht mit einem anderen Fallensteller?

Er war überrascht die gebrechliche Gestalt eines indianischen Mädchens zu sehen, welches neben dem kleinen Feuer saß den Kopf hängen ließ und auf die Erde vor sich starrte. Gabe dachte, *ich hätte wissen müssen, dass er eine Gefangene mitnehmen würde!* Er trat hinter den nächsten Baum, aber der plötzliche Schrei des Mädchens brachte ihn schnell an die Seite des Stammes und er hob das Ferguson Gewehr zum Feuern an die Schulter. Der Mann beugte sich über das Mädchen. Sie schluchzte und er murmelte einige Flüche auf Französisch und schlug das Mädchen wiederholt.

Zwei lange Sätze brachten Gabe an die Seite des großen Mannes. Er schwang das hintere Ende des Gewehres nach oben und schlug den Kolben gegen die Seite des Kopfes des Mannes. Er verletzte ihn am Ohr und der Franzose sackte kurz zur Seite. Er hielt die Hand ans Ohr und stand auf. Der Franzose starrte den kleineren Gabe an und stürzte dann brüllend mit über dem Kopf gefalteten Hände auf Gabe zu, um ihn niederzuschlagen. Aber der zähe Blonde mit den breiten Schultern und seinem wütenden Knurren, duckte sich unter dem Schlag weg, und hieb den Lauf seiner Flinte in den Bauch des größeren Mannes.

Bernard kippte um, beide Hände am Bauch, als er nach Luft schnappte und zur Seite stolperte. Er atmete tief ein und stand mit blinzelnden Augen da, "Ich hatte gehofft, du würdest mir folgen!", knurrte er. "Jetzt werde ich dich in Stücke reißen, bevor ich dich ausweide, wie ich es bei deinen Rothäuten getan habe!" Gabe war überrascht, den Mann auf Englisch sprechen zu hören und vermutete, dass dessen Hintergrund vielfältiger war, als er angenommen hatte. Bernard breitete seine Arme weit aus und brüllte wie die Dämonen der Hölle als er den verdutzten Gabe angriff. Aber Gabe überraschte die Bestie, indem er sein Gewehr und seine Pistolen beiseite warf und sich mit ausgebreiteten Armen in die Hocke fallen ließ. Bernard erwartete den kleineren Mann mit einem Bärengriff zu besiegen wie er es so oft getan hatte, während er als Pirat auf den Kielbooten des Mississippi unterwegs gewesen war. Als er sah, wie Gabe seine Waffen beiseite warf, grinste er und schüttelte den Kopf als er angriff. Er streckte die Arme aus, um nach dem jüngeren Mann zu greifen, aber Gabe trat zur Seite, packte Bernard am Arm und vollführte eine Hüftrolle, die den großen Mann in den Dreck schlug und ihm den Atem raubte.

Aber der Franzose zeigte sich beweglicher als die meisten Männer seiner Größe. Er drehte sich und sprang rasch wieder auf die Füße. Dabei betrachtete er seine vermeintliche Beute, knurrte wieder, dann lachte er hämisch und griff erneut an. Doch plötzlich überraschte der geschmeidige blonde Mann in Wildlederkleidung das Ungeheuer erneut mit etwas, das dieser für einen absurden Sprung in die Luft hielt. Gabe jedoch krachte mit beiden Füßen gegen das massive Bein und Knie, knickte den Standpfosten des Ungeheuers um, und ließ ihn zu Boden fallen. Gabe drehte sich um, sprang auf die Füße und wich um den Mann herum aus, während er ihn verspottete: "Komm schon, großer Junge, ich dachte, du würdest mich in Stücke reißen, was ist denn los?"

Nun hielt der misstrauischere Gegner seine Fäuste vor sich und starrte den jüngeren Mann an, immer vor sich hinmurmelnd und knurrend, als er für eine weitere Runde anrückte. Er überraschte Gabe, als er mit der Linken eine Finte vorführte, und brachte dann eine Rechte, die Gabe seitlich am Kopf erwischte. Aber Gabe war von dem Schlag zurückgetreten und hatte den Kopf gedreht, so dass Bernards Schlag abgeschwächt worden war. Dennoch sah er selbst bei dem gedämpften Treffer Lichter vor seinen Augen tanzen. Gabe duckte sich schnell unter dem erwarteten linken Haken, holte mit seiner eigenen Linken aus und vergrub sie in der Mitte des großen Mannes. Er trieb seinen Feind zurück, folgte mit einem Tritt gegen dessen verletztes Knie, und als der große Mann stolperte, faltete Gabe seine Hände zusammen und ließ sie als Nackenschlag auf den Mann niedersausen. Bernard stürzte zu Boden. Der Franzose erhob sich mühsam auf Hände und Knie, schüttelte den Kopf und warf Gabe einen finsteren Blick zu. Er richtete sich abermals brüllend auf und streckte dabei ein Messer in seiner Hand aus. Er hielt es tief unten, die Klinge nach oben gerichtet, und Gabe erkannte schnell, dass dieser Mann schon einige Messerkämpfe mitgemacht hatte. Er zog sein eigenes Messer aus der Scheide, die zwischen seinen Schulterblättern hing, ging in die Hocke und hielt die Hände voneinander entfernt . Die Klinge des Messers blitzte mit der Schneide nach oben auf. Bernard sagte: "Jetzt bist du geliefert, Junge! Ich bin der beste Messerkämpfer auf dem Mississippi und ich werde dich ausnehmen!" Er stürzte sich nach vorne, aber Gabe trat schnell zur Seite und führte sein Messer am Unterarm des großen Mannes entlang, wo es eine blutige Spur hinterließ. Gabe trat zurück, als Bernard mit der freien Hand seinen Arm berührte und sie mit Blut beschmiert war. Gabe, der entspannt dastand, als warte er darauf, dass ein Diener seinen Tee einschenkt, sagte: "Vielleicht hast du es nicht bemerkt, aber wir sind nicht auf dem Mississippi!"

Die Männer prallten aufeinander wie zwei wütende Stiere, sie stießen mit Hörnern und Klingen zusammen, und beide Männer packten das Handgelenk des jeweils anderen. Bernard grinste, zeigte seine wenigen, verfaulten, tabakbefleckten Zähne, und sagte: "Jetzt wirst du sterben, Junge!"

Aber Gabe gab unter dem Ausfallschritt des großen

Mannes nach, ließ sich fallen, als ob er gestolpert wäre. Er nutzte dann den Schwung von Bernards Gewicht, als er sein Knie an den Bauch und sein anderes Bein gegen dessen Hüfte stemmte, und den stinkenden Franzosen über den Kopf warf, wo dieser mit einem erdbebenartigen Aufschlag flach auf dem Rücken landete. Gabe kam schnell auf die Beine, ließ sich neben dem Kopf des Mannes auf die Knie fallen und drückte ihm die Klinge seines Messers an die Kehle. "Wer wird sterben?", fragte er und blickte der Bestie in die Augen. Der große Mann versuchte zu buckeln und auf die Beine zu kommen, aber Gabe drückte mit der Klinge nach unten, zog eine blutige Spur entlang der Kehle und brachte den Mann dazu, sich nicht mehr zu bewegen. Dann griff Bernard plötzlich nach oben und versuchte Gabe an den Haaren zu packen, aber der jüngere Mann schnitt mit dem Messer den Unterarm des Sklavenhändlers auf und das Blut floss in Strömen. Bernard griff mit der freien Hand nach der Wunde und hielt den Arm hoch, um sie zu sehen. Er war aber nicht in der Lage sich unter der Klinge, die wieder an seiner Kehle lag, wegzubewegen.

Gabe hatte das heruntergefallene Messer von Bernard aufgefangen und hielt nun die Ersatzklinge locker in seiner linken Hand, mit der Bernard noch keine Bekanntschaft gemacht hatte. Er ließ den Druck der Klinge an Bernards Kehle nach und verspottete den großen Mann. Plötzlich ruckte die haarige Faust des Franzosen auf Gabes Kopf zu, aber Gabe benutzte das Messer in der freien Hand, um diesen Arm genauso schlimm aufzuschneiden, wie den anderen. Bernard schrie: "Du hast mir beide Arme zerschnitten! Ich werde verbluten! Helft mir!" Der Schrecken des Mississippi war erschüttert, da er dem Tod auf dem Rücken im Dreck liegend gegenüberstand, während ein, in seinen Augen Welpe von einem Mann, ihm ein Messer an die Kehle hielt.

Wieder wölbte er den Rücken und trat mit den Beinen, um zu versuchen seinen Angreifer abzuwehren, und Gabe trat tatsächlich bereitwillig zurück, wobei er dem Mann aber schnell die scharfe Klinge seines Messers über die Kehle zog. Bernard sprang auf die Füße, aber seine Hand ging zu seiner Kehle, und er fühlte das warme Blut über seine Hand strömen. Er sah zu Gabe auf, die Augen vor Angst weit aufgerissen, und stolperte vorwärts. Er versuchte zu sprechen, erstickte aber an seinem eigenen Blut, als er näher taumelte. Gabe schnitt zuerst mit seinem Messer, durch das Hemd und die Brust des Mannes, dann mit dem anderen Messer ein großes "X" auf dessen dicken Bauch. Bernard griff verzweifelt nach seinem aufgeschnittenen Bauch, hob seine Augen zu Gabe, stolperte einen weiteren Schritt , und fiel dann auf die Knie, seine eigenen Eingeweide in den Händen. Er hob die Augen zu Gabe und fiel langsam nach vorne auf sein Gesicht.

Gabe beugte sich vor und wischte die Klingen der Messer an dem schmutzigen Hemd des übelriechenden Franzosen sauber, der niemals wieder einer anderen Frau oder einem Kind schaden würde. Eine Bewegung weckte seine Aufmerksamkeit, und das indianische Mädchen trat näher und spuckte auf den Körper ihres Peinigers. Ein Auge verfärbte sich, blutete und schwoll an, die andere Wange war blau und rot und eben-falls geschwollen. In ihrem Haar war eine kleine kahle Stelle, wo ein Stück davon herausgerissen worden war. Auch dort blutete das Mädchen leicht. Ihre Tunika war zerrissen worden, und sie hatte Mühe das Kleidungsstück an ihrer Schulter hoch-zuhalten. Sie trat mit gerümpfter Nase von der Leiche zurück, und sah Gabe an. Dann rannte sie auf ihn zu, schlang ihre Arme um seine Taille und umarmte ihn, während sie in sein Hirschlederhemd schluchzte.

Türkenbussarde kreisten bereits über ihnen, als sie von den Bäumen wegritten. Ein Kojoten Paar verschwand in den Bäumen und ein Dachs kam aus seinem Bau. Alle erwarteten frisches Fleisch für ihr Abendessen, als Gabe und das Mädchen Seite an Seite von dem kleinen Fluss, der als Westgabel des Kleinen Sioux Flusses bekannt war, wegritten. Sie würden vor der Dämmerung bei den anderen zurück sein und Gabe war müde. Müde des Blutvergießens, müde des Kampfes und des Reitens, einfach nur müde. Er freute sich auf eine Nacht Ruhe, vielleicht heute Abend.

11

OMAHA

Während sie ritten, warf Gabe dem Mädchen einen Blick zu, runzelte die Stirn und schüttelte den Kopf. Obwohl er die Gefangenen nicht genau angeschaut hatte, denn die meiste Aufmerksamkeit hatte er Nachtwolf und Laufender Vogel geschenkt, war er sicher gewesen, dass die Mädchen weniger als zwölf Sommer alt waren. Aber dieses Mädchen hier, obwohl sie eher klein war, füllte ihr Lederkleid mit einer weiblichen Figur aus und ihr Haar war einiges länger als das eines jungen Mädchens. Sie trug lange Zöpfe, was sie wahrscheinlich davor bewahrt hatte, dass ihr noch mehr Kopfhaut herausgerissen worden war. So war es nur der blutige kleine Flecken oberhalb ihrer Schläfe. Ihre Ledertunika hatte etwas Besonderes. Das aufgestickte Muster bestand aus blauen und weißen Perlen, und Federkiele betonten die Perlenarbeit zusätzlich. Obwohl er noch nie lange bei den Pawnee gewesen war, war dieses Muster aus Perlen und Federkielen doch irgendwie anders als alles, was er bei ihnen gesehen hatte.

Obwohl ihr Weg breit genug war, dass sie nebeneinander hätten reiten können, blieb das Mädchen leicht hinter Gabe zurück und hielt ihren Blick nach unten gerichtet. Sie schaute ihm nie direkt in die Augen. Es dauerte fast zwei Stunden, bis sie zum Big Muddy Fluss kamen. Als sie oben am Ufer anhielten, stieg Gabe ab und bot an ihr vom Pferd herunterzuhelfen, aber sie rutschte selbst aus dem Sattel und sprang auf die Füße. Er warf ihr einen kurzen Blick zu und fragte: "Bist du in Ordnung?" Er sprach auf Englisch aber er benutzte auch die Zeichensprache. Sie antwortete in ihrer eigenen Sprache, die Gabe als der dem Osage Dialekt sehr ähnlich erkannte. Er war überrascht, weil Nachtwolf nie diesen Dialekt verwendet hatte, wenn sie sich unterhalten hatten. Er antwortete ihr in der Sprache, die er bei den Osage gelernt hatte: "Sprichst du Osage?"

Sie runzelte die Stirn. Ihre Augen blinzelten, als sie ihren Kopf leicht drehte: "Nein, ich spreche in der Sprache meines Volkes, der U-Mo'n-Ho'n, oder wie andere sagen, der Omaha!"

"Der Omaha? Bist du nicht eine der Gefangenen aus dem Dorf Pawnee?"

Sie blickte finster drein: "Ich kenne die Pawnee nicht."

Er lehnte sich mit einem Arm auf den Rumpf von Ebenholz, sah sie an und fragte: "Wann wurdest du von diesem Mann entführt?"

"Heute! Ich war dort!", sie zeigte auf das andere Ufer, "ich hatte einige Schlingen für Kaninchen ausgelegt, und er kam auf seinem Pferd vom Ufer. Das Pferd galoppierte und er griff nach mir, packte mich, und wir überquerten den Fluss. Er hielt mich an den Haaren und ich versuchte zu entkommen, aber er war zu groß!", erklärte sie und stampfte mit dem Fuß auf. "Aber du bist gekommen und hast ihn getötet. Jetzt bin ich dir zu Dank verpflichtet. Mein Vater ist Schwarze Wolke, der heilige Mann meines Volkes, meine Mutter ist Weiße Elch Frau und der Vater meiner Mutter ist Spottdrossel, der Häuptling der ganzen Omaha. Du musst mit mir in mein Dorf kommen und mir helfen von meiner Gefangennahme zu erzählen!"

Er stand da, schaute sie an, staunte über ihre Geschichte

und hielt inne: "Ich werde mit dir gehen, aber zuerst müssen wir unterwegs anhalten und meine Freunde holen. Er zeigte auf die baumbestandene Klippe: "Mein Freund wartet dort drüben auf mich. Wir haben ein paar Packpferde und ein paar andere Frauen, die der Mann dort hinten", er nickte mit dem Kopf zurück in Richtung des toten Sklavenhändlers, "aus dem Dorf der Pawnee entführt hat."

ALS SIE INS Lager der Frauen ritten, ging Ezra auf ihn zu, sein Gewehr in seinen Armen haltend und sah seinen Freund fragend an: "Wie kommt es, dass du einem großen, hässlichen Franzosen hinterherläufst und mit einer kleinen hübschen Indianerin zurückkommst?"

"Verdammt, wenn ich das wüsste. Zuerst dachte ich, sie sei eine von diesen!", er nickte in Richtung der Frau und der Kinder aus dem Pawnee Dorf, "aber dann fand ich heraus, dass sie aus dem großen Dorf dort drüben stammt", und deutete dabei in Richtung des zuvor gesehenen Dorfes der Omaha. "Ihr Name ist Rennender Fuchs!", erklärte Gabe und drehte sich in seinem Sattel um, um auf sie zu zeigen, aber sie war bereits vom Pferd gerutscht und unterhielt sich in Zeichensprache mit Blauer Blume und den Mädchen. Er sah, wo sie war, schüttelte den Kopf und stieg neben Ezra vom Pferd.

"Sag mal, als ich auf der Verfolgungsjagd war fragte ich mich, was aus dem anderen Sklavenhändler geworden ist. Es waren zwei, die wir mit Nachtwolf und seiner Frau zurückgelassen hatten."

"Das ist ein guter Zeitpunkt, sich das zu fragen. Alles was du wusstest war, dass er da draußen in den Wäldern hätte liegen und mich im Visier hätte haben können, während du durch die Landschaft vagabundierst bist und streunende Frauen aufgegabelt hast!", schimpfte Ezra grinsend.

"Nun, was ist mit ihm passiert?"

"Ich weiß es nicht so recht. Blaue Blume redet nicht viel darüber, aber wir haben fünf Leichen da drüben in die Senke geworfen, und ein Stück Uferböschung über ihnen zum Einsturz gebracht, um sie abzudecken. Das war, nachdem wir Nachtwolf und seine Frau unter den Bäumen begraben hatten. Sie hatten den Leichen etwas Schreckliches angetan, und ich konnte nicht einmal mehr sagen, wer der letzte Bursche war. Allerdings ist mein Frühstück mit ihnen verscharrt worden."

Rennender Fuchs kam zurück an die Seite von Gabe, der jetzt neben Ezra stand. Sie blickte Ezra mit gerunzelter Stirn an, griff dann nach seiner Hand, hob sie an und rieb ihren Finger auf seinem Handrücken. Dann ließ sie die Hand fallen, und neigte ihren Kopf leicht zur Seite, als sie Ezra erneut ansah. Sie drehte sich zu Gabe um: "Ich sagte den Frauen, sie könnten in mein Dorf kommen und wir werden ihnen helfen, aber sie sagen sie hätten Waffen, Pferde und Nahrung und würden zu ihrem Volk zurückkehren."

Gabe blickte zu Ezra, und beide Männer gingen hinüber, wo Blaue Blume mit den Mädchen und dem Jungen Namens Dachs zusammen saßen. Er fragte: "Habt ihr vor allein zurück-zugehen?" Er benutzte Gebärdensprache, da sein Pawnee sehr beschränkt war. Blaue Blume antwortete: "Wir", mit dem Kinn in Richtung Dachs zeigend, "haben die Gewehre der Männer, die uns gefangen nahmen. Und wir haben Pferde und andere Waren. Wir werden zurückkehren!"

"Nun, wir", in Richtung Ezra deutend, "hatten vor, euch in euer Dorf zurückzubringen. Aber zuerst muss ich mit Rennender Fuchs in das Dorf der Omaha gehen. Wenn ihr ein oder zwei Tage warten könnt, gehen wir mit euch zurück."

"Es besteht keine Notwendigkeit. Ihr habt genug getan, um uns zu helfen von diesen Männern frei zu kommen. Wenn ihr nicht gekommen wärt , wären wir wahrscheinlich bald tot. Wir sind dankbar, aber wir müssen zu unserem Volk zurückkehren!"

Gabe wusste es trotz seiner begrenzten Erfahrung mit Frauen besser, als sich mit einer Frau zu streiten, die ihre Entscheidung bereits getroffen hatte. Er wusste, dass sie es wahrscheinlich als einen Affront von ihm ansehen würde, wenn er darauf bestehen würde sie zu begleiten. Also stimmte er ihrer Entscheidung zu. Innerhalb einer Stunde waren die sechs Pawnee auf dem Weg, angeführt von Blauer Blume und Dachs, die beide Packpferde, beladen mit den Waren und Ersatzwaffen der Sklavenhändler, hinter sich herzogen.

Als GABE, Ezra und Rennender Fuchs sich dem Dorf Omaha näherten, begann sie, den Männern das *Huthuga* oder den kreisförmigen Grundriss des Dorfes zu erklären. Die Nordhälfte der Hütten beherbergte diejenigen, die als Himmelsmenschen, den *Insta'shunda bekannt waren,* und die Südhälfte beherbergte die Erdmenschen, die *Hon'gashenu.* "Meine Familie gehören zu den Himmelsmenschen, und unsere Hütte befindet sich im ersten Kreis."

"Wie viele leben in eurer Hütte?", fragte Gabe.

Rennender Fuchs schaute den Mann mit Stirnrunzeln an: "Meine ganze Familie!", antwortete sie, als ob dies etwas sei, was jeder automatisch verstehen sollte.

"Natürlich hätte ich das wissen müssen.", murmelte Gabe auf Englisch, gerade laut genug, dass Ezra es hören und kichern konnte.

Mehrere Hütten und Tipis standen still an ihrem Platz und es war keinerlei Aktivität um sie herum zu erkennen. Die meisten Menschen, die sie sahen, waren ältere oder Jugendliche und Kinder. Gabe sah Rennender Fuchs an und fragte: "Sind deine Leute nicht im Dorf?"

Sie drehte sich zu ihm um, um ihn anzusehen, und antwortete: "Die meisten Omaha sind in der Zeit, in der alles grün wird, auf die Jagd gegangen. Sie gingen in drei Gruppen, um in verschiedenen Teilen des Landes zu jagen. Wir sind so viele; es wäre schwierig für alle Jäger und ihre Familien, eine einzige Jagd zusammen abzuhalten."

Einige der Leute kamen näher und drückten ihre Besorgnis durch Äußerungen und die Art, mit der sie Rennender Fuchs begrüßten, aus. Ihre Verletzungen waren offensichtlich, und diese seltsamen Männer mit denen sie zusammen war, waren den Menschen hier unbekannt. Die Frauen, die meisten von ihnen älter, standen im Hintergrund in der Nähe der Eingänge zu ihren mit Gras gedeckten Hütten. Einige der Männer gingen neben den Neuankömmlingen her und trugen ihre Lanzen.

Als sie sich der Hütte ihrer Familie näherte, sah sie einige von ihnen durch den Eingang herauskommen und mit gerunzelter Stirn vor der Hütte stehen bleiben. Rennender Fuchs trieb rasch ihr Pferd näher heran, und sprang schnell von dessen Rücken, um zu ihrer Mutter zu laufen und sie zu umarmen. Als sie zurücktrat, wurde sie mit Fragen überrollt und hielt ihre Hände nach oben, um alle zum Schweigen zu bringen. Dann begann sie zu erklären: "Ich überprüfte gerade meine Schlingen, als plötzlich ein großer Mann, ein Franzose, zu mir ritt, nach unten griff und mich an den Haaren packte,", sie zeigte auf die blutende Stelle an ihrem Kopf, "und mich über sein Pferd warf. Ich trat und schrie, aber er schlug weiter auf mich ein. Als wir zu dem kleinen Fluss kamen, hielt er an und warf mich zu Boden. Er zwang mich, Holz zu holen und ein Feuer zu machen. Dann kam er auf mich zu, schlug mich wieder und wieder, und ich schrie und trat, aber er war zu groß. Er zerriss meine Tunika!" Sie hob den zerrissenen Schulterriemen an, um es den Zuhörern zu zeigen. "Er fing an, mehr schlechtes zu tun, aber dieser Mann", auf Gabe zeigend, "kam dazwischen, schlug ihn und tötete ihn schließlich!" Sie ging zurück, um ihre Hand auf Gabes Bein zu legen, "Er hat mich gerettet!", erklärte sie und schaute mit großen, anbetenden Augen zu ihm auf.

"Waren sie zusammen unterwegs, bevor sie gegeneinander kämpften?", fragte der ältere Mann, der mit verschränkten Armen auf der Brust dastand. Er war eine beeindruckende Figur, und seine Haltung zeigte seine Autorität und sein Selbstvertrauen.

Rennender Fuchs blickte zu Gabe und erklärte: "Das ist Spottdrossel, mein Großvater und der Häuptling von allen Omaha!" Sie drehte sich um und antwortete: "Nein, Großvater, diese Männer", auf Ezra zeigend, "waren zusammen und hatten einige Frauen und Kinder der Pawnee vor dem Mann und seiner Bande gerettet. Sie haben sie alle getötet, und die Pawnee sind in ihr Dorf zurückgekehrt."

Spottdrossel hob den Kopf leicht an und ließ dann die Arme zur Seite fallen, bewegte sich und sprach: "Steigt ab! Ihr seid in unserem Dorf willkommen. Wir sind dankbar für das, was ihr getan habt!"

Gabe und Ezra stiegen aus den Sätteln, und mit den Zügeln in der Hand sagte er: "Ich heiße Gabe, und er", auf seinen Freund deutend, "heißt Ezra. Wir danken Ihnen für das Angebot zu bleiben, aber wir wollten Rennender Fuchs nur sicher nach Hause bringen. Wir werden jetzt gehen!"

Rennender Fuchs trat auf ihn zu, offensichtlich aufgeregt, und flehte ihn an: "Nein, du darfst nicht gehen! Es wäre eine Beleidigung für unseren Häuptling, wenn du sein Angebot ablehnen würdest. Wir werden zusammen ein Festmahl einnehmen, ihr könnt zumindest über Nacht bleiben und dann gehen."

Gabe warf dem Häuptling einen Blick zu, sah das Stirnrunzeln und drehte sich zu Ezra um: "Sieht aus, als ob wir zum Abendessen bleiben würden", und erhielt ein Lächeln von seinem Freund. "Hey, das ist für mich in Ordnung. Du weißt, dass ich es mag, wenn alle kochen, nur ich nicht!" Gabe kicherte und drehte sich wieder zu Rennender Fuchs um, blickte zum Häuptling und sagte: "Es wäre uns eine Ehre, bei Ihrem Volk zu bleiben."

Der Häuptling nickte und kehrte in seine Hütte zurück. Die Frauen, anscheinend die Mutter und Großmutter von Rennender Fuchs, lächelten und nickten den Freunden zu. Rennender Fuchs sagte: "Das ist meine Mutter, Weiße Elch Frau, und meine Großmutter, Blut An Ihrer Hand."

Sowohl Gabe als auch Ezra nickten den Frauen zu, und Gabe sagte: "Schön, Sie kennenzulernen, meine Damen. Dann wandte er sich an Rennender Fuchs und fragte: "Wo sollen wir unsere Pferde hinbringen und wohin sollen wir gehen bis zum Festmahl?"

Sie lächelte und sagte: "Folgt mir!"

12

DORF

G abe schätzte den Durchmesser der Hütte auf etwa dreißig Fuß. In der Mitte befand sich eine Feuergrube, die leicht eingesunken und mit Steinen ausgekleidet war. Zwölf etwa je zwei Meter voneinander entfernte Pfosten, bildeten den Mittelkreis, der etwa einen Meter vertieft vom restlichen Bodens lag. Balken, die das Dach stützten, waren um den Kreis angeordnet und eine Reihe kleinerer Stangen lag zwischen den Stützpfosten auf den Querbalken auf, um das Dach in Position zu halten. Der äußere Ring der Hütte wurde alle vier bis sechs Fuß von zusätzlichen Pfosten abgefangen. Das Dach des äußeren Kreises war die gleiche Konstruktion wie das des Inneren, aber der äußere Ring hatte zusätzlich eine Art rings herumlaufende Bankähnliche Fläche. Darunter befanden sich rund angeordnete Nischen, , die für Betten und private Bereiche oder als Lager genutzt wurden. Decken und Tierfelle waren wie Schutzvorhänge angebracht, so dass jedes Paar der Familie seine Privatsphäre hatte. Der Eingang war ein kurzer, Tunnel ähnlicher Durchgang und nach Osten ausgerichtet. Gabe erinnerte sich an die langen Häuser der Eingeborenen der Iriquois-Konföderation im Nordosten, wo er kurz nach dem Revolutionskrieg mit seinem Vater ein Dorf besucht hatte.

Rennender Fuchs führte sie in die Behausung und wies ihnen den Weg zu einem unbenutzten Bereich hinter einem bemalten Fell, wo sie ihre Ausrüstung unterbringen und schlafen sollten. Sie wartete am Feuer auf die beiden Männer, forderte sie auf, sich zu setzen, und erklärte: "Die anderen werden bald hier sein. Spottdrossel wird dort sitzen!" Dann bewegte sie sich zu dem Sitzplatz direkt gegenüber dem Eingang. "Ihr die anderen werdet um den Kreis herum sitzen. Ihr bekommt einen Ehrenplatz , und dürft dem Häuptling gegenübersitzen." Sie kehrte an die Seite ihrer Mutter zurück, und half bei den letzten Vorbereitungen des Essens.

SPOTTDROSSEL und seine nächsten Angehörigen taten so, als ob Gabe und Ezra während des Essens gar nicht anwesend wären. Wie bei den meisten Mahlzeiten, gab es das übliche Geplauder unter denjenigen, die daran gewöhnt waren als Familien-gruppe zusammen zu sein. Gabe und Ezra waren isoliert. Rennender Fuchs kümmerte sich um die beiden. Aber als das Essen vorbei war und die Frauen alles weggeräumt hatten, wandte sich Spottdrossel den Besuchern zu und fragte: "Was macht ihr denn? Seid ihr Fallensteller?"

Gabe antwortete: "Nein, wir sind keine Fallensteller. Wir treiben hin und wieder ein wenig Handel, aber meistens wollen wir nur die Wildnis im Westen erkunden."

"Habt ihr kein Zuhause und keine Frau?", fragte er, lehnte sich vor und runzelte verwirrt die Stirn.

Gabe senkte seinen Blick, kicherte und antwortete dann: "Ja, wir haben ein Zuhause. Aber diese Häuser sind die unserer Väter. Wir", er zeigte auf Ezra und sich selbst, "haben noch keine Frauen, noch haben wir unsere eigenen Häuser gebaut.

Wir wollen etwas über Land und Leute wie die Omaha, Pawnee, Otoe und andere erfahren."

Der Häuptling sah Gabe an, dann Ezra und fragte: "Warum ist er wie der Büffel?"

Gabe sah Ezra grinsend an und sagte: "Willst du antworten?"

Ezra drehte sich auf seinem Platz um und sah den Häuptling an: "Meinst du, weil ich die Farbe des Büffels habe?"

"Ummmhummm!", antwortete der Häuptling und nickte, fuhr aber fort: "Und dein Skalp ist wie der auf dem Kopf eines Büffels." Er deutete auf den heiligen Mann, Schwarze Wolke, dem Vater von Rennender Fuchs. Der Mann stand auf und ging in sein Abteil am Rande der Hütte, kehrte aber gleich mit etwas unter dem Arm zurück.

Ezra fühlte sein Haar, grinste und blickte Gabe an. Dann sah er den Häuptling an. Schwarze Wolke reichte ihm einen Kopfschmuck mit Büffelschädel, der noch immer die Hörner und das dichte Haar des Büffels hatte. Der Häuptling zeigte auf das Haar zwischen den Hörnern, dann auf Ezras Kopf und nickte. Ezra grinste: "Ich vermute, es ist sehr ähnlich. Daran habe ich noch nie gedacht." Er strich mit seiner Hand über seine dichten Locken auf seiner Kopfhaut. "Ich nehme an, ihr habt noch nie einen Schwarzen wie mich gesehen, stimmt das?"

"Mein Großvater erzählte von den Dunkelhäutigen, die aus dem Süden kamen mit Pferden und Metallhauben und Metall auf der Brust!", er schlug mit der Faust gegen die eigene Brust, um diesen Punkt zu unterstreichen. "Ihr Haar war dunkel wie meins, aber nicht so wie deins."

"Das müssen die Konquistadoren Spaniens gewesen sein, die vor uns kamen", vermutete Gabe.

"Zeige mir!", befahl der Häuptling und zeigte auf seine eigene nackte Brust und dann auf Ezra.

Ezra runzelte verständnislos die Stirn, dann kicherte Gabe und sagte: "Er will sehen, ob du überall schwarz bist."

Ezra schüttelte den Kopf, stand auf und zog seine Wildledertunika aus. Dann zog er seinen verblichenen roten Long John Anzug aus und ließ ihn an der Taille herunterhängen. Der Häuptling und die anderen starrten ihn nicht nur weil er dunkler war als sie an, sondern auch weil sich sein Oberkörper buchstäblich vor Muskeln wölbte. Ezra war nicht so groß wie Gabe, doch seine massiven Oberarme und Schultern standen den Oberschenkeln der meisten Männer in nichts nach, und seine breiten Schultern trugen wenig dazu bei, seine massive Brust einzurahmen. Er zögerte nicht, seine Muskeln spielen zu lassen, um sie zur Schau zu stellen. Sein Oberkörper verjüngte sich zu einer schmalen Taille, aber sein Bauch war ebenfalls von Muskeln überlagert, die jeden noch so geringen Ansatz von Fett verdrängten. Selten sah man einen Mann, der so gebaut war, dass ihn die meisten anderen Männer beneiden würden. Gabe hatte Ezra schon immer als stark gekannt, oder wie manche sagen würden, "stark wie ein Ochse", aber seine locker sitzendes Lederhemd zeigte lediglich, dass er ein großer Mann war. Aber nun war nicht nur seine Größe zu erkennen, sondern auch wie muskulös und zweifellos sehr stark er war. Der ganze Raum war verstummt, als alle ihn anstarrten, bis Ezra anfing, seinen Long John Anzug wieder über seine Schultern zu ziehen und mit einem Schulterzucken sein Lederhemd darüber anzog.

"Ist es wahr, dass die Weißen Sklaven aus deinem Volk machten?", fragte der heilige Mann, Schwarze Wolke.

"Ja, das ist wahr. Viele meiner Leute sind zu Sklaven gemacht worden. Aber es gibt viele von uns, die nicht Sklaven sind. Meine Familie lebt frei in Philadelphia und viele andere auch. Mein Vater ist ein heiliger Mann wie du, und es gibt viele, die in seine Kirche kommen." Ezra dachte an das Wort

Kirche, dass den Omaha unbekannt war und erklärte genauer: "Das ist eine Art Dorf, wo er lehrt."

"Deine Leute, sind das viele?" fragte der Häuptling.

Ezras Schultern senkten sich, als er sich hinsetzte und nachdachte. Dann antwortete er: "Wenn du 'mein Volk' sagst, meinst du wahrscheinlich diejenigen, die wie ich sind." Er zeigte auf seine Wange und sein Haar. "Ja, es sind viele. Aber wir sind nicht wie die Eingeborenen. Ihr habt die Osage, die Pawnee, die Omaha und andere Stämme. Meine Leute sind alle gleich. Ihre Haut und Ihr Haar jedenfalls, aber trotzdem sind sie nicht wie die Indianer. Bei uns gibt es keine Stämme oder Unterschiede, und wir haben keine Führer unter denen, die an einem Ort zusammen leben."

"Du solltest Häuptling sein, dein Volk führen und nicht länger Sklave sein!", schlug Spottdrossel vor.

Ezra seufzte heftig, zwang sich zu einem Lächeln: "Ich wünschte, es wäre so einfach, Häuptling. Es hat Zeiten gegeben, in denen der eine oder andere sich erhob, und versuchte die anderen zu führen. Aber immer wurden sie alle niedergeschlagen oder getötet. Vielleicht wird es eines Tages anders sein."

Den Rest des Abends sprachen sie über das umliegende Land und andere Stämme. Die meisten waren den Männern zumindest dem Namen nach bekannt. Die Ponca, Kiowa, Comanchen, Arapaho und die Sioux. Aber die Jicarilla und Mescalero-Apachen waren ihnen nicht bekannt, ebenso wenig wie die Navajo. Es war ihnen bewusst, dass ihr Wissen über die vielen Stämme, die es gab, sehr begrenzt war. Obwohl Spottdrossel von den Ponca, Pawnee, und Sioux, mit denen sie befreundet waren, sprach, warnte er dennoch davor, dass sich die Loyalitäten der Stämme untereinander mit einem Wechsel der Führung sehr schnell ändern könnten.

Der Rest des Gesprächs konzentrierte sich auf die Geografie der Region, und über bekannte Pfade, die die

Menschen für ihre Büffeljagden nutzten. Die Männer erfuhren von Prärien, Ebenen, Hügeln, Flüssen und mehr, aber es wurde wenig über Berge gesagt, zumindest nicht über die als Rocky Mountains bekannten Berge. Keiner der Anwesenden war weit genug im Westen gewesen, um sie gesehen zu haben. Gabe sagte: "Mein Vater hatte einen Mitoffizier im Krieg, der von einem alten Mann erzählte, der sie gesehen hatte. Er nannte sie die *Säulen des Himmels,* ein Satz aus der Bibel."

Der Häuptling und die anderen blickten zu ihm, runzelten die Stirn, blickten einander fragend an, und der Häuptling sagte: "Mein Großvater erzählte von denen, die mit Metall auf Brust und auf dem Kopf kamen, und sie sagten, es gäbe einen Ort, an dem die Sonne untergeht und den sie die Säulen des Himmels nannten.

Ezra sagte: "Das ist aus Hiob, wo er beschreibt, was Gott tut. Mein Pa lehrte das, und ließ es mich auswendig lernen. "Er blickte nach unten und dachte nach. Er verengte seine Augen und erinnerte sich an die Worte seines Vaters. Ezra sagte: "Er streckt den Norden über den leeren Ort aus und hängt die Erde an nichts auf. Er bindet das Wasser in seinen dichten Wolken, er hat das Wasser mit Schranken umgeben . . . die Säulen des Himmels erzittern und werden mit seinem Tadel ermahnt . . . aber der Donner seiner Macht, wer kann ihn begreifen?" Er öffnete die Augen weit, senkte dann seinen Blick und murmelte: "Ich glaube, ich habe etwas davon vergessen, aber das ist das meiste aus Hiob Kapitel 26."

Die Männer der Hütte blickten von einem zum anderen, dann zu Ezra und Schwarze Wolke fragte: "Bist du nicht auch ein heiliger Mann?"

Ezra kicherte: "Nein, nein, ich bin kein heiliger Mann!"

"Aber du sprichst auf diese Weise von eurem Gott. Er ist das, was wir *Umon'-hon'ti* nennen. Er war vor den *Insta'shunda* oder Himmelsmenschen und den *Hon'gashenu* oder Erdenmenschen."

Ezra nickte: "Ja, wir glauben, dass Gott vor allen Menschen war. Er schuf alles, dann schuf er Mann und Frau, um seine Schöpfung zu hüten."

Schwarze Wolke lächelte und nickte, und obwohl er mit verschränkten Beinen dasaß, rückte er ein wenig näher und sagte: "Ja, so ist es!" Er drehte sich um und schaute Spottdrossel an, nickte und lächelte: "Ich wusste, dass es vieles gab, dem wir zustimmen können, das ist eine gute Sache, die man lernen sollte."

Er stand auf und forderte Ezra auf, ihm zu folgen, und die beiden gingen von der Hütte weg, wobei Schwarze Wolke sehr lebhaft sprach und Ezra mehr nickte und zuhörte. Spottdrossel und die anderen erhoben sich ebenfalls, ebenso wie Gabe, der kichernd zusah, wie die beiden Männer die Hütte verließen.

Rennender Fuchs kam an Gabes Seite: "Ich habe eure Betten für euch vorbereitet. Kann ich sonst noch etwas tun?" Sie lächelte ihren Befreier kokett an.

Gabe, etwas verwirrt über ihr Verhalten, stammelte: "Äh, äh, danke, aber nein, es gibt nichts für dich zu tun. Ich werde, äh, einfach zu meinen Decken gehen, ich bin irgendwie müde.", erklärte er und versuchte wegzukommen. Schnell warf er heimlich einen Blick zu Mutter und Vater, die jedoch Rennender Fuchs keine Aufmerksamkeit schenkten. Er wusste, dass die Eingeborenen unterschiedliche Ansichten über das Miteinander von Männern und Frauen hatten, aber unabhängig von ihren Gewohnheiten war seine Überzeugung, dass er sich nicht für irgendeine Art von Mann/Frau-Verhältnis interessierte.

Er wich vor Rennender Fuchs zurück, sie folgte lächelnd, aber er fand das bemalte Fell, das seinen Schlafbereich abschirmte, und duckte sich rasch dahinter. Aber das schreckte das Mädchen nicht ab, als sie ihm in den privaten Bereich folgte. Gabe drehte sich um, und sah , dass ihre Schlafstatt mit einer breiten Lage aus Decken ausgelegt worden war, die ein dickes Büffelfell bedeckten. Das Lager bot reichlich Platz für mehr als einen Mann, mit einem weiteren kleineren Stapel von Decken unter dem Sims an der Seite. Rennender Fuchs sah, wie Gabe das kleinere Schlaflager betrachtete, und erklärte: "Das ist für deinen Freund Ezra."

"Und das?", fragte Gabe, als er auf den größeren Schlafplatz mit den vielen Decken an seiner Seite hinwies.

"Für uns."

IN DER NÄCHSTEN Stunde versuchte Gabe, jedes bisschen Diplomatie und Gesprächsetikette anzuwenden, um Rennender Fuchs zu erklären, dass es, obwohl sie eine sehr schöne und begehrenswerte Frau war, aufgrund seiner Überzeugungen und der seiner Familie kein "wir" geben konnte. Er war sich nicht sicher, ob sie völlig verstand oder einverstanden war, aber schließlich ging sie weg. Ezra kehrte zufällig zurück, als sie gerade den Schlafbereich verließ, und er sah Gabe mit fragendem Gesichtsausdruck an, verstand aber sofort, als er Gabe dort sitzen sah, den Kopf heftig schüttelnd.

Ezra kicherte und fragte: "Hast du uns wieder in noch mehr Schwierigkeiten gebracht?"

13

FLUCHT

Schwarze Wolke kratzte leicht an dem Leder, welches den Schlafbereich abtrennte, schob es dann zur Seite und trat in den kleinen Schlafbereich der beiden Männer. Beide blickten erwartungsvoll auf und Gabe sagte: "Schwarze Wolke, brauchst du etwas?"

Der Medizinmann trat an die Kante des Schlaflagers und setzte sich neben Ezra, beugte sich zu Gabe hinüber und sagte: "Ich muss mit dir über Rennender Fuchs sprechen."

"Schwarze Wolke, ich sagte ihr, sie kann nicht mit mir zusammen sein. Ich habe ihr erklärt, dass ich noch nicht bereit bin, eine Frau in mein Tipi mitzunehmen. Sie sagte, sie habe es verstanden!", antwortete Gabe besorgt.

"Ja, ich weiß. Aber sie ist eine Frau die tut, was sie will. Sie hat ihrer Mutter gesagt, dass sie mit dir geht."

Gabe lehnte sich leicht zurück, hielt seine offenen Handflächen vor sich und sagte: "Stopp, Stopp! Ich habe ihr nicht gesagt, sie solle mit uns kommen. Sie muss hier bei ihren Leuten bleiben!", antwortete Gabe, zog die Augenbrauen hoch und senkte sein Kinn auf seine Brust.

Schwarze Wolke grinste: "Ich weiß. Sie sagt, sie wird euch durch das Land der Ponca führen, und wenn du sie dann immer noch nicht willst, wird sie mit den Menschen unseres Dorfes, die auf die erste Büffeljagd gegangen sind, zurückkehren."

"Ist es das, was du willst, Schwarze Wolke?", fragte Gabe, in der Hoffnung auf eine negative Antwort, aber auch voller Angst, dass er genau das Gegenteil sagen würde.

"Du musst für sie bezahlen! Ich werde nicht weniger als ein Gewehr, eine Pistole, Pulver und Kugeln, zwei Decken und Perlen für die Frau mitnehmen!" Er stand mit stoischem Ausdruck vor den beiden Freunden.

"Moment mal, ich dachte, du wolltest nicht, dass sie geht!", sagte Gabe und wurde ein wenig wütend.

"Sie hat sich entschieden. Sie wird gehen. Ihr müsst bezahlen!", erklärte der Medizinmann.

"Und wenn ich nicht bezahle?"

"Ich befehle den Kriegern dich und alles, was du hast, mitzunehmen. Dann werden sie dir das Leben nehmen!"

Gabe legte sich wieder auf die Schlafdecken und schüttelte den Kopf, als Ezra sagte: "Ich wusste es! Ich wusste es! Ich wusste es! Wie ich es mir gedacht hatte, noch mehr Ärger!" Er schaute zu seinem Freund: "Also, was wirst du tun?"

Gabe runzelte die Stirn wegen Ezras Ausbruch, dann wandte er sich wieder an Schwarze Wolke: "Was ist, wenn sie beschließt, mit Ihrer Jagdgesellschaft zurückzukommen? Bekomme ich dann meine Waren zurück?"

"Nein!", antwortete Schwarze Wolke, grinsend mit verschränkten Armen auf der Brust.

Gabe schüttelte den Kopf, setzte sich auf, sah den gleichgültig wirkenden Indianerführer an und sagte: "Also, es ist ein bisschen oder alles. Er sah Ezra an und fragte: "Was sollen wir mit einem indianischen Mädchen machen?"

"Nicht mein Problem", kicherte Ezra. "Aber wir wissen, dass sie kochen kann!" und Ezra lächelte seinen Freund an.

SIE ROLLTEN sich früh aus ihren Decken. Das einzige Licht kam aus der absterbenden Glut des Kochfeuers. Gestern Abend, nachdem sie sich mit Schwarze Wolke gestritten hatten, hatten sie ihre Ausrüstung draußen gestapelt, bereit für die kommende Reise. Gabe hatte ein wenig Hoffnung, dass sie ohne Rennender Fuchs gehen könnten, und so verließen sie heimlich die Hütte und ließen das dicke Fell am Eingang wieder zufallen, um jedes Geräusch beim Packen zu überdecken. Ezra war gegangen, um die Pferde zu holen, und führte die vier Tiere zur Hütte, als Gabe diese durch den Eingang verließ.

Während sie ihre Reittiere sattelten und ihre Habseligkeiten auf die Packpferde banden, sprachen sie kaum ein Wort. Nach einer letzten Kontrolle und einem Kopfnicken schwangen sie sich grinsend und im Glauben, dass sie die Flucht ergreifen würden, auf die Pferde. Obwohl er der Forderung von Schwarze Wolke betreff der Waffen nachgegeben hatte, hielt Gabe dies für einen kleinen Preis für ihre gewonnene Freiheit. Sie ritten mit ihren Pferden zum Durchgang vom Dorf und näherten sich dem Rand der vielen Hütten, bereit, sich auf den Weg zu machen, wurden aber von Rennender Fuchs gestoppt, die rittlings auf ihrem bemalten Pony saß, eine Decke zusammen gerollt hinter ihr, eine weitere über den Knauf ihres Sattels gelegt. Sie lächelte breit und wartete darauf, dass die beiden neben ihr auftauchten. Sie sagte: "Ich freue mich, mit euch zu gehen!", dann nahm sie die Zügel auf, um die Führung zu übernehmen und machte sich auf den Weg, der vom Westrand des Dorfes wegführte.

Die dünne graue Linie welche die Dunkelheit der Nacht von der, noch im Schatten liegenden Erde trennte, hatten sie im Rücken. Auf ihrer Reise wurde wenig gesagt, es gab nur Gespräche zwischen Ezra und Gabe und meist über belanglose Angelegenheiten. Sie genossen die Prärie mit ihren hohen Gräsern. Das Blau- und Indianergras, reichte bis zu den Bäuchen der Pferde. Das üppige Grün reichte bis über die Grenzen ihres Sehvermögens hinaus und wurde nur von einigen wenigen Bäumen unterbrochen, die jeweils einen Sumpf oder das Ufer eines Baches säumten. Es war eine radikale Abwechslung zu den bewaldeten Hügeln östlich des Mississippi und veranlasste die Entdecker oft dazu, in ihren Steigbügeln zu stehen und ihre Augen zu beschatten, um in der Ferne nach allem zu suchen, was auf eine Veränderung des Geländes hindeutete. Mitten in einer dieser Grasebenen wandte sich Gabe an Ezra: "Ist das nicht ein Wunder? Dieses Land ist so riesig, dass ich mich wie eine kleine unbedeutende Kreatur fühle!"

Ezra war einen Moment lang still, dann antwortete er: "Nein, nein, du siehst die Dinge falsch, mein Freund. Statt daran zu denken, wie klein du bist denk daran, wie groß Gott ist, und dass er auf nichts stehen musste und trotzdem alles geschaffen hat! Ich erinnere mich, wie mein Pa aus den Psalmen predigte, Kapitel neunzehn, glaube ich. 'Die Himmel verkünden die Herrlichkeit Gottes, und das Firmament zeigt sein Werk'."

Gabe blickte sich um, seufzte heftig: "Ja, da hast du wohl recht! Seine Handarbeit ist schon was Besonderes, und ich glaube, die Landschaft wird immer besser und besser werden. Ich erinnere mich an einige frühe Gemälde und Skizzen von den Alpen drüben in Europa, und ich fand sie erstaunlich. Aber ich denke, wir haben auch ein paar mächtige große Berge in den Rocky Mountains, die nur darauf warten, von uns erkundet zu werden. Und ich bin mir ziemlich sicher, dass sie genauso beeindruckend sein werden wie die Alpen!"

"Du glaubst also, dass wir die Ersten sein werden, die die Rocky Mountains erkunden?", fragte Ezra.

Gabe kicherte: "Nein, das hat Alexander McKenzie schon vor drei, vier Jahren gemacht. Aber er hat die Rocky Mountains ganz im Norden durchquert. Soweit ich weiß, waren die einzigen, die die Rocky Mountains erforscht haben, abgesehen von den Eingeborenen natürlich, einige der Konquistadoren und französischen *coureurs des bois*. Wahrscheinlich waren auch einige Trapper aller Art dabei. Aber nichts ist als eine bestimmte Erkundungsmission oder ähnliches aufgezeichnet worden."

Die beiden Männer hatten als Jungen oft miteinander gesprochen und Träume und Hoffnungen darüber geteilt, wie es sein würde, Entdecker zu sein und neue Länder zu erkunden. Während Gabe jede Gelegenheit zur Ausbildung und zum Studium des unerforschten Teil des Landes nutzte, wurde Ezra mit der Aufgabe betraut, seiner Familie zu helfen. Sein Vater, der Pastor der Mutter Bethel African Methodist Episcopal Church in Philadelphia, hatte wenig Zeit für die üblichen Aufgaben zu Hause, und diese Arbeiten fielen dann auf Ezra. Doch von ihrer Jugend weg, bis zu ihrem Heranwachsen zum Mann waren die beiden Freunde gewesen und nutzten jede Gelegenheit, Zeit im Wald zu verbringen, um ihre Fähigkeiten beim Jagen, Fischen und Forschen zu schärfen. Diese gemeinsamen Träume hatten geholfen, die Jungen zu Männern zu formen, und die in den Wäldern von Pennsylvania erlernten Fähigkeiten waren der Grundstein für ihr Wissen über die Wildnis gewesen.

Man beginnt schon früh, den Charakter eines Mannes zu formen, ob nun durch Bildung oder durch Vorbilder aus der Familie. Beide Jungen hatten in ihren frühen Teenagerjahren ihre Mütter verloren und hatten gelernt, , sich mehr an ihren Vätern zu orientieren, bedeutend mehr als es zu jener Zeit bei jungen Männern üblich war.

Gabes Vater war ein Mann mit vielen Talenten in der Geschäftswelt gewesen und hatte mit seinen Investitionen und Geschäften ein beträchtliches Vermögen angehäuft. Er hatte sich nie auf ein bestimmtes Unternehmen festgelegt, sondern auch anderen geholfen, erfolgreich zu sein, indem er in ihre Unternehmungen investierte und sich durch deren Erfolg dann auch selbst bereicherte. Gabes Vater war bekannt gewesen als ein Mann von außergewöhnlichem Charakter, immer ehrlich und aufrichtig in seinen Geschäften. Eigenschaften, die er an seinen einzigen Sohn weitergegeben hatte.

Ezras Vater war ein Mann des Glaubens, ein eifriger Bibelschüler und mit dem Herzen dabei, um seinen Mitmenschen zu dienen. Obwohl er hoffte, dass Ezra ebenfalls in den Priesterdienst treten würde, lehrte er dennoch den jungen Mann nicht nur über Charakter, Weisheit und den Glauben an den Gott und die Schöpfung, sondern ermutigte ihn auch stets seinem Herzen zu folgen. Nun verschmolzen die Charaktereigenschaften der beiden Männer, als ihr Band der Freundschaft und Brüderlichkeit wuchs. Sie waren Freunde, die sich immer aufeinander verlassen konnten. Mit dieser lebenslangen Freundschaft kam eine tiefe Seelenverwandtschaft, die es den beiden Männern ermöglichte, manchmal sogar mehr über den anderen zu wissen, wie dieser über sich selbst wusste. So konnten sie die Handlungen oder Gedanken des anderen unfehlbar voraussehen. Eine Eigenschaft, die ihnen bereits gute Dienste geleistet und mehr als einmal ihr Leben gerettet hatte.

Eine leichte Erhöhung des Geländes ermöglichte den Reitern einen Blick auf die Ebenen vor ihnen, und Rennender Fuchs zeigte auf eine dunkelgrüne Linie: "Dort gibt es Wasser." Sie hob ihre Augen zum westlichen Horizont, der die untergehende Sonne umarmte, und fragte: "Wollt ihr das Lager aufschlagen?" Obwohl dies die einzigen Worte gewesen waren, die die Frau gesprochen hatte seit sie ihr Dorf verlassen hatten, und ihre Haltung keine Emotionen gezeigt hatte, sah man dennoch in ihren Augen die Aufregung und einen Schimmer von Glück. Sie ließ ein schwaches Lächeln über ihr Gesicht huschen, als sie die Augen vor Gabe senkte und auf seine Antwort wartete.

Er schüttelte den Kopf und versuchte, seinen Verstand von dem negativen Gefühl zu befreien, dass immer dann aufkam, wenn er an ihr Täuschungsmanöver dachte das sie hierher gebracht hatte. Er musste zugeben, dass sie eine außergewöhnlich schöne Frau war. Er dachte das er sich wohl geschmeichelt fühlen sollte, weil eine Frau wie sie sich so viel Mühe gegeben hatte, um mit ihm zusammen zu sein. Dennoch ärgerte es ihn immer noch, dass er in dieser Angelegenheit nichts zu sagen gehabt hatte, und dass, selbst, nachdem er sich große Mühe gegeben hatte, ihr zu erklären, dass sie nicht zusammen sein konnten. Er seufzte und nickte: "Ja, wir sollten ein Lager aufschlagen und das sieht nach dem besten Platz aus, den es gibt. Sie lächelte, nickte und ritt auf ihrem Pferd vor, um den Weg zu den Bäumen am Flussufer zu weisen.

Während die Männer die Pferde hüteten, war Rennender Fuchs damit beschäftigt Feuerholz zu sammeln und das Kochfeuer vorzubereiten. Gabe bemerkte, dass sie bei der Auswahl der Feuerstelle sehr sorgfältig vorging und darauf achtete, dass der Steinring um die Flammen ausreichte, um den Schein des Feuers zu tarnen. Sie hatte eine Stelle unter den ausgestreckten Ästen einer massiven Bureiche gewählt. Diese würden den Rauch ableiten. Als die Männer mit den Pferden und der Ausrüstung fertig waren, überraschte sie der Anblick der Kaffeekanne auf einem flachen Stein in der Nähe der Flammen und der verlockenden Duft des schwarzen Gebräus. Rennender Fuchs hatte ein Dreibein aus grünen Stöcken gebastelt, die einen Topf über dem Feuer schweben ließ, aus dem der Duft von Eintopf strömte. Eine Pfanne am Rand des

Feuers enthielt eine Art von Brötchen. Die fertige Mahlzeit lockte die Männer mit ihrem Heißhunger rasch näher heran.

Ezra blickte Gabe an, zwinkerte und nickte: "Ummhumm, vielleicht macht sie doch nicht so viel Ärger."

"Hummph" war die einzige Antwort, die Gabe gab, als er sich neben dem Feuer auf den Boden fallen ließ.

14

STURM

In den folgenden zwei Tagen war die Stimmung der Reisenden unverändert. Rennender Fuchs behielt ihre gelassene Art bei und übernahm fröhlich die Pflichten des Kochens und mehr. Wenn sich ihre Stimmung von ruhig änderte dann war es gewöhnlich zu einer fröhlicheren und etwas ansteckenderen Art. Wann immer sie ritten, hielt die Frau oft an und sammelte ganze Büschel von Pflanzen, Wurzeln und sogar Blüten, um jeweils das Abendessen zu bereichern. Es fehlte ihnen nicht an Abwechslung, und nachdem Ezra ihr gezeigt hatte wie man Maisfladenkuchen backt, war er noch glücklicher. Er war jemand, der Essen jeglicher Art niemals ablehnte und er genoss besonders die Maisfladenkuchen oder zur Abwechslung auch Maiszwieback. Sie schlief in ihren eigenen Decken, war aber immer in Gabes Nähe und ahnte oft seine Bedürfnisse oder Wünsche voraus , speziell wenn es um Essen oder Lageraufgaben ging. Er wollte es nicht zugeben, aber sie wuchs ihm ans Herz.

Am frühen Nachmittag des dritten Tages nach ihrer Abreise aus dem Dorf der Omaha, brachten die grauen tief hängenden Wolken die Gefahr eines Frühlingssturms mit sich.

Wohin sie auch blickten, es gab nichts als sanfte Hügel und keine Deckung. Rennender Fuchs stand in ihren Steigbügeln und zeigte in die Ferne. "Da!" In einiger Distanz befand sich eine Baumgruppe an einer Stelle, die wie die Biegung eines Baches oder kleinen Flusses aussah. Mit einem kurzen Blick auf die Wolken trieben die drei ihre Reittiere zu einem Galopp an, in der Hoffnung Deckung zu finden, bevor die Gewitterwolken ihre Schleussen öffnen würden.

Unter der Gruppe von hohen Hickory- und Hackberry Bäumen kam Gabes Hengst rutschend zum Stehen. Gabe riss rasch die geölten Planen von ihrer Ausrüstung, während Ezra anfing ein paar dickere Äste von den Bäumen zu brechen. Er hackte auch rasch einen Schössling um, der lang genug war, um zwischen zwei Bäumen einen Art Querbalken zu bilden. Innerhalb weniger Augenblicke hatte Rennender Fuchs mehrere lange Äste zusammengetragen, um sie entlang des quer eingespannten Schösslings zu stapeln und so eine Art Grundgestell für einen Unterschlupf zu bilden. Gabe spannte eines der geölten Planen über die Äste, und ein weitere legte er darunter auf den Boden. Dann half er Rennender Fuchs mehr Astwerk über die Plane, die als Dach dienen sollte, zu legen.

Als der Unterstand fertig war, huschte Rennender Fuchs umher und sammelte trockenes Brennholz, dass sie in der Nähe der Feuerstelle stapelte. Sie hatte aus nahegelegenen Steinen rasch den Kreis um die Feuerstelle gebaut. . Ezra hatte die Ausrüstung unter einem großen Baum mit dichtem Laub gestapelt und hoffte auf genügend Schutz für die Sättel und Packtaschen. Gabe kümmerte sich um die Pferde. Er band sie in einer dichtstehenden Gruppe von Silberahorn- und Judasbäumen an. Ihre weit ausladenden Äste boten einen guten Wind- und Regenschutz.

Bei all der Hetzerei schenkten sie dem drohenden Sturm wenig Aufmerksamkeit, aber als das plötzliche Donnergrollen gefolgt von Blitzlanzen, die den Himmel spalteten, über ihnen krachte, wussten sie, dass sie sich in wenigen Minuten auf das Unwetter gefasst machen mussten. Das Feuer loderte, und die Kaffeekanne war bereits heiß, als die ersten Regentropfen wie der Trommelwirbel eines Marschkorps an den Blättern rüttelten. Die großen Tropfen prasselten auf die Männer, als sie ihre Vorbereitungen beendeten, und das Feuer zischte mit jedem Wassertropfen seinen Protest. Sie hatten ihre Schlafdecken unter dem Unterstand ausgelegt und fanden nun einen Sitzplatz direkt unter dem Überhang des Unterstandes. Rennender Fuchs kümmerte sich um den letzten Teil des Schweinebauchs in der Bratpfanne, während sie den Teig für die Maisbrötchen fertig mischte. Gabe und Ezra saßen schweigend da, schauten zu und ließen ihre Gedanken schweifen. Das tiefe Grollen des Donners erschütterte den Boden und rüttelte an den Zweigen der Bäume, aber erst das Knistern und Zischen des Blitzes, der in der Nähe einschlug, ließ die drei aufspringen und erstarren. Immer und immer wieder blitzte es. Mit jedem Donnerschlag kam der Sturm näher. Als es dann ganz nah krachte, sahen sie, wie der Baum auf der anderen Seite des Weges durch den Blitz gespalten wurde. Der Knall war so laut, dass die Pferde an ihren Leinen rissen, und die Männer schnell aus dem Unterstand rannten und sich erschrocken umschauten, in der Hoffnung der Sturm würde bald nachlassen.

Dann plötzlich, stand die Zeit ein paar Sekunden still als ein vielgezackter Blitz in einen hoch aufragenden Schwarzwalnussbaum einschlug und den Baum vom höchsten Ast bis zum Boden spaltete. Die Verästelungen des Blitzes ließen Funken, zersplittertes Holz, Rinde und Schmutz in alle Richtungen fliegen. Die nahegelegenen Bäume schwankten mit dem Knall des Einschlags, und die Statik kletterte an den Beinen und Armen aller drei entlang, die wie hypnotisiert vom Feuer aufstanden. Eine plötzliche Sintflut löschte das Feuer aus, ertränkte die Maisbrötchen und spülte das Fett aus der Pfanne mit dem Schweinebauch.

Der Schock der Explosion schreckte die Pferde auf. Sie befreiten sich von den Halteseilen und flohen durch die Bäume in das Grasland. Gabe blickte zurück auf den vom Blitz getroffenen Baum, rief eine Warnung aus und griff rasch nach Rennender Fuchs. Er zog sie unter den massiven Hickorybaum, wo die Ausrüstung untergebracht war. Der gespaltene Nussbaumstamm beugte sich langsam auseinander, und der große Baum fiel in drei Teilen in verschiedene Richtungen zu Boden. Das längste Bruchstück des Stammes zerbrach den Schössling, der als Träger für das Dach des Unterstands gedient hatte und begrub das Bettzeug unter dem dichten Astwerk. Ezra drehte sich zu Gabe um und hielt die Kaffeekanne hoch und sagte: "Nun, wenigstens haben wir Kaffee!"

Kopfschüttelnd blickte Gabe seinen Freund an, dann zu Rennender Fuchs und fragte: "Sind alle in Ordnung?"

Sowohl die Omaha Frau als auch Ezra nickten, sodass Gabe für den Augenblick etwas Luft hatte, um in ihrer Ausrüstung nach einigen der verbliebenen Indianerdecken und einer Handvoll geräuchertem Fleisch für eine Ersatzmahlzeit zu graben. Er murmelte: "Schätze, es könnte schlimmer sein." Der Ozon Geruch des Blitzes hing in den Bäumen und erinnerte sie daran, wie nahe sie daran gewesen waren, unter dem massiven Walnussbaum zerquetscht zu werden. Die Drei kauerten sich zusammen, teilten sich die Decken und ihre gegenseitige Körperwärme und schliefen erschöpft ein. .

Das Grollen des sturmgepeitschten Baches, der die Trümmer des Wolkenbruchs mit sich führte, weckte die drei auf. Das schwachgraue Licht des frühen Morgens starrte ihnen ins Gesicht als sie sich aus dem Gewirr von Decken und Ausrüstung herauskämpften. Rennender Fuchs stand auf und streckte sich, blickte auf das Wasser des Baches der an dem Gras in der Nähe züngelte und verschwand dann in den Bäumen. Weder Gabe noch Ezra konnten unter den tiefhängenden Ästen stehen und mussten sich in die Hocke begeben, um unter dem großen Baum hervor zu kommen.

Sie standen zusammen, schauten sich die Sturmschäden an und vereinbarten dann, dass ihre erste Aufgabe darin bestehen würde, die Pferde zurückzuholen. "Wie wäre es, wenn ich die Pferde suche und du holst unsere Sachen unter dem Baum hervor und vielleicht macht ihr zwei dann ein Feuer?"

"Willst du dein Gewehr nicht haben?", fragte Ezra, der wusste, dass ihre Gewehre im Unterstand waren.

"Nein, ich nehme eine Sattelpistole und meinen Bogen. Vielleicht besorge ich uns sogar frisches Fleisch", schlug er vor und kehrte unter die niedrig hängenden Ästen zurück, um seine Waffen zu holen.

PFERDE SIND Herdentiere und Gabe war zuversichtlich, dass er Ebenholz und die anderen nahe beieinander finden würde. Er war sich sicher, dass sie einen Unterschlupf gefunden, und Ebenholz als Herdenhengst sicherlich alle zusammengehalten hatte. Vom ersten gemeinsamen Tag an pfiff Gabe immer, wenn er zum Füttern des großen Schwarzen kam. Das gleiche Pfeifen hatte das Pferd schon häufig von der fernen Weide zu ihm gerufen. Die enge Bindung zwischen Gabe und dem Hengst brachte sie immer zusammen.

Als er sich dem Rand der Bäume näherte, ließ er seinen Pfiff erklingen, schaute sich suchend um und lauschte auf ein antwortendes Wiehern. Als er von den Bäumen weg lief, blieb er stehen und suchte die flache Ebene dahinter ab, aber es gab keine Spur von den Pferden. Der Sturm hatte die Spuren der Tiere verwischt, und das Einzige, was er tun konnte war in die Richtung weiterzugehen, in der sie aus ihrem Lager geflohen waren. Er machte sich auf den Weg, hielt sich dicht entlang der Baumgrenze, pfiff oft und wartete auf eine Antwort, aber kein Wiehern erklang.

Er war seit dem ersten Tageslicht auf der Suche und der Vormittag rückte näher. Noch immer gab es keine Spur der Pferde. Er entdeckte den Baumstumpf einer großen Pappel, hangelte sich den grauen Stumpf hoch und nutzte die Höhe, um das nahe gelegene Gelände zu betrachten. Keine Bewegung, außer dem Schwanken der hohen Gräser in der Morgenbrise, erregte seine Aufmerksamkeit. Er suchte nach einem Aststummel, um seinen Abstieg vom Stamm zu erleichtern, als ihm etwas ins Auge fiel. Er hielt inne, blickte auf die sanften Hügel im Nordwesten und wieder sah er die Bewegung. Dort, direkt unterhalb eines spärlich bewachsenen Hügels, meinte er das gefleckte Pony von Rennender Fuchs zu sehen. Ihr Kopf steckte im bauchhohen Gras, aber plötzlich blickte das Indianer Pony nach oben, die Ohren nach vorne und die Nase ausgestreckt. Etwas hatte die Stute erschreckt, aber sie bewegte sich nicht weg sondern stand nur da und sah zu einem bestimmten Punkt, den Gabe nicht sehen konnte. Vielleicht standen die anderen Pferde auf der anderen Seite dieses Hügels.

Gabe rutschte schnell den Stamm hinunter und begann mit langen Schritten auf das Indianer Pony zuzugehen. Er war durch die regengetränkten Gräsern von der Hüfte abwärts durchnässt, aber er behielt sein Lauftempo bei. Wieder ließ Gabe einen Pfiff ertönen und hoffte, Ebenholzes Wiehern zu hören. Im Laufschritt erreichte er den Hügel, dann wurde er langsamer, holte tief Luft und stieg den Hügel hinauf in der Erwartung die vier restlichen Pferde auf der anderen Seite zu sehen. Zu seiner Überraschung sah Gabe viele Pferde, und am Rande der Herde stand tatsächlich Ebenholz.

Der große Hengst bäumte sich auf, fuchtelte mit den Vorderhufen durch die Luft und fletschte die Zähne, als er gegen zwei junge Männer mit Rohlederseilen kämpfte, die versuchten, das große Pferd einzufangen. Er ließ sich auf alle vier Hufe zurückfallen, streckte den Kopf die Ohren nach hinten gelegt, die Zähne wütend gefletscht und jagte einen der Indianer von der Herde weg. Er drehte sich um die eigene Achse, spähte nach dem anderen Indianer und sah, wie der zweite Mann sein Rohlederseil über den Kopf schwang. Wieder bäumte sich der Hengst auf. Die Vorderhufe schlugen wild durch die Luft gefolgt von einem trotzigen Wiehern. Als der junge Mann seine Schlinge warf, stieß der Huf von Ebenholz diese wütend zu Boden und der schwarze Hengst setzte dem fliehendem Jüngling nach, um ihn zu beißen.

Beide Indianer standen schließlich weit von den Pferden entfernt und ein Dritter schloss sich ihnen an. Die drei unterhielten sich angeregt, gestikulierten und stritten miteinander. Gabe schätzte die Entfernung auf etwa zweihundert Meter und legte einen Pfeil auf die Sehne seines Bogens, zog sie voll auf und ließ das Geschoss fliegen. Er hatte sich für einen seiner speziellen, pfeifenden Pfeilen entschieden, dessen Spitze aus Knochen mit ausgehöhlten Kanälen gefertigt war. Die Spitze erzeugte im Flug einen mehrstimmigen Pfeifton, der fast wie ein hoher Schrei klang. Der Schaft pfiff auf sein Ziel zu und zog die Aufmerksamkeit der Jungen auf sich, die sich ihm vorsichtig näherten. Sie standen mit großen Augen, wie versteinert und konnten das Geschoss erst erkennen, als es sich zu ihren Füßen in den Boden hinein grub. Die drei sprangen zurück, starrten den Pfeil an und spähten dann in die Ferne, um zu sehen, wo der Schütze sein könnte. Die einzige Bewegung aber war die eines Mannes, der den Abhang des kleinen Hügels hinunterkam und zu weit entfernt war, um einen Pfeil aus dieser Entfernung zu ihnen geschossen zu haben.

Die Jungen waren teils aus Angst und teils aus Neugierde wie erstarrt, als sie den großen Mann näherkommen sahen. Sie suchten nach wie vor nach einem Anzeichen des Schützen , der den Pfeil geschickt haben könnte, in der näheren Umgebung aber es war niemand da. Gabe näherte sich den dreien und begrüßte sie mit "Aho!", als er eine Hand hob, die Handfläche nach vorne. Die Jungen antworteten nur zögerlich, aber schließlich erwiderten sie die Begrüßung, als der große, blonde, weiße Mann in Wildlederbekleidung näher kam. Sie sahen ihn an, dann den seltsamen Bogen den er an seiner Seite hielt, und sahen zu, wie er den Pfeil aus dem Boden zog, ihn untersuchte und in den Köcher an seiner Seite schob.

"Sind das eure Pferde?", fragte Gabe und benutzte dieselbe Sprache wie die Omaha, zusammen mit einigen Gesten der Zeichensprache. Er gestikulierte auf die Herde und blickte zu den Jungen zurück.

Der größte und wahrscheinlich älteste der drei trat vor. "Das sind die Pferde unseres Dorfes", und zeigte nach Westen. "Wir wurden nach ihnen geschickt."

Gabe nickte: "Einige von ihnen gehören uns. Der große schwarze Hengst, den ihr zu fangen versucht, gehört mir." Er drehte sich um und ließ seinen Pfiff erklingen. Ebenholz hob den Kopf, wieherte leise und trabte zu Gabe, den Kopf hoch erhoben und Mähne und Schweif flogen nur so. Als der Rappe näherkam, traten die drei Jungen vorsichtig zurück. Aber Gabe streckte seine Hand aus, und der Hengst senkte seinen Kopf für Gabes Berührung und akzeptierte dankbar das liebevolle Streicheln an seinen Wangen und Gabes Arm um seinen Hals.

"Ich bin Gabe. Dies", er nickte zu seinem Pferd , "ist Ebenholz. Es gibt dort noch drei andere Pferde, die mir gehören, und auch das kleine gefleckte Pony dort drüben."

Der Sprecher der Gruppe antwortete: "Er ist ein schönes Tier. Mein Name ist Stehender Bär und das sind Weißer Adler und Verrückter Wolf."

Gabe legte das rohlederne Halteseil um den Hals von Ebenholz, schnappte sich eine Handvoll Mähne und schwang sich auf seinen Rücken. Er blickte zu den Jungen hinunter: "Ich treibe einfach meine anderen Pferde aus der Herde heraus und gehe zurück in mein Lager. Vielleicht sehen wir uns euer Dorf in einem Tag oder so an, vielleicht sagt Ihr euren Leuten, dass sie uns erwarten können." Die drei Jungen nickten und sahen zu, wie der weiße Mann die anderen Pferde aus der Herde führte und sie zurück zu der langen Reihe von Bäumen trieb, die den Standort des kleinen Baches markierte, der den großen Fluss in einiger Entfernung speiste.

EZRA STAND AN DER BAUMGRENZE, das Gewehr im Arm, als er Gabe beobachtete wie er die vier Pferde zu den Bäumen heran trieb. Er blickte seinen Freund an: "Warum hast du so lange gebraucht? Ich wollte gerade aufbrechen, um nach dir zu suchen!"

Gabe zeigte mit dem Kinn auf die Pferde: "Sie mischten sich unter eine Herde aus dem Dorf am Fluss. Drei Jungen dachten, sie würden es mit Ebenholz versuchen, und er musste eine Weile mit ihnen spielen."

"Ja, das kann ich mir vorstellen. Dieser große Schwarze spielt mit niemandem außer mit dir! Was hat er getan? Hat er ihnen ein Stück Fell aus dem Hintern gerissen?"

"Nein, er war kurz davor, aber ich war rechtzeitig da, um den Frieden zu wahren. Ich glaube nicht, dass diese Jungen das jemals vergessen werden. Sie werden es sich wahrscheinlich zweimal überlegen, bevor sie wieder versuchen, ein wildes Pferd zu fangen."

"Nun, ich werde diese vier Pferde jedenfalls anbinden. Du nimmst dir besser etwas von dem Essen, das deine Frau zubereitet hat, bevor alles weg ist. Sie wird es nicht zu schätzen wissen, wenn du das Essen verpasst!"

"Meine Frau? Sie ist nicht meine Frau!", erklärte Gabe und spuckte die Worte aus.

Ezra kicherte: "Sie gehört jedenfalls mit Sicherheit nicht zu mir!"

15

PONCA

"Nanza!", erklärte Rennender Fuchs und deutete nach Westen über den Niobrara-Fluss. Sie saßen auf einer kahlen Anhöhe auf der Ostseite und überblickten das schlammige Wasser des Niobrara-Flusses. Der Fluss war etwas mehr als hundert Meter breit, und sie befanden sich in der Nähe der Mündung des Zusammenflusses mit dem Missouri. Die flachen Wellen waren ein Indiz für flaches Wasser. Gabe war überrascht ein befestigtes Dorf zu sehen, das den militärischen Festungen des weißen Mannes ähnelte. Er erkannte eine Art Graben um den vertikalen Palisadenzaun, der auf einer Böschung stand. So waren die vielen irdenen Hütten gut geschützt. Er lehnte sich auf dem Sattelknauf nach vorne und blickte auf die einzigartige Siedlung. Schätzungsweise dreißig Hütten befanden sich innerhalb der Palisaden. Er blickte zu Rennender Fuchs. "Erzähle mir über dieses Dorf!", und deutete mit dem Kinn auf die Ansammlung der Hütten.

Rennender Fuchs lächelte und lehnte sich zurück, als sie Gabe ansah: "Das ist Nanza, das Dorf der Ponca. Es ist schon vor der Zeit meines Großvaters hier gewesen. Die Legenden

besagen, dass die Ponca und die Omaha früher ein Volk waren,
aber diese", sie nickte in Richtung des Dorfes, "trennten sich
von uns und bauten ihr eigenes Dorf. Mein Volk ging flussabwärts, um das Dorf der Omaha zu bauen. Aber wir hatten
immer Frieden mit den Ponca, und wir sprechen dieselbe
Sprache."

"Aber die einzigen Indianerdörfer, die ich so gesehen habe,
mit den Mauern und allem, waren ein Teil der Iriquois-Konföderation. Aber selbst die waren nicht so groß wie dieses!", sagte
Gabe mit Verwunderung in seiner Stimme.

"Du hast diese Iriquois gesehen?", fragte sie und war
erstaunt, dass jemand die Leute wirklich gesehen hatte, von
denen sie nur in den alten Legenden gehört hatte. Doch bevor
Gabe antworten konnte, fuhr sie fort: "Du hast wirklich diese
Iriquois gesehen? "Die alten Leute erzählen die Geschichten
darüber, wie ihre Großväter und ihre Väter vor ihnen jenseits
des großen Flusses lebten, in der Nähe von Seen, die so groß
waren, dass man nicht über sie hinwegsehen konnte. Aber die
Iriquois vertrieben unsere Leute aus diesem Land, und wir
kamen an diesen Ort", erzählte Rennender Fuchs düster. Sie
hob die Augen und sagte: "Wir werden in das Dorf gehen. Wir
haben gehört, dass es hier einen Händler gibt, der viele Waren
hat." Ohne auf eine Antwort zu warten, stieg sie mit ihrem
Pferd in Richtung des Flusses, und ohne zu zögern ging sie
zum Wasser.

Sie verließen das Ufer, um den Yazoo-Strom zu überqueren.
Sie wählten eine seichte Stelle, bevor sie in die Strömung des
Flusses ritten. Wie erwartet, reichte das Wasser den Pferden
nicht einmal bis zum Bauch, aber die langen Steigbügelgurte
von Gabe wippten hin und wieder im Wasser. Sie konnten an
den kämpfenden Schritten der Pferde erkennen, dass der
Flussboden beträchtlichen Schlamm enthielt, aber die Tiere

hielten ihr Tempo, kletterten hoch und über flache Inseln, und wieder ins Wasser zurück. Es war ein sogenannter geflochtener Fluss, den sie überquerten, aber es war eine leichte Überquerung, und sie kletterten bald an das niedrige Ufer auf der Westseite.

Sie stiegen ab, um den Pferden das übliche Wasser abschütteln zu ermöglichen, stiegen dann wieder auf und begannen den leichten Anstieg in Richtung des Dorfes. Das Dorf lag auf der Schulter einiger sanfter Hügel, die wie ein niedriger Bergrücken wirkten, auf dessen Nordseite Wald wuchs, während er im Süden kahl war. Im Windschatten des langen Hügelkamms lag das Dorf. Etwas mehr als hundert Meter vom Haupteingang entfernt befand sich eine niedrige, überdachte Blockhütte, in der mehrere Pferde angebunden waren, und eine Handvoll Ponca-Männer tummelten sich dort. Rennender Fuchs machte sich auf den Weg zum Dorfeingang, aber Gabe fragte: "Ich dachte, du wolltest zum Händler gehen?"

Sie drehte sich um und sprach über die Schulter: "Wir müssen zuerst in das Dorf gehen und die Leute wissen lassen, dass wir hier sind und friedliche Absichten haben. Gabe hob langsam den Kopf und nickte, und beide Männer folgten der Frau. Als sie in das Dorf ritten, sahen mehrere Leute zu aber keiner war besorgt. Vielleicht wegen der Frau, die vor ihnen her ritt. Da das Dorf ähnlich angeordnet war wie bei den Omaha, führte Rennender Fuchs sie zum zentralen Gelände, wo mehrere Leute standen und warteten nachdem sie von den Besuchern erfahren hatten. Rennender Fuchs stieg ab, ging auf eine Reihe von Männern zu, offensichtlich die Anführer, und sprach mit dem Mann, der etwas weiter vorne stand als die anderen.

"Ich bin der Rennender Fuchs der *U-Mo'n-Ho'n*. Mein Großvater ist Spottdrossel. „Diese Männer, sie zeigte auf Gabe und Ezra, "sind Freunde meines Volkes und der *P'anka iyé*. „Der da, auf Gabe deutend, "ist Gabe, und der andere ist Ezra!" Sie drehte sich zu Gabe um und sagte: "Das ist Büffelhorn, der Häuptling der P'anka iyé!"

Der Häuptling forderte sie auf, abzusteigen. Als sie auf dem Boden standen, traten beide Freunde mit ausgestreckten Händen vor, die Männer umklammerten die Unterarme und traten dann zurück. Der Häuptling sah Gabe an, drehte sich dann um und sah einen jungen Mann an, der in der Nähe stand. "Er ist nicht so groß, wie du gesagt hast." Gabe bemerkte den jungen Mann und erkannte ihn als Stehender Bär, einen der drei Jungen bei den Pferden. Der Häuptling drehte sich um und sagte: "Mein Sohn hat uns von euch und deinem Pferd erzählt. Das ist ein wunderschönes Tier, ich würde es gegen ihn eintauschen."

Gabe grinste und fragte: "Wenn er dein Hengst wäre, würdest du dann über Handel reden?"

Der Häuptling warf Gabe einen düsteren Blick zu: "Nein!"

"Ich auch nicht. Er ist seit vielen Jahren mein Freund, seit ich so alt war wie dein Sohn jetzt ist!", sagte Gabe und nickte zu Stehender Bär.

"Es ist ein kluger Mann, der weiß, dass ein Pferd mehr ist als ein Tier zum Reiten ist!" Er runzelte die Stirn und blickte Gabe an: "Mein Sohn sagte auch, du hättest einen Pfeil geschossen, der singt, und zwar aus großer Entfernung. Ist das so?"

"Dein Sohn spricht die Wahrheit!", antwortete Gabe schlicht und einfach.

Der Häuptling hob seine Augen zur Sonne und dann zurück zu Gabe. "Wir werden essen, dann wirst du mir diesen Pfeil zeigen, der singt und so außergewöhnlich weit fliegt!"

Gabe schaute den Häuptling offen an: "Es wäre mir eine Ehre, mit euch zu essen. Aber wir müssen auch unser Lager aufschlagen."

Büffelhorn hob eine Hand: "Mein Sohn wird euch zu einer

Hütte bringen. Ihr seid in unserem Dorf für diese Nacht willkommen."

Gabe grinste, nickte, und auf die Bewegung von Stehender Bär hin folgten die drei dem jungen Mann zur Hütte. Sie sattelten die Pferde ab, banden sie neben der Hütte fest und legten ihre Ausrüstung hinein. Ezra fragte: "Hast du mitbekommen als der Häuptling sagte, dass wir für *diese* Nacht willkommen sind?"

Gabe kicherte: "Ja, das habe ich. Ich schätze, ihre Gastfreundschaft ist eher von kurzer Dauer."

Rennender Fuchs warf ein: "Es ist bei Besuchern üblich, sie eine Nacht lang willkommen zu heißen. Sollte der Häuptling entscheiden, dass ihr gute Männer seid, werden euch weitere Nächte angeboten."

Gabe blickte zu Ezra, und beide Männer nickten, als Ezra sagte: "Klingt vernünftig."

"Ummhumm!", stimmte Gabe zu.

SIE GENOSSEN das Essen in der Hütte von Büffelhorn. Seine Frau und seine Tochter kümmerten sich um ihre Gäste. Bald wurde klar, dass der Häuptling diesen singenden Pfeil und den Bogen, der so weit schießt unbedingt sehen wollte, und zwar so sehr, dass er das Essen abbrach und alle nach draußen zur Demonstration eilten. Gabe ging zu ihrer Hütte, holte den Bogen und den Köcher und kehrte zurück. Büffelhorn führte die kleine Enklave außerhalb des Dorfes an und blieb in der Nähe des Haupteingangs der Siedlung stehen. Das Dorf stand auf den sanft aufragenden Hügeln, darunter lag die mit Gras bewachsene Überschwemmungsebene, in der sich die Hütte des Händlers und eine in der Ferne grasende Pferdeherde befanden.

Der Häuptling blickte zu Gabe: "Mein Sohn wird einen Reifen mit einem Fell bespannt nehmen, den du als Ziel-

scheibe benutzen kannst. Wo willst du den Reif haben?" Er blickte zum Überschwemmungsgebiet und wartete darauf, dass Gabe seinen Sohn zur gewünschten Position schickte.

Gabe schaute auf die Zielscheibe, dann auf den Häuptling: "Damit ihr den singenden Pfeil hören könnt, legt den Reifen mit dem Fell dorthin!", und zeigte auf einen Busch in der Nähe der Palisade, kaum mehr als zehn Meter von der Stelle entfernt, an der sie standen. "Ich werde dort hinuntergehen und den Pfeil hierher zurückschießen", schlug Gabe vor und zeigte auf das Ziel.

Der Häuptling blickte den großen weißen Mann stirnrunzelnd an, dann zum Ziel und nickte. Gabe trabte davon, nachdem er bereits einen Platz für seine Schussposition gewählt hatte. Er blieb bei einer Gruppe von Aronia- und Holunderbüschen stehen, setzte sich auf den Boden und spannte die Sehne auf den Bogen. Da das Zuggewicht des Bogens weit über hundert Pfund betrug, stemmte er seine Füße gegen den Bogen und zog an beiden Seiten der Waffe, und spannte die Sehne ein. Er stand auf, schaute auf das Ziel, das jetzt nicht viel mehr als ein heller Punkt in etwa dreihundert Meter Entfernung war, und legte seinen ersten Pfeil auf die Sehne. Bevor er aufzog, legte er einen pfeifenden Pfeil und einen weiteren zu seinen Füßen. Als er bereit war, hob er den Bogen an, brachte ihn mit dem Jade-Daumenring zum vollen Zug und ließ den ersten Pfeil fliegen. Bevor dieser das Ziel traf, war der zweite diesmal pfeifende Pfeil auf dem Weg, dicht gefolgt vom Dritten. Gabe warf die Bogenhülle über die Schulter und begann zurück zur Palisade zu rennen.

Der Häuptling wurde von zwei weiteren Führern des Dorfes, seinem Sohn und seiner Frau, begleitet. Rennender Fuchs stand neben Ezra, während sie zuschauten, wie Gabe sich und seinen Bogen bereitmachte. Als er stand, sagte Ezra: "Hier kommt der erste Pfeil!" und sah zu, wie Gabe, genau wie Ezra erwartete, drei Pfeile abfeuerte. Aufgrund der Geschwin-

digkeit und der Entfernung waren die Pfeile kaum zu erkennen, und bevor der erste das Ziel traf, wurde die Aufmerksamkeit der Zuschauer von dem pfeifenden Pfeil erregt, der auf das Fell zusteuerte. Bevor dieser jedoch das Ziel traf, war der erste Pfeil fast mitten ins Schwarze in das Fell eingedrungen. Innerhalb von Sekunden durchbohrte der pfeifende ebenfalls das Fell, gefolgt vom dritten und letzten Pfeil.

Der Häuptling war sprachlos, als er vom Punkt des Bogenschützen in der Ferne, zurück auf das Fell blickte, das über den Reifen gespannt war und sich gegen das Gestrüpp lehnte. Nur die Fiederung der Pfeile war sichtbar, die Schäfte waren in das Fell eingedrungen und durch das Gebüsch verdeckt. Unter allen Zuschauern brach Geschwätz aus, und ein grinsender Stehender Bär lachte über die Ungläubigkeit seines Vaters. Stehender Bär sah seinen Vater an: "Ist es nicht so, wie ich gesagt habe? Niemand kann einen Pfeil soweit schießen wie dieser Mann, auch nicht so schnell und genau!"

Die beiden Ältesten, die dem Häuptling zur Seite standen, gingen zum Ziel, berührten die Fiederung auf den Pfeilen und drehten die Zielscheibe um, und betrachteten die Schäfte und Pfeilspitzen. Sie sahen, dass eine davon anders war, und untersuchten sie genau und erkannten, dass sie aus Knochen bestand. "Das ist der, der die Laute machte, siehst du die Löcher?", sagte der grauhaarige Mann namens Schwarzer Elch.

Der zweite Älteste, Geflecktes Pferd, antwortete: "Alle Pfeile sind länger!" Er zeigte auf die Schäfte und streckte seine Finger und Handfläche aus und nahm Maß. "Sie sind eine Hand länger als unsere Pfeile."

Beide Männer standen auf und kehrten zu der Gruppe zurück, die zuschaute, wie Gabe zum Ziel trabte, um seine Pfeile zu entfernen. Danach ließ er sie in den Köcher fallen und ging an die Seite von Büffelhorn. Er zog den pfeifenden Pfeil aus dem Köcher, reichte ihn Büffelhorn und zeigte auf die

Knochenspitze: "Das ist Knochen, und die Löcher sind es, die ihn pfeifen lassen."

Der Häuptling begutachtete den Pfeil, gab ihn zurück und griff dann nach dem Bogen, den Gabe auf ihn gerichtet hatte. Büffelhorn untersuchte die Waffe genau, befingerte das Laminat, die ungewöhnliche Biegung und den Griff. Er hob den Bogen an, legte seine Finger zum Ziehen an die Sehne und war überrascht, wie schwer es war, überhaupt mit dem Spannen der Sehne zu beginnen. Er ließ die Sehne los, runzelte die Stirn, und sagte: "Sie ist sehr satt und stark!"

"Ja, der Bogen ist stärker als zwei oder drei der üblichen Bögen zusammen."

Der Häuptling schaute auf Gabes Finger, rieb mit seinem Daumen darüber, schaute dann auf Gabes Hand und sah den Daumenring. In seinen Augen lag ein fragender Ausdruck. Gabe kicherte, demonstrierte dann den Zug, indem er seinen Daumen mit dem Ring an der Sehne ansetzte, seine Finger über den Daumen schlang, und den Bogen voll aufzog. Dann ließ er ihn wieder langsam los.

Der Häuptling lächelte, nickte und sagte: "Es ist ein starker Bogen. Kann man ihn bei der Büffeljagd benutzen?"

"Ja, das habe ich gemacht. Ein Pfeil hier", er zeigte dabei auf den Köcher der auf seiner Seite unterhalb der Schulter hing, "wird einen Büffel zur Strecke bringen!"

"Zeigst du uns, wie man einen solchen Bogen herstellt?", fragte Büffel Horn.

"Ich würde, aber es braucht viele Monde, um einen zu machen. Es ist sehr schwierig und das Holz", er deutete auf das Herz des Laminats, "ist hier nicht zu finden. Das Horn", diesmal deutete er auf die Schicht aus Widderhorn in der Mitte des Bogens, "stammt von einem Dickhornschaf, das nur in den Bergen zu finden ist."

"Kann ich den Bogen von dir tauschen? Ich gebe dir zwei Hände voller Pferde!", rief der Häuptling aus.

Gabe grinste: "Nein, Büffelhorn, das kann ich nicht. Wir gehen in den Westen zu den Rocky Mountains. Mir wurde gesagt, dass es dort Bären gibt, die so groß wie zwei Männer sind und einen Mann mit einem Hieb seiner großen Pranke töten kann. Ich brauche diesen Bogen, um einen dieser Bären zu erlegen."

Der Häuptling anerkannte und schätzte den Mann und seine Absichten. Auch er hatte das Herz eines Jägers und respektierte dies bei einem anderen Mann. Büffelhorn nickte und sagte: "Du bist ein guter Mann und Weise, dass du dein Pferd und deine Waffe behältst. Wir schätzen Freunde wie dich."

16

VORRÄTE

"Ah, mon ami, bien venu! Willkommen, willkommen. Sie sind doch Brite?", fragte Jean Baptiste Munier, der Händler, dem der spanische Generalgouverneur ein Handelsmonopol mit den Ponca gewährte.

"Nein, wir sind Amerikaner!", antwortete Gabe ziemlich schroff und runzelte dabei die Stirn.

"Umso besser! Was bringt Sie in dieses Land?", fragte der Händler, versuchte freundlich zu sein und hoffte auf einen gewinnbringenden Handel mit dem Mann.

"Oh, wir sind nur auf der Durchreise. Richtung Westen zu den Rockies."

"Ah, ich verstehe, Sie sind ein *Aventurier,* äh, Abenteurer." Er hielt inne, lächelte und sah sich um: "Und was kann ich Ihnen heute anbieten?"

Gabe begann: "Wir brauchen etwas Pulver, Blei, Zucker, Mehl, Salz, und das reicht für den Anfang."

"Äh, handeln Sie mit Fellen oder Pelzen?", fragte Munier.

"Nein, du nimmst doch Goldmünzen, oder nicht?"

"Oui, oui!", antwortete er und wandte sich um, um die gewünschten Waren zusammenzustellen.

Sie hatten die ersten Stunden des Tages damit verbracht, mit den Poncas Handel um Bohnen, Mais, einigen Hirschhäuten, sowie Mokassins und einem zusätzlichen Packpferd zu treiben. Als der Händler begann, die Waren vom Posten bereitzustellen, , begann Ezra mit dem Aufpacken dieser. Rennender Fuchs stand neben Gabe und beobachtete jede Bewegung von ihm und dem Händler, bis Gabe schließlich fragte: "Brauchst du irgendetwas?" Sie schritt zu den Regalen und den darauf gestapelten Waren und zeigte auf ein Briefchen mit Nadeln und lächelte. Gabe drehte sich wieder zu dem Händler um und sagte: "Fügen Sie besser noch vier Nadelbriefchen, drei Ahlen, eine Auswahl an Perlen, Glocken und etwas von dem Zierkram dort drüben hinzu. Auch noch sechs von diesen Decken!" Gabe schaute sich weiter um und überlegte. Als der Auftrag abgeschlossen war, addierte der Händler und gab die beträchtliche Summe an. Da Gabe keine bessere Alternative wie diesen Händler hatte, grub er widerwillig tiefer in seinem Beutel und bezahlte den Mann mit Münzen.

Der Händler grinste: "Hier draußen sehen wir nie Gold. Und die sind so neu!" Er biss auf eine der Münzen, um das Metall zu testen, und grinste Gabe an. "Merci, und viel Glück bei Ihrem Abenteuer!" Gabe nickte, winkte mit der Hinterhand über die Schulter, als er Rennender Fuchs aus dem Blockhaus folgte.

"WIE LANGE WIRD es noch dauern, bis wir das Land der Ponca verlassen haben?", fragte Gabe und genoss den schlendernden Gang des großen schwarzen Hengstes. Sie waren den ganzen Tag hindurch geritten, und näherten sich ihrem ersten eigenen Lager, nachdem sie das große Dorf der Ponca verlassen hatten. Er dachte dabei über die Erklärung von Rennender Fuchs nach, dass sie ihn und Ezra durch das Land der Ponca führen, und sich dann entscheiden würde, entweder bei den Männern zu bleiben oder mit ihrem Volk, dass von der Büffeljagd zurückkam, zurückzukehren.

"Unsere Länder haben keine Linien oder Zäune wie die des weißen Mannes. Es gibt das Einverständnis, dass bestimmte Orte von unterschiedlichen Menschen bewohnt werden. Für die Ponca ist der Ort, an dem zwei Flüsse aus dem Süden zusammen mit dem Niobrara hier entspringen, das Ende vom Land der Ponca. Ab jenem dritten, am entferntesten liegenden Fluss, ist es das Land der Lakota!", erklärte Rennender Fuchs.

"Und die Ponca und die Lakota sind nicht freundlich gesinnt?", fragte Ezra.

"Nein, aber die Ponca haben, wie die Omaha, Frieden mit denen geschlossen, die in der Nähe leben."

Gabe hatte bemerkt, dass Rennender Fuchs den ganzen Tag über etwas zurückhaltend gewesen war und nun zögerte, sich zu äußern. Er wollte sich nicht in ihre Gedanken einmischen, aber er war besorgt. Wenn Menschen isoliert waren und in einer kleinen Gruppe reisten, passierte es leicht, dass die Stimmung eines Einzelnen sich auf alle auswirkte. Er fragte sie: "Geht es dir gut? Du bist heute etwas still gewesen."

"Das ist das erste Mal, dass ich von meiner Familie weg bin", antwortete sie düster.

Gabe nickte verständnisvoll und sagte: "Ich weiß, wie du dich fühlst." Er überlegte einen Moment, wie er sich ausdrücken sollte, damit sie ihn nicht missverstehen konnte, und kapierte, was er meinte: "Es ist kein gutes Gefühl, wenn man seine Familie vermisst. Wir nennen das Heimweh. Es ist ein Gefühl, hier!", er zeigte dabei auf den unteren Teil seiner Brust, "und die Gedanken hier", auf seinen Kopf zeigend, "sind über deine Familie." Er winkte Ezra und sich selbst zu: "Wir haben das Gleiche gespürt, weil wir auch unsere Familien und unser Zuhause verlassen haben."

Rennender Fuchs saß locker im Sattel, schaukelte mit dem Gang des Pferdes, den Kopf nach unten gesenkt und starrte mit glasigen Augen auf den Weg. Sie blickte zu Gabe, nickte und streckte sich nach unten, um den Hals ihres Pferdes zu streicheln. Es gibt eine Seelenverwandtschaft zwischen einem Mann oder einer Frau und ihrem Pferd, die den Abgrund der Einsamkeit und Leere durchbricht. Die Indianerin brauchte diese Nähe. Die Nähe eines Freundes, der weder Vorwürfe machte noch zu erklären versuchte, sondern nur fühlt und teilt. Das gefleckte Pony drehte seinen Kopf nur einen Augenblick lang zurück, und sein Kopf wippte, als ob es zustimmen und mitfühlen würde. Gabe sah zu und ein leichtes Lächeln zerrte an den Mundwinkeln.

"Gab es noch jemanden außer deiner Mutter und deinem Vater?"

Sie hob überrascht die Augen zu Gabe, runzelte leicht die Stirn und antwortete leise: "Ich hatte einen Freund, den Sohn des Kriegshäuptlings, *Padhin-nanpaji* oder Der Welcher Nicht Den Anblick Des Pawnee Fürchtet. Sein Sohn heißt Zwei Krähen. Wir wollten zusammen sein, und dass ich seine Frau werde, aber er hatte nicht das, was mein Vater von ihm verlangte, damit ich seine Gefährtin werde. Er ging auf die Büffeljagd, bevor ihr gekommen seid."

Gabe lächelte und hoffte plötzlich, dass er einen Ausweg aus dieser Komplikation mit Rennender Fuchs, hatte. "Wohin gehen sie auf diese Jagd?"

Ezra war an der Spitze geritten und unterbrach ihr Gespräch, als er sein Pferd anhielt und auf einen sich dahinwindenden, von Bäumen gesäumten Bach zeigte: "Das sieht nach einem guten Platz aus um das Lager für die Nacht aufzuschlagen, was meinst du?", fragte er, als er auf Gabe zurückblickte.

"Sieht für mich gut aus, und ich werde langsam hungrig!", antwortete Gabe.

Sie folgten ihrer Routine beim Lager Aufbau und es dauerte nicht lange und sie genossen die Tasse Kaffee nach dem Abendessen. Gabe fragte Rennender Fuchserneut: "Du wolltest mir gerade sagen, wo deine Leute auf Büffeljagd gingen. Wo ist das?"

"Wenn die Büffel in der Zeit der Begrünung nach Norden ziehen, wird unser Volk in drei Gruppen zur Jagd geführt. Sie beginnen im Süden oberhalb des niedrigen Flussarms des Platte. Wenn die Herde von den Jägern nach Norden getrieben wird, wartet die nächste Gruppe oberhalb der längeren Flussarme. Die letzten von uns jagen weiter nördlich mit den Ponca zusammen in einem Land namens Keya Paha, das nördlich des Niobrara-Flusses liegt.

"Und zu welcher Gruppe gehört Zwei Krähen?", fragte Gabe und Ezra zog fragend die Stirn kraus. Er hatte nichts von diesem ´Zwei Krähen´ gehört und wunderte sich, was das alles sollte.

Rennender Fuchs antwortete: "Er ist mit seinem Vater, *Padhin, auf der* Jagd in Keya Paha."

"Und wie weit sind wir vom Ort ihrer Jagd entfernt?"

"Zwei, vielleicht drei Tage", antwortete sie leise.

Ein Plan begann sich hinter dem langsam wachsenden Lächeln auf Gabes Gesicht zu formen. Er lehnte sich zurück und nippte an seinem heißen Kaffee. Er blickte Ezra an und grinste, nickte leicht und starrte in die Flammen.

Ezra seufzte heftig, lehnte sich ebenfalls zurück und warf Rennender Fuchs einen Blick zu: "Sag mal, Rennender Fuchs, ich wollte dich nach deinem Volk und seinen Überzeugungen fragen. Du sagtest, du hättest von den schwarzen Roben etwas Englisch gelernt, aber haben sie dich auch etwas über ihren Gott gelehrt?"

"Einiges, aber es war unserem Glauben nicht unähnlich, so dass ich nur zuhörte, wenn sie uns etwas über die Zunge des weißen Mannes lehrten."

"Würdest du mir also sagen, was deine Leute glauben, über das, was nach dem Tod eines Menschen geschieht?"

Sie blinzelte diesen seltsamen dunkelhäutigen Mann an, lehnte sich dann auf den Baumstamm hinter sich zurück, steckte ihre Füße unter sich im Schneidersitz und begann: "Wir glauben an den großen Wakanda. Manche sehen ihn in der Sonne, manche hören ihn im Donner, manche sehen ihn in den starken Tieren, aber er ist immer eine wunderbare Kraft."

"Ist er es, zu dem dein Volk betet? Weißt du, wenn sie etwas brauchen, um eine Krankheit zu überwinden, oder wenn du ein großes Problem in deinem Leben hast?", fragte Ezra, der sich nach vorne beugte, die Ellbogen auf den Knien und den dampfenden Kaffee in der Hand.

"Ja, aber wir beten nicht wegen kleinen Dingen, sondern nur für die Sachen, bei denen große Macht nötig ist."

"Und wenn man stirbt, was dann?", fragte Ezra.

"Jeder Mensch hat *einen wanaghe,* oder Geist, der nach dem Tod weitergeht. Die Ältesten sagen uns, dass wir, wenn wir gut sind, zu den guten Geistern gehen, aber wenn wir böse sind, gehen wir zu den bösen Geistern. Vier Nächte nach dem Tod begibt sich der *Wanaghe* auf eine sehr dunkle Straße. Deshalb bleiben einige, diese vier Nächte lang hinter hellen Feuern zurück, um denen zu helfen, die auf der dunklen Straße unterwegs sind."

"Und was passiert dann?", fragte Ezra, der nun interessiert nach vorne gebeugt ihr lauschte.

"Nach diesen vier Nächten erreicht der *Wanaghe*", sie zeigte dabei auf die Sterne und die Milchstraße, "die Spur der Sterne und reist auf jener Straße. Dann kommt er an einen Ort, an dem sich die Straße gabelt. Ein alter Mann in einem Büffelgewand sitzt dort und zeigt jedem, welchen Weg an der Gabelung er nehmen soll. Der eine Weg ist ein kurzer Pfad, und wenn man ihm folgt, kommen der Geist bald zu dem Ort, an dem gute Geister wohnen. Aber der andere Weg endet nie, und

diejenigen, die diesem Weg folgen, weinen immer und erreichen nie das Ende."

"Und was oder wer entscheidet, ob der Geist gut oder
schlecht ist?", fragte Ezra.

"Der alte Mann am Scheideweg!", antwortete Rennender
Fuchs ein wenig zaghaft und runzelte dabei die Stirn.

"Das ist der Unterschied zwischen dem, was die Omaha
glauben, und dem, was wir wissen und glauben", erklärte Ezra,
als er sich bückte, um seine Kaffeetasse abzusetzen, und einen
Ellbogen auf sein Knie ablegte. Er griff mit der anderen Hand
nach unten, und brachte seine Bibel zum Vorschein. "Wir
haben gelernt, dass die Menschen, wohin wir auch gehen,
unterschiedliche Überzeugungen haben. Also stellt sich die
Frage: Welche ist die Richtige? Sie können es nicht alle sein,
und deshalb hielt es Gott, der eine wahre, lebendige Gott, der
alle Dinge erschaffen hat, für angebracht, seine Worte in
diesem Buch niederzuschreiben, damit alle die Wahrheit
erfahren." Er schlug die Bibel auf und hielt sie Rennender
Fuchs hin: "Du hast doch schon einmal Bücher gesehen, oder
nicht?"

Sie blickte auf die Seiten, nickte und schaute zu Ezra:
"Woher weißt du, , dass du Recht hast und andere nicht?"

Ezra grinste, blickte auf die Seiten hinunter und zurück zu
Rennender Fuchs: "Weil sich das nie ändert. Die Geschichten
deines Volkes über die Schöpfung, über Recht und Unrecht,
über das Wandeln auf den Spuren der Sterne, genau wie die
Geschichten all der anderen Menschen, sie ändern sich mit der
Zeit. So wie sie von einem Großvater bis zu einem kleinen Kind
erzählt werden, das eines Tages selbst Großvater sein wird,
ändern sich die Geschichten. Nicht sehr viel, aber ein wenig.
Und jedes Mal, wenn eine Veränderung vorgenommen wird,
zeigt das, wie falsch sie ist. Denn wenn sie wahr wäre, würde
sie sich nie ändern. Deshalb hat Gott sie aufschreiben lassen,
damit sie sich nicht ändern kann. Verstehst du das?"

Sie hielt inne, dachte nach und schaute mit leicht schielenden Augen auf: "Ja, das habe ich schon einmal gedacht."

"Gut, jetzt gibt es etwas ganz Besonderes, das du verstehen musst. In den Himmel zu gelangen oder, wie euer Volk es sich ausgedacht hat, den Spuren der Sterne zu folgen, liegt nicht an irgendeinem alten Mann am Scheideweg, sondern an dir. Nicht, ob wir von anderen für gut oder schlecht befunden werden, sondern von einer Entscheidung, die wir treffen. Diese Entscheidung besteht darin, Gottes Plan für uns zu akzeptieren, in den Himmel zu kommen." Ezra schlug die Seiten der Bibel auf und begann, Rennender Fuchs zu zeigen und zu erzählen, dass alle Menschen Sünder waren und dass die Strafe für alle Sünden Tod und Hölle für immer waren. Aber Ezra erklärte auch, dass Gott die Menschen so sehr liebte, und seinen Sohn schickte, um die Strafe für die Menschen zu bezahlen, damit sie es nicht tun müssten, und damit man das kostenlose Geschenk der ewigen Errettung erhält. Aber dies war ein Geschenk, das man auch annehmen musste.

Rennender Fuchs unterbrach Ezra, als sie fragte: "Aber müssen wir nicht viele gute Dinge tun, damit wir das haben können?"

"Nein, denn wenn wir uns den Weg in den Himmel verdienen müssten, wie viel Gutes oder wie viele gute Dinge müssten wir dann tun? Schau, Rennender Fuchs, die Bibel sagt uns im Epheserbriefes, Kapitel zwei, Vers acht und neun, dass wir aus Gnade gerettet werden, nicht durch Werke oder Dinge, die wir tun. Und dass das ewige Leben ein Geschenk ist, das wir empfangen müssen. Schau, wenn es so ist, dann bekommt der Sohn Gottes, Jesus, den ganzen Ruhm. Und wenn wir in den Himmel kommen, sagen wir: "Ich bin hier wegen dem, was Jesus für mich getan hat, nicht wegen dem, was ich getan habe!"

"Wenn ich dieses Geschenk erhalte, werde ich auf den

Spuren der Sterne zu diesem Himmel wandeln?", fragte
Rennender Fuchs.

"Wenn du von ganzem Herzen an das glaubst, was Jesus für
dich getan hat, wirst du es auch tun."

"Der alte Mann am Scheideweg wird mich nicht auf den
falschen Weg schicken?"

"Ne."

"Dann ist es das, was ich will. Wirst du mir zeigen, wie?"

"Gerne!", antwortete ein grinsender Ezra, als er begann, ihr
mehr über Jesus und das Geschenk des ewigen Lebens zu
erzählen, und dass sie nur von ganzem Herzen glauben und im
Gebet um dieses Geschenk der Errettung bitten müsse. Dann
würde das ewige Leben ihr gehören. Als er sie leise im Gebet
führte, rann eine Spur von Tränen über ihre Wangen, und zum
ersten Mal in ihrem Leben betete sie zum ewigen Gott des
Himmels und bat darum, von der Strafe der Sünde gerettet zu
werden und das Geschenk der Ewigkeit im Himmel zu
erhalten.

17

KEYA PAHA

Am Zusammenfluss des Keya Paha und des Niobrara-Flusses überquerten sie das größere der beiden Gewässer und richteten die Pferde nach Westen aus. Da der Keya Paha weit im Nordwesten und der Niobrara aus dem Südwesten entsprang, befanden sie sich in einer Ebene mit hohem Gras, das im Wind wogte und die rollenden Wellen des fernen Ozeans nachahmte. Die Luft war kühl und voller Wohlgerüche, und die Frühlingsblumen verströmten ihren Duft in den Wind und erfrischten das Land mit dem Hauch des Frühlings. Das verweilende Aroma des Regens kontrastierte mit dem Leder und dem Pferdeschweiß, der die drei Freunde begleitete.

Es war ein meditatives Dreigespann, das die Hochebenen des Büffellandes durchquerte. Die wandernden Herden hinterließen einen breiten Streifen aufgewühlte Erde und Dung, aber bis jetzt hatten sie nichts gesehen, was von einer Herde wolliger Bisons erzählt hätte. Rennender Fuchs zeigte mit ihrem Kinn auf die unberührte Landschaft und sagte: "Sie sind noch nicht gekommen. Mein Volk wird auf sie warten." Sie hob ihre Augen zum Himmel und suchte das Gelände ab: "Bald,

bald werden sie kommen. Dies ist das Land, das sie anzieht!",
erklärte sie, während sie ihren Arm schwenkte, um die weite
Aussicht, die sich endlos zu erstrecken schien, einzuschließen.

"Es ist ein großes Land!", räumte Gabe ein und verlagerte
sein Gewicht auf seine durchgestreckten Arme, die auf dem
Knauf ruhten. Seine Schultern waren gebeugt, als er die Beine
streckte und das Gelände absuchte. Niedrige sanfte Hügel,
spärlich bewachsen mit einer Vielfalt von Vegetation, dehnten
sich nach Norden und Westen aus. "Diese Hügel sehen aus wie
eine Herde Schildkröten, die darum kämpfen, an Wasser oder
so etwas zu gelangen."

"Darum nennt man sie Keya Paha, das ist Lakota für Schild-
krötenhügel", erklärte Rennender Fuchs.

"Was du nicht sagst!", erwiderte Gabe, erhielt aber von
Rennender Fuchs ein verwirrtes Stirnrunzeln.

"Ich habe es gesagt!", antwortete sie und fügte hinzu:
"Warum sollte ich es nicht sagen?", und runzelte immer noch
die Stirn über die seltsame Bemerkung.

"Äh, oh, äh, egal, das ist nur ein Spruch meines Volkes", stammelte Gabe und schüttelte den Kopf. Er hörte Ezra hinter ihnen
kichern, weigerte sich aber, dem Mann die Genugtuung zu geben,
ihn anzusehen. Ezra hatte oft über Gabe gesagt, dass dieser selbst
dann schwer zu verstehen sei, wenn er sich klar ausdrückte Er
beschloss, das Thema zu wechseln. "Wenn es also möglich wäre,
mit Zwei Krähen zusammen zu sein, um seine Frau zu werden
und bei deinem Volk zu bleiben, wäre das für dich in Ordnung?"

"Aber ich bin deine Frau. Du hast meinen Vater bezahlt,
und jetzt gehöre ich dir. Ich kann nicht die Frau von zwei
Männern sein!" Sie schaute Gabe an und wunderte sich über
die seltsamen Gedanken dieses weißen Mannes. Obwohl sie
nicht als Mann und Frau zusammen gewesen waren, gehörte
sie immer noch ihm und konnte ihn nicht verlassen, da dies
ihrem Vater Schande bringen würde. Er war der heilige Mann

der Omaha, und ihn zu beschämen war gegen den Weg ihres Volkes.

"Ich verstehe das, aber verlassen die Frauen deines Volkes jemals ihren Mann und gehen zu einem anderen?", fragte Gabe.

"Nein, es ist nicht erlaubt, es sei denn, der Mann kann nicht für seine Familie sorgen, aber das habe ich nie erlebt. Der Mann kann sich eine andere Frau nehmen, aber dann gibt es zwei Frauen in der Hütte und weniger Arbeit für jede von ihnen!", nickte sie und lächelte, als sie die einfache Art und Weise erklärte, mit der man als Familieneinheit bei ihren Leuten leben konnte.

"Aber es gibt einige Ureinwohner, wie die Shawnee, die sagen, wenn die Frau den Mann nicht mehr will, stellt sie seine Sachen einfach vor die Behausung, und das war's. Er muss gehen, vielleicht eine andere Frau finden und von dort aus weitermachen."

Sie blickte wieder finster drein: "Wohin weiter? Und wohin geht er?"

Wieder hörte Gabe Ezra hinter sich kichern, der sichtlich Gabes Frustration genoss und seine Unfähigkeit, etwas so Einfaches zu erklären. Aber er fuhr fort: "Was passiert in deinem Volk, wenn zwei Menschen, ein Mann und seine Frau, nicht mehr zusammen sein wollen?"

"Ich weiß von einer Zeit, in der das passiert ist. Der Mann wollte seine Frau nicht haben und nahm eine andere. Die beiden Frauen kämpften und die erste ging in Scham, weil sie ihren Mann nicht glücklich machen konnte."

"Und was geschah mit ihr, der ersten Frau, meine ich?", fragte Gabe.

"Sie verließ unser Volk und wurde nie wiedergesehen. Es heißt, sie sei mit den Geistern gegangen."

"Könnte sie nicht einfach zu einem anderen Mann gehen,

anstatt das Volk zu verlassen?", fragte Gabe, und seine Verzweiflung begann sich zu zeigen.

"Kein Mann wollte sie haben; sie schämte sich."

Gabe verdrehte sich unbehaglich im Sattel, als er sich umsah. Er drehte sich um, um Ezra anzusehen, und erhielt von seinem Freund nichts als ein Grinsen und Schulterzucken. Er schüttelte den Kopf, drehte sich um, blickte nach vorne und dachte nach. Plötzlich kam ihm eine Idee: "Sag mir, hat dein Volk nicht eine Art Zeremonie, ein Fest, irgendwas, wenn zwei Menschen heiraten oder sich vereinigen?"

Rennender Fuchs lächelte und nickte: "Ja, die haben wir. Es ist sehr schön. Die Frauen kommen alle zusammen und nähen das Kleid und mehr. Sie geben der Frau, die zu einem Mann ziehen soll, viele Ratschläge und Geschenke. Sie lernt dabei, wie sie ihren Mann glücklich machen kann. Und der Mann ...", aber sie wurde durch Gabes erhobene Hand unterbrochen.

"Aber das hatten wir alles nicht? Bedeutet das, dass wir nicht vereint sind?", fragte er.

"Mein Vater ist der heilige Mann unseres Dorfes, aber wir sind gegangen, bevor es eine Vermählungszeremonie geben konnte. Zu dieser Gruppe von Jägern gehört noch ein anderer Mann, der Kriegshäuptling!" Sie nickte mit dem Kinn in die Richtung, wo die Jäger vermutet wurden. Die Frau hatte etwas von ihrem Enthusiasmus verloren, aber fuhr dennoch fort: "Er wird die Zeremonie abhalten, wenn wir wollen. Ich habe dort auch Freunde, die das Kleid für mich anfertigen werden."

Er reagierte nicht auf ihren implizierten Vorschlag, sondern wurde ruhig und nachdenklich. Gabe dachte über Rennender Fuchs und ihr Leben nach. Sie ritten schweigend, die einzigen Geräusche waren das Knarren des Leders und das Klappern der Steine unter den Hufen der Pferde und das gelegentliche Schnauben eines Pferdes. Er würde nichts tun, was sie verletzen oder beschämen würde, aber dass sie bei ihm war fand er nicht richtig. Er wusste, dass sie eine gute Frau war. Sie war schön und eine harte Arbeiterin. Sie würde eine gute Gefährtin für einen Mann sein, aber nicht für ihn. Seine Zukunft war bestenfalls fragil, denn sie waren auf dem Weg in das Land vieler verfeindeter Stämme. Und mit der zusätzlichen Gefahr, dass mögliche Kopfgeldjäger hinter ihm her sein könnten, wie es schon einmal der Fall gewesen war, war es kein Leben für Mann und Frau. Wenn er nur mehr über die Sitten und Gebräuche des Volkes der Omaha wüsste.

DAS LAND WAR mit den Nebenarmen der Flüsse sowohl nördlich als auch südlich der Reisenden durchzogen. Einige der Flussbetten waren kaum mehr als ein Rinnsal der von Quellen gespeisten Bächen, andere waren kräftig fließende Flüsse gespeist aus hohen Grundwasserständen und dem Überlauf der jüngsten Regenfälle. Aber jeder Nebenarm bot tiefgrünes bewachsenes Gelände mit Knopfbüschen bis hin zu willkürlich verstreuten Pappelwäldern. Ezra sprach in die Stille hinein: "Ich kann mir vorstellen, dass all dies eines Tages gutes Ackerland sein könnte!" Er stand aufrecht in seinen Steigbügeln und schwenkte seinen Arm hin und her. "Diese niedrigen Hügel würden sich gut als Windschutz für ein Haus und eine Scheune, als Stallungen für das Vieh und sogar als Erdkeller eignen. Jawohl, das wäre gutes Farmland!", erklärte er.

Rennender Fuchs hielt sich zurück und wartete, bis er neben ihr stand: "Was ist das, Ackerland?", fragte sie.

"Nun, weißt du, dein Volk baut Bohnen, Kürbisse, Mais und so weiter an. Eine Farm ist nur ein großer Garten. Ein Farmer würde *all* das hier umpflügen und Getreide wie Weizen für Brot, Hafer für Pferde, Mais für Menschen und Vieh und vieles mehr anbauen.

"Die Weißen würden all das hier", fragte sie stirnrunzelnd auf die Ebene zeigend deren hohes Präriegras bis zu den Bäuchen der Pferde reichte, "zu einem Platz für Mais und

Kürbisse machen?" "Warum? Eine Familie könnte all das nicht essen, selbst ein Dorf wie das meine könnte das nicht. Das wäre eine Verschwendung!"

Ezra sah das Mädchen an und erkannte, dass er nun an der Reihe war ein wenig verzweifelt zu versuchen, die Wege des weißen Mannes zu erklären. Er schüttelte den Kopf und grinste: "Nein, es würde nicht nur für seine Familie sein. Was die Familie nicht braucht, tauschen sie für andere Dinge ein, so wie deine Leute es tun. Weißt du, wie damals, als wir mit den Ponca für etwas von ihrem Gemüse gehandelt haben."

Rennender Fuchs hob langsam verständnisvoll den Kopf, und grinste. "Ja, ich verstehe. Es ist gut, gegen das einzutauschen, was man nicht hat."

AUF IHRER REISE blieben sie in Sichtweite des Niobrara, aber immer auf der Suche nach Anzeichen für das Lager der Büffeljäger nach Westen. Es war am späten Nachmittag, als Gabe, bäuchlings auf dem höchsten Hügel mit dem Fernrohr am Auge, schließlich ausrief: "Dort, etwa drei, vier Meilen entfernt, könnte Rauch sein."

Rennender Fuchs und Ezra saßen im Schneidersitz, hielten die Führleinen der Pferde, die hinter ihnen weideten, und beide schirmten ihre Augen ab, lehnten sich nach vorne und versuchten das Lager zu erkennen. Ezra fragte: "Bist du sicher?"

"Nein, deshalb habe ich gesagt, 'könnte sein'!", antwortete Gabe, rollte sich zur Seite und blickte grinsend auf seinen Freund zurück. Er blickte nach Westen und schätzte, dass die Sonne in etwas mehr als zwei Stunden untergehen würde. "Wir haben noch viel Zeit, wir können es wahrscheinlich dorthin schaffen, bevor die Sonne untergeht. Er blickte zu Rennender Fuchs: "Es wird doch kein Problem sein, wenn wir in das Lager deiner Leute reiten, oder?"

Rennender Fuchs schüttelte den Kopf: "Ihr habt mich und

das Wort von Spottdrossel, dem Führer von allen Omaha. Wir werden willkommen geheißen werden."

"Der Kriegshäuptling, *Padhin*, ist der Vater von Zwei Krähen, richtig?", fragte Gabe.

Die Indianerin zog die Stirn kraus, ihre Augenbrauen senkten sich, und sie kniff die Augen zusammen , als sie mit „Ja" antwortete.

"Und er ist derjenige, der die Vermählungszeremonie durchführt?"

Rennender Fuchs entspannte sich, verstehend hob sie den Kopf und antwortete wieder: "Ja!""Ich glaube, ich muss mit ihm sprechen. Vielleicht kann er mir die Dinge erklären", beschloss Gabe, als er aufstand und nach der Führungsleine von Eben-holz griff. Ezra neigte den Kopf zur Seite und fragte sich, was mit seinem Freund los war. Er hoffte nur, dass sie dadurch nicht noch mehr Ärger bekommen würden.

18

RÄNKESPIELE

Padhin-nanpaji, die Hände auf die Knie gestützt, die Beine vor sich verschränkt, hörte Gabe zu, wie er von der Zeit der Rettung von Rennender Fuchs durch ihn und den nachfolgenden Ereignissen erzählte. Kleine Schildkröte, die Frau von Padhin, hatte sich leicht zurückversetzt neben ihren Mann gesetzt und lauschte der Geschichte. Sie nickte dabei oft und lächelte und vermittelte Gabe den Eindruck , dass sie genau verstand, worauf er mit dieser Geschichte hinauswollte. Aber Gabe fuhr fort. "Nun, ich verstehe nicht alle Sitten und Gebräuche Ihres Volkes, aber ich war noch nicht bereit, mir eine Frau zu nehmen. Gibt es also eine Möglichkeit, dass Ihr Sohn Zwei Krähen und Rennender Fuchs zusammen sein könnten, ohne dass es für sie Scham oder irgendetwas anderes Schlechtes verursacht?"

Kleine Schildkröte lächelte, lehnte sich zurück und wartete auf die Antwort ihres Mannes. Padhin, oder ´Er, Der Sich Nicht Vor Einem Pawnee Fürchtet, schaute den weißen Mann streng an und sagte: "So etwas geschieht nicht bei unserem Volk!"

Kleine Schildkröte beugte sich vor und sprach leise mit ihrem Mann. Die beiden unterhielten sich einige Augenblicke lang, bis er - Der Sich Nicht Vor Einem Pawnee Fürchtet Gabe anschaute und sagte: "Da ihr nicht vereint gewesen seid, gibt es einen Weg." Er blickte zu seiner Frau zurück, und sie sprachen noch einige Augenblicke zusammen, bis sie ihn zurückwinkte und er sich wieder zu Gabe umdrehte. Ezra hatte still neben seinem Freund gesessen, und Rennender Fuchs war mit einigen Freunden zu einer anderen Hütte gegangen. Der Kriegshäuptling sah von einem zum anderen und sprach dann zu Gabe: "Andere weiße Männer, die ich gekannt habe, sind keine guten Jäger. Sie sind keine guten Versorger für eine Frau oder eine Familie."

Zuerst war Gabe beleidigt, weil er dachte, dieser Mann wüsste nichts über ihn oder seine Fähigkeit zu jagen, zu kämpfen oder zu versorgen. Doch plötzlich war ihm klar, wie der Kriegshäuptling es meinte, und er grinste und antwortete: "Du hast Recht. Ich bin ein schrecklicher Versorger!" Er erinnerte sich an die einfache Aussage von Rennender Fuchs, dass wenn ein Mann nicht in der Lage war für seine Familie zu sorgen, es der Frau erlaubt war, zu gehen und einen anderen Mann als Gefährten zu erwählen.

Ezra begann zu verstehen und mischte sich ein: "Aber sie hat schon gesehen, wie du für sie gesorgt hast. Du hast Rehe erlegt, und sie sah, was du deinen Bogen für den Ponca-Häuptling vorgeführt hast."

Gabe sah seinen Freund an: "Aber das hat sonst niemand gesehen." Er blickte zurück zum Kriegshäuptling: "Also, wenn ich auf die Büffeljagd gehe und jedes Ziel verfehle, was dann?"

Kleine Schildkröte beugte sich vor und sagte: "Zwei Krähen würden zur Verteidigung der Frau kommen, und jedem sagen, dass Sie kein guter Gefährte sind und nicht für sie sorgen können. Er würde betonen, dass er dies aber könnte. Sie lächelte, verschränkte die Arme über der Brust und nickte, um ihren Standpunkt zu unterstreichen.

"Das wäre alles? Sonst nichts?", fragte Gabe.

"Wenn du sie behalten willst, dann würdest du um sie kämpfen. Aber du würdest vor ihrem Volk Schande über dich bringen, wenn du es nicht tun würdest!", antwortete der Kriegshäuptling.

"Würde sie beschämt oder in irgendeiner Weise verletzt werden?"

Kleine Schildkröte beugte sich erneut vor: "Sie wäre froh, frei von einem Mann zu sein, der nicht für sie sorgen kann, und die Leute würden denken, dass es richtig war, dass sie die Vermählung verweigert hat."

"Will Zwei Krähen sie immer noch als seine Frau?"

Kleine Schildkröte ließ ein zaghaftes Lächeln über ihr Gesicht huschen, als sie sich sichtlich entspannte und zu ihrem Mann blickte. Der Kriegshäuptling nickte langsam: "Als er zur Jagd aufbrach, plante er, viele Büffel zu erlegen und ihrem Vater zu zeigen, dass er ein guter Jäger war. Er plante, mit den Ponca in das Land der Lakota auf Raubzug zu gehen, um viele Pferde zu stehlen und sie ihrem Vater für den Preis für Rennender Fuchs zu geben."

Gabe grinste: "Dieser hinterhältige alte Mann hat bereits den Preis für Rennender Fuchs bekommen. Ich musste ihm ein gutes Gewehr und mehr geben."

Padhin grinste und nickte. Seine Frau kicherte und legte ihre Hand an den Mund: "Weiße Elch Frau wird glücklich sein, sie wieder bei ihrem Volk zu haben. Aber Schwarze Wolke wird versuchen, mehr von Zwei Krähen zu bekommen."

"Wenn sie zusammen vermählt werden, bevor wir zurückgehen, kann er nichts tun!", antwortete der Kriegshäuptling grinsend. Sowohl Kleine Schildkröte als auch der Kriegshäuptling kannten Schwarze Wolke als einen Mann, der immer versuchte den anderen in jedem Handel zu übertrumpfen. Das hatte er auch mit Gabe getan, aber sobald er herausfinden würde, dass Rennender Fuchs nicht mehr mit dem weißen Mann zusammen war, sondern sich mit Zwei Krähen zusammengetan hatte, würde er als übertrumpft angesehen werden. Schließlich hätte der junge Krieger seine Frau für sich gewonnen ohne den Vater zu bezahlen.

"Aber wäre das nicht eine Schande für Rennender Fuchs?"

Die beiden sahen einander an, dann sagte Kleine Schildkröte: "Mein Sohn wird einen guten Preis zahlen, aber später."

AM ABEND KAM die Nachricht über das Vorankommen der wandernden Herde. Die Jagd würde bei Tagesanbruch am nächsten Morgen beginnen, und Gabe und Ezra würden sich den Omaha anschließen. Der Kriegshäuptling hatte mehrere Unterhäuptlinge, die verschiedene Gruppen von Jägern anführen würden. Zwei Krähen würden als angesehener Jäger, wenn auch nicht als Unterhäuptling, ebenfalls eine Gruppe anführen. Seine Gruppe würde sich mit Büffelgewändern tarnen und so nah wie möglich an die Herde heranschleichen. Dann würden sie mit Bogen bewaffnet angreifen. Sie waren überzeugt, sie könnten im Stillen mehrere Büffel erlegen, bevor die Herde alarmiert würde.

Der als Gebrochene Lanze bekannte Unterhäuptling würde die Gruppe mit den Gewehren anführen. Seine Jäger waren strategisch gut platziert Sie kauerten in einer trockenen Schlucht und würden erst dann anfangen zu schießen, wenn die Herde sich wegen der ersten fallenden Tiere in Bewegung setzte. Der dritte Angriff wurde von Bärentöter mit seiner Verfolgergruppe angeführt, die die Verfolgung der Büffel aufnehmen würde. Diese Gruppe war mit Lanzen, Bögen und Gewehren bewaffnet und hatten, da sie ihre Beute verfolgen konnten, in der Regel die größte Anzahl an erlegten Büffeln vorzuweisen. Zu dieser Gruppe gehörten auch Gabe und Ezra.

Als sich die Schatten des frühen Morgens über das hohe Gras erstreckten, wurde die Anwesenheit der Herde zuerst durch den moschusartigen Geruch vom dickem Fell, das durch das Wälzen im uringetränkten Schmutz verstärkt wurde, angezeigt. Selbst bei fruchtbarer Erde, die hohes Gras hervorbrachte, hing eine dünne Staubwolke über der massiven braunen Decke, die sich langsam über die sanften Hügel und grasbewachsenen Ebenen bewegte. Ein leises Grollen, ein Chor von Grunzen, Brüllen und schlurfenden Hufen wehte um die schwingenden, bärtigen Köpfe der haarigen Tiere. Die Schädel schwangen wie ein großes Pendel hin und her und markierten die Zeit bis zu ihrem Untergang. Schwarze Augen leuchteten aus den Tiefen der verfilzten Locken, die die schwerfälligen Schädel schmückten. Die Biester, von denen einige fast eine Tonne wogen, schienen unbesiegbar zu sein. Sie schwankten als Masse in ihrem eigenen Tempo dahin.

Die beiden Freunde saßen auf ihren Pferden auf dem Grad eines niedrigen, kahlen Hügels, der die weite Prärie überblickte. Fünfzehn weitere berittene Jäger, die die Westgruppe bildeten, beobachteten die langsame Annäherung der Herde. Gabe deutete mit dem Kinn auf die Gruppe auf der gegenüberliegenden Seite der Ebene zu: "Der andere Haufen da drüben schaut genauso ängstlich aus wie dieser hier. Ich hoffe, falls es überhaupt welche gibt die mit Gewehren schießen können, dass sie sicherstellen, dass sie die großen braunen Jungs treffen, und nicht etwa einen von uns!"

Ezra kicherte und sagte: "Denk du nur dran, worauf du schießen sollst und noch wichtiger, was du verfehlen sollst, dann wird alles gut gehen."

Die Herde ging in die Tausende und war über zweihundert Meter breit und fast eine Meile lang. Gabe erinnerte sich daran, dass Rennender Fuchs von den zwei größeren Jägergruppen weiter südlich erzählte, die ihre Beute bereits erlegt hatten. Vielleicht sogar von der gleichen Herde. Und nun würden diese Omaha und Ponca ihre Vorräte aufstocken. Dennoch, selbst, wenn jeder Jäger zwei oder drei Büffel erlegen würde schien es nicht so, als würde die Herde sich erheblich verkleinern.

"Da, sie fangen an!", erklärte Esra und nickte der ersten Gruppe von Bogenjägern zu. Der Ausruf lenkte Gabe von seinen Überlegungen ab, und er stand in seinen Steigbügeln auf, um den ersten Büffel fallen zu sehen. Obwohl eine halbe Meile von ihrer Hügelspitze entfernt, war der Sturz des großen Tieres leicht erkennbar. Die getarnten Jäger waren aus dieser Entfernung schwer auszumachen, aber der Fall eines so massiven Tieres war nicht zu übersehen. Das Fallen der ersten Tiere erschreckte die Herde nicht, aber die braune Decke bewegte sich langsam von der Aktion der Jäger weg.

Die großen Biester schlenderten auf der Westseite des breiten Tals, die Köpfe nach unten gebeugt, immer grasend. Aber die Leitkühe waren wachsam. Die monströsen Stiere hinter der Herde, die Blut und Tod witterten, begannen, sie vorwärts zu schieben. Obwohl sie über die Art der Gefahr nicht sicher waren, nahmen sie dennoch die Bedrohung wahr und versuchten zu entkommen. Die Herde war unruhig, aber nicht verängstigt, bis der erste Gewehrschuss ertönte. Als das Donnern des Gewehrfeuers über ihren Köpfen immer lauter wurde, sprang die Herde vorwärts, als ob alle Tiere miteinander verbunden wären. Die Köpfe erhoben sich, ein Bellen ertönte, dann beugte sich jedes Tier nach vorne, senkte den Kopf und begann zu laufen.

Die Erde bebte unter den berittenen Jägern, als Bärentöter seinen Schrei ausrief, um den Männern zu signalisieren, mit dem Angriff zu beginnen. Die Aufregung explodierte schier in jeder Brust, als jeder Mann die mit Staub versetzte Luft einsog, und die Fersen in die Flanken seines Lieblingsjagdpferdes grub. Diese Jagdgruppe kam von der linken Seite, und die meisten waren mit Gewehren oder Lanzen bewaffnet. Die größere Gruppe kam von der rechten Seite, und alle waren entweder mit Bögen oder Lanzen bewaffnet. Ein berittener

Jäger, der einen Bogen oder eine Lanze benutzt, findet es einfacher, auf die linke Seite des Pferdes zu schießen oder quer über seinen Körper zu werfen. Einige geschickte Jäger zogen es jedoch vor, eine auf der rechten Seite tief gehaltene Lanze zu verwenden und sie wie die alten Ritter in die Seite des Tieres zu treiben.

Die berittenen Schützen lagen tief unten auf den Hälsen ihrer Pferde und stürzten sich auf die großen Wollberge. Da sie wussten, dass der erste Schuss ihre beste Chance zum Erlegen eines Büffels war, warteten sie, bis sie an der Seite des Tieres waren. Dann wählten sie sorgfältig ihren Schuss, entweder hinter dem Ohr oder tief in die Brust hinter dem Vorderbein aus. Gabe sah, wie einige der Schützen ihre Gewehre einhändig hielten und die Mündung fast in Kontakt mit dem Tier brachten, bevor sie schossen. Andere schossen mit der linken Hand, führten ihre Reittiere mit den Knien und lehnten sich dabei in ihre Schussposition.

Gabe blickte sich um und sah einige der Schützen, die sich zum Nachladen zur Seite geritten waren, während sie die sich vorbeiwälzende Herde beobachteten. Plötzlich stolperte ein großer Bison und überschlug sich direkt vor Gabe und Ebenholz, aber der große schwarze Hengst hob seine Vorderhufe an und sprang über den großen Kadaver. Gabe musste nach seinem Sattelknauf greifen, während er das Ferguson-Gewehr umso fester packte. Sie landeten, ohne den Lauf zu unterbrechen, und Gabe brachte das Gewehr herum, feuerte es wie eine Pistole ab. Er stellte aber sicher, dass die Kugel unter dem Bauch des nächstgelegenen Bisons hindurchging und keinen Schaden anrichtete. Er hielt Ebenholz von der Herde fern und begann nachzuladen, wobei er einen der anderen Jäger erblickte, der ihn beobachtete. Gabe tat so, als ob er das Nachladen verzweifelt versuchte. Als das Gewehr geladen war, trieb er Ebenholz wieder in die Geschehnisse der Jagd.

Gabe erblickte Ezra gerade, als er eine schöne Kuh zu Fall

brachte und zum Nachladen sein Pferd zurückhielt. Er nickte ihm im Vorbeireiten zu und suchte sich ein anderes Ziel. Es bedurfte aller Entschlossenheit, die er aufbringen konnte, um bei jedem Schuss daneben zu schießen. Außerdem musste er auch dafür sorgen, dass immer jemand seinen Schuss sah. Schließlich zog er Ebenholz nach drei Fehlschüssen zur Seite, um nachzuladen, und stellte fest, dass seine Mission erfüllt war. Er befand sich auf einem leichten Hügel und beobachtete, wie die Herde davondonnerte. Noch immer wurden die Büffel von ein paar entschlossenen Jägern gejagt. Er durchsuchte das Feld voller Büffelkörper auf der Suche nach Ezra. Er entdeckte ihn, als dieser auf einen erlegten Büffel zugeritten kam und lenkte Ebenholz in Richtung seines Freundes.

Sie hatten gerade mit dem Schlachten begonnen und das Tier vom Schwanz bis zur Zunge aufgeschnitten, als sie jemanden näherkommen hörten. Die beiden Freunde standen auf, ihre blutigen Hände hingen an der Seite und sahen Rennender Fuchs und Kleine Schildkröte zusammen mit zwei anderen Frauen näher kommen. Rennender Fuchsfragte: "Wo sind eure Büffel?"

Gabe trat um das tote Tier herum, sah die junge Frau an und antwortete: "Ich habe wohl keinen erwischt!" Er zuckte mit den Schultern und senkte die Augen.

Er blickte auf und sah Rennender Fuchs, die sprachlos dastand, Ungläubigkeit auf ihrem Gesicht. "Du? Du hast keinen Büffel getötet?"

Er tat sein Bestes, um gescholten und bedauernd, ja sogar beschämt zu erscheinen: "Ich habe es versucht! Aber ich konnte einfach keinen erwischen", murmelte er, während er alles tat, um zerknirscht zu wirken.

Die anderen Frauen begannen miteinander zu plaudern, Kleine Schildkröte wandte sich an Rennender Fuchs: "Das ist der Mann, den du erwählt hast dich und deine Kinder zu ernähren? Er erlegt nicht einmal einen Büffel!" Dabei gestikulierte sie der längst verschwundenen Herde mit dem Arm hinterher." Sogar ich könnte einen von so vielen töten!"

Die anderen Frauen berührten den Arm von Rennender Fuchs, um ihre Aufmerksamkeit zu erregen und die dralle Frau fügte hinzu: "Du solltest diesen Mann nicht als Gefährten wählen! Ihr werdet verhungern! Wähle einen der vielen Jäger aus, die sich bewährt haben!" Ihre Bemerkungen riefen bei der anderen Frau ähnliche Reaktionen hervor, und das Palaver hatte die Aufmerksamkeit anderer Frauen in der Nähe auf sich gezogen. Sie alle kamen näher, um zu sehen, was los war. Als die anderen Frauen näher herangetreten waren und Fragen stellten, versammelten sich mehrere davon um Rennender Fuchs und trösteten sie. Sie waren alle sehr hartnäckig in ihren Vorschlägen und berieten Rennender Fuchs lebhaft während der Diskussion.

Plötzlich ritt ein Krieger im Galopp auf die Gruppe zu. Sein Pferd kam rutschend zum Stehen und er sprang zu Boden noch bevor sein Reittier zum Stehen kam. Er rannte zu der Gruppe, schaute zu Rennender Fuchs und den Frauen und versuchte, aus dem Geschwätz schlau zu werden. Als seine Mutter ihm erklärte was los war, drehte er sich zu Gabe um und rief: "Du bist nicht würdig, ihr Mann zu sein! Du kannst nicht für ihre Hütte sorgen! Ich kämpfe mit dir um sie!" Zwei Krähen rissen seinen Tomahawk aus seinem Gürtel und gingen auf Gabe zu, woraufhin die Frauen aufschrien und rasch zurücktraten. Gabe sah Rennender Fuchs von den anderen beschützenden Frauen umgeben, blickte dann zu Ezra und sagte: "Sieht aus, als wäre es Zeit für mich, zu gehen. Ich werde westlich des Lagers sein und auf dich warten." Er nickte zu dem toten Büffel: "Bring unbedingt ein paar Steaks mit, ich habe einen großen Hunger. Er drehte sich um und streckte sich nach Ebenholz, den Fuß in einem Steigbügel, schwang er sich in den Sattel. Der große Schwarze sprang nach vorne und in vollem Galopp davon. Dabei warf der Hengst mit seinen Hufen

Erdklumpen auf die zeternde Menge. Zwei Krähen schüttelten seinen Tomahawk und schrie dem flüchtenden Weißen hinterher: "Du bist nicht würdig! Sie gehört mir!"

Ezra kehrte den plappernden Frauen den Rücken zu und fuhr damit fort, den erlegten Büffel zu schlachten. Als die anderen Frauen und Zwei Krähen sich wieder ihren eigenen Aufgaben zuwandten, spürte Ezra, dass jemand in der Nähe stand, und drehte sich um. Rennender Fuchs stand allein da und sah ihn an. Als er sich zu ihr umdrehte, sah er, wie eine Träne eine Spur auf ihrem staubigen Gesicht hinterließ und sie sagte: "Ich weiß, was er getan hat. Ich bin traurig, aber ich bin auch glücklich. Sag ihm, dass ich dankbar bin!"

Ezra grinste, nickte mit dem Kopf und sah zu, wie sie sich abwandte, um der Frau zu folgen, die gerade ihren Plan erläuterte, Rennender Fuchs bei den Omaha zu behalten und sie mit ihrem Sohn, Zwei Krähen zu vereinen. Als sie sich auf den Weg machte, sagte Ezra: "Rennender Fuchs, wir werden dich vermissen!" Sie drehte sich um und lächelte, und mit einem einfachen Nicken ging sie davon.

19

LAKOTA

Der Kaffee war heiß und dampfend, als sich die beiden Freunde am Feuer zurücklehnten, um den Augenblick der Flammen zu genießen und sich die Leckerei schmecken zu lassen. Die frischen Büffelsteaks waren besonders schmackhaft, so direkt über den Flammen gegrillt und die frischen, in der Glut gebratenen Rohrkolben Wurzeln vervollständigten die Mahlzeit. Sie waren mit dem Essen sehr zufrieden und blickten nun zu den Sternen, bevor sie sich für die Nacht hinlegen wollten. Doch schwere Tritte von zwei Pferden verrieten den Männern, dass sie unerwarteten Besuch bekamen. Beide Männer zogen die Pistolen aus ihren Gürteln und legten sie auf ihre Oberschenkel, als sie aus der Dunkelheit "A-ho!" hörten.

Gabe antwortete: "A-ho!" und in der Sprache der Omaha: "Kommt ins Licht!"

Zwei Krähen und Rennender Fuchs waren abgestiegen und führten ihre Pferde in den Lichtkreis des Lagerfeuers. Sowohl Gabe als auch Ezra standen auf, als sie sich näherten, und Gabe sprach: "Nun, das ist eine Überraschung!"

Rennender Fuchs trat vor und lächelte: "Wir möchten dir

sagen, dass wir dankbar sind. Ich habe Zwei Krähen erklärt, dass du ein sehr guter Jäger bist und es nie versäumt hast, alles zu erlegen, was du gejagt hast. Seine Mutter, Kleine Schildkröte, erklärte ihm dann, was du alles für uns getan hast, und wir sind dir beide dankbar.

Gabe kicherte, und als Ezra den beiden Kaffee anbot, begann er zu erklären: "Rennender Fuchs, ich möchte, dass du weißt, dass wenn die Dinge anders wären, würde ich um dich gegen ihn kämpfen. Aber so ist es am besten! Ihr zwei gehört zusammen, und du würdest dein Volk nicht wirklich verlassen wollen."

"Ich weiß." Sie blickte zu Zwei Krähen, nahm seine Hand in die ihre und wandte sich wieder an Gabe: "Wir wollten schon immer zusammen sein, seit wir jung waren. Wir hätten nie gedacht, dass es anders sein würde, und jetzt hast du es möglich gemacht. Ich danke dir!"

Sie waren noch eine Weile zu Besuch, und als die beiden bereit waren, sich zu verabschieden, schaute Zwei Krähen Gabe an: "Die Lakota waren ein friedliches Volk, aber sie sind auch große Krieger. Viele der jungen Krieger wollen sich Ehre erwerben und werden dafür stehlen, Schläge gegen einen Feind erzielen und auch töten. Wenn ich durch das Gebiet der Lakota reisen müsste, würde ich dies nachts tun und sehr wachsam sein."

"Das ist ein guter Rat, Zwei Krähen. Dies werden wir tun. Was weißt du über die Stämme jenseits der Lakota?" fragte Gabe.

"Die Arapaho, Cheyenne und die Shoshoni sind allesamt gute Menschen. Die Cheyenne sind friedlich, aber die Arapaho und die Schoschonen sind nicht so freundlich. Du willst weit reisen. Wirst du wieder in das Land der Omaha zurückkehren?"

"Vielleicht eines Tages, in vielen Sommern von jetzt an,

aber vorerst werden wir nach Westen in die Berge gehen, und danach vielleicht sogar darüber hinaus!"

Die Männer umklammerten Unterarme und Hände, näherten sich einander an, und obwohl Zwei Krähen nicht mehr sagte, war an seinem Gesichtsausdruck zu erkennen, dass er bezweifelte, dass die beiden Freunde jemals zurückkehren würden. Wahrscheinlich glaubte Zwei Krähen sie würden irgendwo auf ihren Reisen ihren Tod finden. Rennender Fuchs umarmte beide Männer, verabschiedete sich von ihnen und ging mit ihrem Mann aus dem Licht des Feuers in die Dunkelheit.

Gabe und Ezra sahen einander an, und ohne, dass ein gesprochenes Wort nötig war, begannen sie ihre Ausrüstung zu packen und sich auf ihre Abreise vorzubereiten. Der Mond war zunehmend, und die klare Nacht hielt die hellen Sterne an ihrem Platz. Jedes der funkelnden Lichter am Himmel lockte die Beiden, ihre Reise fortzusetzen. Gabe hatte den Nordstern auf seiner rechten Seite und ritt voran. Sie blieben dem Niobrara auf der linken Seite fern und ritten im hohen Gras. Dennoch hatten sie den nahen Schutz von Bäumen und Büschen am Flussufer in der Nähe, falls nötig.

Sie waren nur wenige Meilen gegangen, als die tiefen Schatten vor ihnen Gabe vor Klammen, Rinnen und Senklöchern warnten und auf ein erschwertes Weiterkommen hindeuteten. Mit einem schnellen Rundumblick über das abschüssige Gelände, das sich in Richtung des Flusses erstreckte, entschied er sich, den Niobrara zu überqueren und sich am Südufer zu orientieren. Zwei Krähen hatten vorgeschlagen, den Niobrara so bald wie möglich zu überqueren, da das Land südlich des Flusses das Land der Brule Lakota war, welche gegenwärtig als freundlicher bekannt waren als ihre Nachbarn im Norden.

Die sanften Hügel waren mit ein paar Pinien und Zedern, sowie mit einzelnem Wacholder und Salbeibüschen bedeckt.

Der lange Abhang, der sie zum Fluss führte,, fiel sanft zum Wasser ab, und die Männer zögerten nicht, ihre Pferde in den sich langsam bewegenden Fluss zu treiben. Der Mond spendete reichlich Licht, und der Untergrund erwies sich als solide, zumindest für Ebenholz und das nachfolgende Packpferd.

Aber Ezra und sein Wallach wählten ihre eigene Route nur wenig flussabwärts, und innerhalb weniger Augenblicke kämpfte das Packpferd mit seiner Führungsleine und riss Ezra ins Wasser. Das Geplätscher und Geschrei spaltete die Stille der Nacht, und Gabe trieb Ebenholz auf eine Kiesbank aus dem Wasser. Er riss sein Rohleder Lasso vom Sattel und wickelte eine Schlaufe ab, um das Lasso in Reichweite von Ezra im Wasser schwimmen zu lassen. Gabe lehnte sich in das gespannte Seil und zog Ezra auf die Sandbank. Er sah auf, und sah das Packpferd kämpfen, und Ezra stotterte: "Treibsand! Gabe sah noch einmal hin und drehte sich wieder zu Ebenholz um, stieg schnell in den Sattel und wickelte sein Lasso zu einer weiteren Schlinge ab. Er lenkte Ebenholz ins Wasser, vorsichtig auf jeden Schritt achtend, und als er sich dem Packpferd auf etwa fünf Meter genähert hatte, schwang er die Schlinge über seinen Kopf und warf sie. Die große Schlaufe fiel über den zappelten Kopf des Pferdes, und Gabe zog sie straff. Schnell wickelte er das Lasso um das Sattelhorn und lenkte Ebenholz zurück zum anderen Ufer. Der große Schwarze reagierte auf Gabes Drängen und beugte sich in das Lasso, zog es straff und der Hals des Packpferdes streckte sich. Der Fuchswallach schaukelte vor und zurück und befreite schließlich seine Vorderbeine und strampelte damit im Wasser. Sein Kopf tauchte unter die Strömung, als das Pferd stolperte, hob sich aber wieder. Ebenholz stemmte die Hufe stärker in den Boden, um die Zugkraft zu erhöhen, und innerhalb von Sekunden war der Fuchs frei und kam spritzend hinter dem großen Rappen ans Ufer.

Ezra lag ausgestreckt auf dem Kies am Ufer und

verschnaufte. Dann setzte er sich auf, um zu sehen, wie der große Schwarze Gabe weiter oben ans Ufer trug. Das Kastanien braune Pferd stand neben seinem Herrn und schaute auf ihn herab, als wolle es fragen, warum Ezra auf dem Boden lag, und er sagte: "Schon gut, schon gut!", und stellte sich zum Aufsitzen neben das Tier. Gabe hatte das Rohlederlasso , das um den Hals des geretteten Packpferdes hing, neben Ezra fallen lassen, und er hob es nun zusammen mit dem Führungsseil auf und lief zu Gabe das Ufer entlang.

"Was manche Leute nicht tun würden, nur um ein Bad im Fluss zu bekommen!", schimpfte Gabe, als Ezra sich näherte.

"Du musst laut reden! Es würde dir nicht schaden, ab und zu auch mal ein Bad zu nehmen!", erklärte Ezra.

"Du willst reiten? Was ist mit deiner tropfenden Hose?", neckte ihn Gabe.

"Reit du nur vor, ich werde direkt hinter dir sein!", erklärte ein starrköpfiger Ezra.

SIE RITTEN in Sichtweite des Flusses, hielten sich aber an die Ebene, um weniger beschwerlich vorwärts zu kommen. Die schlurfende Gangart der Pferde veranlasste sie dazu, einen Platz zu suchen, an dem sie anhalten und den Pferden eine Verschnaufpause gönnen konnten. Vielleicht könnten sie auch ein wenig grasen und Wasser trinken. Eine Cottonwood Baumgruppe am Rande eines flachen Bachbettes lockte sie. Sie hielten an, stiegen ab und lockerten die Gurte. Dann führten sie die Pferde zu einem flachen Teich mit frischem Wasser, das von einem dünnen Rinnsal von Quellwasser gespeist wurde. Gabe hielt inne, hob den Kopf und schnüffelte: "Riechst du das? Ich glaube, es ist Rauch. Jemand hat in der Nähe übernachtet."

Ezras Nasenlöcher blähten sich, als er in der Luft schnupperte. Er nickte und antwortete: "Das ist ganz schwach, vielleicht ist es nur ein weiterer Reisender."

"Aber es könnte auch ein Lager sein, das etwas weiter weg ist."

"Möglich wäre es", antwortete Ezra.

Gabe nickte Richtung Hügel, als er sein Ferguson Gewehr aus dem Futteral zog: "Ich werde die kleine Anhöhe da drüben erklimmen und sehen, ob ich das Lager lokalisieren kann. Er prüfte die Ladung im Gewehr und in seiner Gürtelpistole. Damit zufrieden machte er sich auf den Weg zum Hügel.

Es dauerte nur kurze Zeit, bis er zurückkehrte und berichtete: "Ich glaube, es ist ein Dorf, wahrscheinlich Lakota. Zwei Krähen sagte, sie würden sich in diesem Gebiet befinden, und dieses Lager liegt am Ufer des Niobrara. Ich halte es für das Beste, wenn wir weiter nach Süden schwenken und um sie herumreiten. Wenn wir den Bogen weit genug ziehen, sollte uns nichts passieren."

"Wie groß ist das Dorf?", fragte Ezra.

"Kann man nicht mit Sicherheit sagen, aber es ist groß. Und da es schon so spät ist gibt es nicht viele Kochfeuer. Ich schätze, es sind etwa hundert Erdhütten. Der große Mond zeichnete die Unterkünfte ziemlich deutlich ab."

ALS SIE NACH Süden und weg vom Niobrara schwenkten, veränderte sich das Terrain dramatisch. Das flache Land war zu einer endlosen Strecke von Hügeln geworden, die wie Brötchen in einer großen Pfanne wirkten und sich als Hindernisse mitten in ihrem Weg erhoben. Es hieß, entweder in den Einschnitten zwischen den Hügeln zu bleiben und den Windungen dieser zu folgen oder über die Gipfel der Hügel mit dem ständigen Auf und Ab zu reiten. Um die Hügel herum mussten sie sich durch das kurze Gras und das Gestrüpp von Salbei kämpfen. Nachdem sie des dichten Gestrüpps in den Talsohlen schnell müde geworden waren, wählten sie schließlich die Route über die Gipfel der Hügel und nahmen das ständige hoch und runter in Kauf. Gelegentlich kamen sie auf ein Stück flaches Grasland und gingen neben den Pferden her und ließen diese gelegentlich einen Bissen vom Grün ergattern, während sie vorwärtsliefen.

Als sie zu einer Gruppe Wacholderbäumen mit einer völlig fehl am Platz wirkenden Ponderosa Pinie in der Mitte kamen, beschloss Gabe, ein Lager aufzuschlagen, bevor die Sonne sie auf dem Weg erwischen würde. Die Bäume umarmten die Rinne am Ende einer Böschung, die vom Rinnsal eines Baches in den Untergrund eingekerbt worden war. Sie bot den durstigen Reisenden ihr Wasser an. Ein schnell errichtetes, kleines Feuer unter den ausgestreckten Ästen des größten Wacholders und Kaffee waren bereit. Sie aßen die Reste des, am Feuer gebratenen Büffelsteaks, und streckten sich bald auf ihren Decken aus. Die Pferde waren in der Nähe in Reichweite von Gras und Wasser, angebunden und das Schnarchen von Ezra hielt alle herumstreunenden Nachttiere in Schach. Gabe kicherte, als er um Schlaf rang, aber bald schloss er sich Ezra beim Schlafen an.

ETWAS ZERRTE an Gabes Bewusstsein und versuchte, ihn wachzurütteln. Er roch Fleisch beim Kochen, hörte aber nichts. Er zwang seine Augen sich zu öffnen. Der dunkle Schatten des Wacholders hielt die helle Sonne von seinem Gesicht fern, und er sah sich langsam um. Die Pferde standen hüftgelenkig und schliefen im Schatten der Ponderosa Pinie und eines weiteren Wacholders. Sogar Ebenholz, der immer als erster vor jeder Gefahr warnte, hatte schwere Augenlider und einen langsam rauschenden Schweif, der ihn von einer lästigen Fliege befreite. Gabe bewegte langsam den Kopf zur Seite, in der Erwartung, Ezra am Feuer zu sehen, erschrak aber, als er einen

Eingeborenen sah. Sein langes, graues Haar hing locker über seine Schultern und reichte bis zum oberen Rand seines Lendenschurzes, dem einzigen Kleidungsstück, das er außer den Mokassins trug. Ein Messer steckte in einer Scheide an seinem Gürtel und ein Tomahawk hing locker an seiner anderen Hüfte. Er saß auf dem Baumstamm, die Ellbogen auf die Knie gestützt, die Hände gefaltet, während er Gabe unbeirrt anblickte. Ein kurzer Blick zeigte, dass Ezra immer noch schnarchte, nur nicht so laut, sondern tief schlafend.

Gabe sah den alten Mann an, runzelte die Stirn und schob die Decken herunter, als er sich aufrichtete. Der alte Mann sah zu, bewegungslos, mit einem langsamen Grinsen, das sein Gesicht verzerrte. Gabe stand auf, legte den Gürtel um die Taille und schob den Tomahawk in den Gürtel, und die Pistole ebenfalls direkt hinter der Schnalle. Dann ging er mit einem Blick auf den alten Mann zu den Bäumen, um sich zu erleichtern. Als er zurückkam, hatte sich der alte Mann nicht bewegt, und Gabe fragte mit einer Gebärde: "Wer sind Sie, warum sind Sie hier?"

"Ich bin Großer Donner, und ich bin hungrig!"

20

GROSSER DONNER

Ezra hatte einige erlesene Stücke Fleisch von der Büffelkuh behalten, nämlich die Lende, den Buckel, die Keule und noch mehr. Mehrere, von Großer Donner geschnittene, Fleischstreifen brutzelten über den Flammen des Kochfeuers. Yampa-Wurzeln buken in den Kohlen, und heißes Wasser blubberte auf einem flachen Stein neben dem Feuer. Großer Donner wusste wenig über den Kaffee des weißen Mannes, aber er wusste, dass sie ihn mit heißem Wasser zubereiteten. Still beobachtete er die beiden Männer, wie sie ihre Schlafdecken zusammenrollten und ihre Packtaschen sortierten, während sie darauf warteten, dass das Essen fertig werden würde.

Ezra sah, wie die Kanne zu tanzen begann, und er tat eine Handvoll Kaffeesatz hinein, schüttelte sie ein wenig und setzte sie dann wieder auf den heißen Stein, um das Aufbrühen abzuschließen. Er sah zu dem alten Mann auf und fragte mit Hilfe der Zeichensprache: "Bist du ein Lakota?"

"Ja, ich bin *Sičháŋǧu* oder einige Weiße nennen uns Brule." Der Stammesname in Zeichensprache bedeutete 'Das verbrannte Schenkel Volk'.

"Warum bist du allein hier?", fragte Ezra, der sich auf den nächsten Cottonwood Stamm setzte.

"Wir reden, nachdem wir gegessen haben!", gestikulierte der alte Mann und griff nach einem der Weidenzweige, auf denen sich ein Streifen Steak befand.

ALS SIE SICH ZURÜCKLEHNTEN, bot Ezra dem alten Mann eine Tasse Kaffee an, die er gerne annahm, und Gabe sagte: "Gut, wir haben gegessen. Nun, warum bist du hier und warum allein?" Während des Essens stellten die Drei fest, dass der alte Mann mit den Sprachen der Omaha, Osage und anderer Indianer vertraut war. Ohne große Schwierigkeiten konnten sie sich mit einer Kombination von Wörtern und Zeichensprache leicht unterhalten.

"Um dich zu führen", er nickte Ezra zu, "in das Dorf der Maroons!", erklärte Großer Donner.

Ezra und Gabe runzelten die Stirn, dann wandte sich Ezra dem alten Mann zu und fragte: "Mich leiten? Zu den Maroons? Das verstehe ich nicht!"

Der alte Mann wand sich ein wenig auf seinem Sitz und sagte: "Gehörst du nicht zu den Maroons?"

Bevor Ezra antworten konnte, fragte Gabe: "Willst du damit sagen, dass es in der Nähe ein Dorf von Maroons gibt?"

Ezra stotterte, blickte von seinem Freund zu ihrem Besucher und fragte Gabe: "Sprichst du von den Maroons aus dem tiefen Süden?"

Der alte Mann sprach ein wenig zögerlich, als er zu erklären begann: "Alle, die wie du sind", er nickte dabei Ezra zu, "sind aus diesem Dorf. Gehörst du nicht auch dazu?"

Ezra blickte seinen Freund fragend an: "Ich habe noch nie von Maroons gehört, außer denen, die Schwarze Seminolen genannt werden, und noch einige unten bei New Orleans."

"Die meisten, über die ich gelesen habe, lebten in Jamaika.

Aber es gab auch welche bei den Seminolen und andere, aber von denen habe ich noch nie so weit im Norden gehört. Alle diese waren entflohene Sklaven, die sich zusammenschlossen und in den Sümpfen lebten und so weiter. So wie er behauptet, gibt es auch hier welche!", vermutete Gabe.

Ezra beugte sich vor und hielt seinen Kaffee mit beiden Händen, während er sich auf die Knie lehnte. Er sah den alten Mann an: "Erzähl mir von diesem Dorf. Wie lange existiert es schon dort?"

Der Grauhaarige seufzte heftig und begann: "Sie kamen nach der Zeit, in der alles Grün wird, im vergangenen Sommer. Es gab viele in unserem Dorf, die von der Flecken-krankheit befallen waren." Er zeigte auf mehrere runde, für Pocken typische Narben auf seiner Brust und an seinem Hals. "Sie halfen unserem Volk. Als die Krankheit vorüberging, gingen viele unserer Frauen, die ihre Partner verloren hatten, mit den Maroons. Ich wurde gebeten, sie an einen Ort zu führen, um ein Dorf zu bauen und ihnen zu helfen. Meine Frau und mein Sohn wurden vom Fieber getötet, und ich willigte ein, sie zu führen. Es gab andere wie dich", er nickte Ezra zu, "die ich in das Dorf geführt habe, um bei den Maroons zu sein."

"Also, wie viele gibt es in diesem Dorf?" fragte Gabe.

Der alte Mann schaute Gabe skeptisch an, antwortete aber, indem er alle Finger beider Hände hochhielt und dreimal signalisierte. Dann fügte er aber hinzu: "Vielleicht noch mehr."

Esra fragte: "Du hast gesagt, dass einige Frauen aus deinem Volk mit ihnen gegangen sind. Gibt es noch andere?"

Er nickte und grinste: "Es gibt auch Chickasaw, Choctaw, Tunica und Quapaw."

"Sind alle Frauen indianischer Abstammung?", fragte Gabe.

"Nein, es gibt auch Frauen wie ihn", erneut deutete er in Richtung Ezra, "und es gibt auch einheimische Männer unter ihnen."

Ezra dachte einen Moment lang nach: "Hast du auch eine Frau unter den Maroons genommen?"

Der alte Mann grinste langsam und nickte lächelnd.

"Ist das Dorf weit weg?" fragte Gabe.

Großer Donner schaute den weißen Mann an: "Es gibt keine weißen Männer im Dorf!"

"Ist das Dorf weit weg?", fragte er erneut.

"Zwei Tage", und er nickte nach Nordwesten.

Gabe blickte Ezra an: "Willst du dir dieses Dorf ansehen?"

"Ja, möchte ich", kicherte er, "ich bin interessiert."

SIE ENTSCHIEDEN sich dafür nach wie vor nachts zu reiten und machten Platz für Großer Donner auf dem kastanienbraunen Packpferd. Dieser war zur Abwechslung ganz froh, dass er reiten konnte. Die erste Nacht war ein friedlicher Ritt, denn der Mond war fast voll und der Himmel klar, und nur von den unzähligen himmlischen Laternen unterbrochen, die die Reiter ständig vorwärts lockten. Als die zweite Nacht begann, entfernten sie sich vom Nordufer des Niobrara und nahmen eine westliche, manchmal nordwestliche Route. Gerade als das erste Licht das Schwarz der Nacht in ein dunkles Grau verwandelte, befahl ihnen Großer Donner, am Rande eines Steilufers anzuhalten, von dem aus sie einen dichten Wald aus hoch aufragenden Ponderosa übersahen. Dahinter lag ein Gebiet mit Gipfeln und Schluchten, die wie Kratzspuren des Schöpfers wirkten, als er die Täler und Klammen unter ihnen aushöhlte, die durch die tiefen Schatten des frühen Morgens noch mehr wie eine dunkle Vorahnung wirkten.

Die Männer blickten auf die beginnenden Farben des Sonnenaufgangs und auf das Land vor ihnen. Der drastische Geländekontrast verblüffte die Reisenden, die die endlosen sanften Hügel und das grenzenlose Grasland seit scheinbar ewigen Zeiten durchritten hatten. Das karge Land erstreckte sich im Nordosten und im Westen über die Grenzen ihres Sehvermögens hinaus. Es schien sich vor ihnen zu erheben und sie herauszufordern, es zu betreten, Skelettfinger aus knochigen Graten erregten ihre Aufmerksamkeit und verspotteten ihr Zögern. Gabe wandte sich an Großer Donner, und mit einem finsteren Blick, der von Skepsis sprach, fragte er: "Das Dorf ist da unten?"

Großer Donner zeigte auf einen langen, sanft abfallenden und fast unfruchtbaren Abhang hin, der als Quelle der von Bäumen gesäumten Schluchten erschien und an einem Zusammenfluss von Klammen endete. "Es ist jenseits dieses Punktes."

Gabe vermutete, dass der Orientierungspunkt etwa zwei Meilen entfernt war: "Und ist es weit von diesem Punkt entfernt?"

"Nicht weit. Sie wissen, dass wir kommen."

Gabe warf dem alten Mann einen kurzen Blick zu, überrascht über seine Aussage: "Sie wissen es? Woher?"

"Wir sind beobachtet worden, und ein Späher ist geschickt worden." Er zeigte auf eine dünne Staubspur, die im Kontrast zum tiefen Grün der Kiefern stand.

Sie folgten der grasbewachsenen Landzunge bis zum Punkt eines flachen und wunderschönen grünen Tals. Gabe fand, dass es einer Handfläche ähnelte, wobei jeder der Finger eine mit Espen und Kiefern gefüllte Schlucht darstellte, die bis zur Spitze des Tals reichte. Eingebettet in die *Handfläche* des Tals befand sich eine ungewöhnliche Ansammlung von Fell Tipis, Erdhütten und Buschlauben. Die kleine Besuchergruppe wurde von einer heiteren, vertrauten Szene begrüßt. An den Kochfeuern standen Töpfe mit herrlich duftenden Speisen, mehrere Frauen waren an den Feuern beschäftigt, während andere sich um Trockengestelle oder gegerbte Häute kümmerten. Kinder mit sparsamer Kleidung liefen hintereinander her, einige jagten einen Reifen mit einem Stock, während andere kleine Bogen und abgestumpfte Pfeile hatten. Es gab Pferde, von denen einige in der Nähe der Hütten angebunden waren, aber die meisten weideten gemeinsam auf einer weiten Wiese in der Nähe des Baches im Tal. Gabe musste anhalten, um alles in sich aufzunehmen, und war überrascht, dass sie nicht von einer Gruppe von Kriegern begrüßt worden waren, wie es in anderen Dörfern immer geschehen war. Er lächelte über das Bild der Ruhe, unerwartet in diesem wilden Land.

Großer Donner führte sie zu einer irdenen Hütte, die etwas allein am Rande des Lagers stand. Eine Familiengruppe saß dort in der Nähe des Kochfeuers. Ein großer schwarzer Mann stand dabei, als sie sich näherten. Seine Hände hingen an den Seiten seiner perlenbesetzten Hirschlederkleidung. Er trug Mokassins, Wildlederhosen, eine lange Tunika mit Fransen und Perlen. Seine Kleidung saß gut und betonten seine breiten Schultern und seine muskulöse Brust, Arme und Beine. Aus seinen dunklen Augen blitzte eine Mischung aus Selbstvertrauen und Neugier auf. Um seine Mundwinkel zuckte ein leichtes Grinsen, als Großer Donner von dem Fuchs abstieg. Er wurde von dem Mann, den er als Jean Saint Malo vorstellte, herzlich begrüßt.

Gabe runzelte die Stirn und fragte: "Ich las von einem Jean Saint Malo, der ein Anführer der Maroons im spanischen Louisiana war, aber dieser wurde vor zehn oder fünfzehn Jahren hingerichtet. Ist das richtig?"

Der große schwarze Mann verschränkte die Arme über seiner Brust und antwortete: "Das war mein Vater. Bevor er gefangen genommen wurde, wies er mich an, diese Menschen so weit wie möglich von New Orleans wegzubringen. Er sagte, nur die Entfernung könne uns Freiheit geben." Er blickte von Gabe zu Ezra: "Ihr seid beide in unserem Dorf willkommen. Ich nehme an, Großer Donner hat Ihnen von unserem Volk erzählt?"

Als beide Männer abstiegen, antwortete Ezra: "Er hat uns

einiges erzählt, aber ich, oder besser gesagt, wir sind sehr neugierig darauf, mehr zu erfahren."

"Wir werden essen, und ich werde Ihnen alles sagen, was Sie wissen wollen!", schlug Jean vor und nickte Großer Donner zu, damit er die Pferde wegbrachte. "Großer Donner wird Ihre Sachen in ein nah gelegenes Lager bringen. Wir haben keine Hütten übrig, sonst würden wir Ihnen eine geben, aber Sie sind herzlich eingeladen, dort an der Baumgrenze zu übernachten. Es ist ein guter Platz für Sie und Ihre Pferde."

Eine stattliche und sehr attraktive Frau kam aus der Lodge, die Hände voll mit Dingen für das Essen, und nickte den Männern zu, als sie vorbeiging. Jean sah, wie Ezra die Frau mit einem leichten Stirnrunzeln anblickte, und sagte: "Sie ist meine Frau, und heißt Steht Groß!. Sie ist vom Volk der Osage."

Ezra und Gabe sahen einander lächelnd an, und Gabe wandte sich wieder Jean zu: "Wir haben den letzten Winter bei den Osage verbracht. Sie sind gute Menschen."

Ezra erklärte: "Deshalb ist mir Ihre Frau aufgefallen. Es kommt nicht oft vor, dass man eine einheimische Frau sieht, die so groß ist, außer bei den Osage."

"In unserem Dorf leben Menschen aus vielen Ländern und Stämmen", antwortete Jean und forderte die Männer auf, sich zu setzen. Dann fuhr er fort: "Wenn Ihnen die Maroons bekannt sind, wissen Sie, dass viele von ihnen Sklaven waren, aber nicht alle. Als mein Vater unser Volk führte, lebten wir in den Sümpfen und kontrollierten die Wasserwege vom Borgne-See und vom Pontchartrain-See bis zum Golf. Als die spanischen Milizen kamen, versteckten wir uns und einige flohen. Aber als mein Vater gefangen genommen wurde, bereiteten wir uns zum Aufbruch vor und bewegten uns nur nachts. Wir folgten dem mächtigen Fluss in Richtung Norden. Einige schlossen sich den Choctaw, Chickasaw und anderen Indianern an, und einige nahmen sich Ehefrauen aus diesen Völkern und kamen mit uns. Mein

Vater erzählte von den vielen Völkern auf den Inseln, und einige von ihnen kamen in unser Land und schlossen sich uns an."

"Haben Sie die Freiheit gefunden, die Sie gesucht haben?", fragte Ezra und lehnte sich interessiert nach vorne.

"Ja, aber es war hart. Aber für unser Volk ist es immer dasselbe, wo immer wir sind, finden Sie das nicht auch?"

"Nicht dasselbe wie für Sie und Ihr Volk. Ich bin frei geboren, und mein Vater ist Pastor einer großen Gemeinde in Philadelphia. Aber es gab Zeiten, in denen meine Freiheit bedroht war", antwortete Ezra und bemerkte, wie Gabe sich zurücklehnte und zuhörte. Diese Männer sprachen über Dinge, die nur sie wirklich verstehen konnten.

Gabe beobachtete und hörte zu, und bei einer Pause fragte er: "Sind Sie von den Einheimischen akzeptiert worden? Ich meine, es gibt viele verschiedene Stämme, und nicht alle sind miteinander im Frieden. Sind ihnen welche mit offener Feindschaft begegnet?"

"Wahrscheinlich nicht mehr oder weniger, wie sie Ihnen beiden begegnen würde!", antwortete Jean. "Die meisten sind verständlicherweise vorsichtig, aber wir haben einigen geholfen, wie den Lakota, und von einigen auch Hilfe erhalten. Wir tun unser Bestes, um das Vertrauen unserer Nachbarn zu gewinnen." Er zeigte um das Dorf: "Fühlen Sie sich frei, sich in unserem Dorf zu bewegen und mit unseren Leuten zu sprechen. Sie werden unter uns Menschen aus vielen verschiedenen Gruppen finden. Eines haben wir gemeinsam: sowohl Einheimische als auch Neger sind der Sklaverei ausgesetzt und werden gemeinsam dagegen kämpfen!"

Ezra kicherte: "Wir", zu sich selbst und Gabe deutend, "verstehen das beide nur zu gut." Weiter erzählte er Jean von ihrer Begegnung mit den französischen Voyageurs, die zu Sklavenhändlern wurden, und von ihrer Befreiung der Pawnee-Gefangenen. "Obwohl also die Spanier die Sklaverei verboten haben, zumindest für die Einheimischen, hat das die Franzosen nicht abgehalten!"

"Ja, aber die Spanier halten immer noch Sklaven. Deshalb waren sie so gegen meinen Vater und die Maroons. Der Mann, der meinen Vater geholt hat, Colonel Francisco Bouligny, hat geschworen, jeden Maroon der entkommen ist, zur Strecke zu bringen, egal wie lange es dauert und wie weit er gehen muss. Er ist noch mächtiger geworden und hat die gesamte spanische Streitmacht nach Lust und Laune auf seine Seite gebracht. Es hat sich herumgesprochen, dass er Briefe nach Santa Fe geschickt hat, in denen er um zusätzliche Soldado de cuera bittet. Sie sollen ihm bei der Suche nach Maroons helfen."

"Nun, ich glaube er hätte es sehr schwer, Sie so weit weg von New Orleans zu finden!", wandte Ezra ein.

"Wir sind frei, aber nicht, weil wir annehmen, dass wir sicher sind, sondern weil wir niemals ruhen. Wir wachsen zwar zahlenmäßig, aber selbst mit all unseren Leuten könnten die Spanier eine zwei- oder dreimal so große Truppe mitbringen, und alle wären kampffähige Männer." Er sah auf, und sah, dass ihm seine Frau zuwinkte. Er drehte sich zu seinen Gästen um: "Aber genug geredet. Lasst uns essen und jeden Tag genießen, den unser Gott uns schenkt!"

21

SOLDADOS

D ie beiden Offiziere, Kapitän Andrés de Cerranza und Leutnant Alvar Nuñez Cabesa de Vaca, lehnten sich über die vergilbte Karte. Der Kapitän zeigte darauf, während er sprach: "Der Händler Juan Munier hat seinen Posten hier an der Mündung des Niobrara. Laut seiner letzten Botschaft, haben die Two Kettle Sioux von einem Dorf der Schwarzen erzählt. Er nannte sie Maroons. Sie müssen irgendwo hier in der Gegend sein!", sagte er und zeigte auf die Karte. "Nördlich des Niobrara und genau nördlich des Zusammenflusses der Flüsse Nord und Süd Platte."

"Wie verlässlich sind diese Informationen?", fragte der Leutnant. In der Nähe stand Sergeant Abelardo Valazquez der dem Leutnant über die Schulter schaute. Abgesehen vom Rangunterschied gab es zwischen den Offizieren und den unteren Rängen weitere große Unterschiede, da die Offiziere immer aus den Criollo, d.h. rein spanischstämmigen Menschen ausgewählt wurden, während die anderen aus den Mestizen, d.h. Mischlingen, rekrutiert wurden. Diese hatten eine Kombination aus spanischem, indianischem und schwarzem Blut, und einige waren hispanisierte Indianer.

Diese waren aus den Gebieten Comancheria und Genizares rekrutiert worden. Oft waren in der Truppe sowohl Sklaven als auch freie Neger. Der Sergeant hatte sich bei mehreren Gelegenheiten im Kampf gegen die Franzosen, die Maroons und Indianer bewährt und war kürzlich befördert worden. Es war ihm immer noch unangenehm, sich in der Nähe der Offiziere aufzuhalten, aber er achtete genau auf alles, was sie taten und sagten, und war begierig darauf, jeden möglichen Vorteil oder jede mögliche Beförderung zu erlangen. Als Unteroffizier erhielt er Dreihundertfünfzig Pesos im Jahr, mehr als er bei jeder anderen Arbeit, die er als Mestize bekommen würde, verdienen konnte.

"Das sind die Karten der Villasur-Expedition, nicht wahr?", fragte Leutnant de Vaca.

"Ja, das sind sie. Aber sie sind die besten, verfügbaren Karten und haben sich als recht genau erwiesen. Der Kapitän war stolz auf seine perfekte kastilische Sprache, aber er verfiel oft in die Umgangssprache des einfachen Mannes, um sich den Anderen verständlich zu machen. Er war ein Mann von adliger Herkunft und hatte sich entschieden, bei den *Dragones de Cuera* zu dienen. Auf Grund der Verbindungen seiner Familie zum Gouverneur von Santa Fe de Nuevo México hoffte er auf eine rasche Beförderung zum *teniente coronel graduado* oder Oberstleutnant per Brevet. Dann konnte er seiner Liebsten, Maria Del Castillo, der Tochter des Vizekönigs von Nuvea Vizcaya, einen Heiratsantrag machen.

"Wir sind bereits seit drei Wochen unterwegs, und es war ein harter Ritt. Wie lange wird es noch dauern? Die Männer und Pferde sind müde und könnten etwas Ruhe gebrauchen!", klagte der Leutnant. Sergeant Velazquez hatte an jenem Nachmittag auf ihrer Reiseroute mit dem Offizier gesprochen, und er wusste, dass dies eher Worte seines Offiziers waren, als der junge Unteroffizier sich an seinen Vorgesetzten wandte.

Der Capitan stand großgewachsen und aufrecht, immer

sauber und makellos in seiner Uniform, selbst nach den staubigen Wegen, die sie zurückgelegt hatten. Er blickte den Leutnant finster an und knurrte: "Glauben Sie, ich weiß das nicht?" Er blickte den Unteroffizier an und fuhr fort: "Es sind etwa zwei Tage bis zur Kreuzung dieser Flüsse!", er klopfte mit seinem Finger auf die Karte, "und wir werden uns dann ausruhen!" Wir werden Späher aussenden, um das Dorf der Maroons zu finden, bevor wir von jenem Ort aufbrechen! Es wird genug Zeit bleiben, um sich auszuruhen und für die Männer Wild zu erlegen."

"Si, Capitan. Sie haben Recht, Capitan. Es ist gut, Capitan!", kuschte der Unteroffizier und warf dem Sergeant einen finsteren Blick zu, der den Blick senkte, und schwieg.

Mit einer Handbewegung entließ der Capitan die beiden Männer und schickte sie vom Zelt der Stabsoffiziere weg in Richtung der verstreuten Garnison. Die Kompanie bestand aus einundvierzig Männern. Zwei Offiziere, zwei Sergeanten, und sechsunddreißig Gefreite, darunter ein Trommler, ein Waffenmeister und drei Carabineeres oder Scharfschützen. Ein einsamer Kundschafter, ein befreiter Negersklave, hatte sich auch bei anderen Expeditionen wiederholt bewährt und war der einzige Mann, der sich in der Region der Platte-Flüsse auskannte. Jeder Mann der Garnison war mit einer Muskete, einem Paar Pistolen, Pfeil und Bogen, einem Schwert, einer Lanze und einem Stierfellschild bewaffnet. Sie trugen eine Cuera, eine mehrlagige Hirschlederjacke ohne Ärmel, die sie vor den meisten Pfeilen schützte und ihnen den Namen Soldado de Cuera eingebracht hatte. Außerdem hatten sie am Knauf ihres Sattels Leder Chaps befestigt, um die Unter- und Oberschenkel zu schützen. Sie alle waren ausgezeichnete Reiter, und die meisten von ihnen hatten sich im Kampf bewährt. Ihre Aufgabe bestand nun darin, die verbliebenen Maroons zu fangen, die bei der Säuberungsaktion in Neu Orleans entkommen waren. Sie sollten alle mitgenommen werden um sie nach Sierra Leone zu exportieren.

Immer derjenige, der die Befehlskette einhielt, gab der Sergeant die Anordnungen an Korporal Lorenzo Dominguez und Korporal Pasqual Iglesias weiter, die ihrerseits den Rest der Männer über den Marschverlauf für die nächsten zwei Tage, sowie das versprochene Ausruhen sobald sie den Platte Fluss erreichen würden, informierten. Einer der Männer murmelte: "Und wenn wir dort ankommen, werden sich die Befehle wieder ändern! Es wird keine Ausruhen geben!"

Andere murmelten zustimmend, bis Korporal Dominguez antwortete: "Wenn nichts anderes eintrifft, werden sich die Pferde wahrscheinlich einfach hinlegen und nicht weiterlaufen, wenn sie sich nicht ausruhen und grasen können. Wir müssen uns also keine Sorgen machen!"

"Sie behaupten also, die Pferde haben mehr Verstand als die Offiziere?" fragte ein anderer.

"Deshalb nennt man es 'Pferdeverstand'!", antwortete der grinsende Korporal Iglesias, der bei den Männern sehr beliebt war.

"Aber was machen wir mit denen da draußen?" fragte ein anderer und zeigte mit dem Kinn in die Dunkelheit.

"Was meinen Sie damit, Soldat?", fragte Korporal Dominguez.

"Diese Indianer, ich glaube, der Kundschafter Estavanico, sagte, es wären Arapaho."

Sie waren nun drei Tage lang im Arapaho-Land unterwegs, und die Indianer hatten kein Geheimnis aus ihrer Anwesenheit gemacht. Sie waren in kleinen Gruppen den Soldaten immer in einiger Entfernung gefolgt. Gewöhnlich waren sie ihnen an der Seite ihrer langen Garnison gefolgt, hatten sich aber immer blicken lassen.

"Der Sergeant sagte nichts über irgendwelche Indianer, außer denen, die bei den Maroons leben. Aber ich bin sicher, dass wir keinen Grund zur Sorge haben. Keiner dieser Wilden ist dumm genug, eine Truppe von der Größe der unseren anzugreifen!", beruhigte der Unteroffizier den Soldaten.

"Es sei denn, sie können einen größeren Haufen an Kriegern aufstellen", murmelte einer der Männer, als er den Bodensatz seines Kaffees wegwarf. "Wenn sie Ansatzweise so sind wie die Komantschen, werden sie warten, bis sie genug Krieger sind, so dass sie uns drei oder mehr zu eins in der Überzahl sind. Dann werden sie uns angreifen. Alles, was sie sehen, sind die Pferde und Gewehre und so weiter. Es ist ihnen völlig egal, ob sie uns alle umbringen müssen." Er war einer der vier ehemaligen Sklaven und hatte an mehreren Feldzügen teilgenommen und war einer der angesehensten Kämpfer. Die anderen sahen zu ihm auf. Man kannte ihn als Daniel Wheeler, und obwohl er keine Amtsinsignien trug, folgten die anderen oft seinem Beispiel. Er wandte sich ab, um zu seinen Decken zu gehen, was andere prompt dazu veranlasste, ihm zu folgen.

Die sechs Farbigen und der Kundschafter, blieben unter sich, speziell wann immer er im Lager war. Seit sie vor gerade einmal einer Woche von ihrer Mission erfuhren, hatten sie oft bis in die Nacht hinein darüber gesprochen was sie tun würden, wenn sie anderen ehemaligen Sklaven und befreiten Männern gegenüberstehen würden. Der gesprächigste der Gruppe, Daniel Wheeler, war derjenige gewesen, der die Frage über die Arapaho gestellt hatte. Nun lag er auf seinen Decken, die Hände hinter dem Kopf und starrte auf die Sterne, als ein anderer Mann, Jedidiah Green, ihn fragte: "Glaubst du wirklich, dass du einen anderen Farbigen erschießen kannst?"

"Jeder, der auf mich schießt, egal welche Farbe er hat, ob rot, braun, schwarz oder weiß, wird von mir zuerst erschossen!", erklärte Daniel mit einem überzeugenden Flüstern.

"Was ist mit dem Aufhängen?", fragte Ezekiel Carpenter. "Ich hörte den Capitan sagen, dass er keinen von ihnen nach

Orleans zurückbringen wird. Er will jeden von ihnen hängen, der nicht im Kampf umgebracht wird!"

"Ich will nichts mit der Hinrichtung zu tun haben! Kein Mann sollte gehängt werden, das ist nicht richtig! Wenn sie wegen ihrer Hautfarbe gehängt werden ... nein, Sir, sie werden nicht gehängt!", erklärte Daniel und schüttelte den Kopf im Dunkeln. Er hatte gesehen, wie sein eigener Vater ausgepeitscht und gehängt wurde, weil der Aufseher gesagt hatte er würde ihn frech behandeln, was er keinen einzigen Tag in seinem Leben getan hatte. Aber sie hängten ihn trotzdem. Das war der Tag, an dem Daniel weglief. Es war ein Anblick gewesen, von dem er sich geschworen hatte, dass er ihn nie wieder anschauen würde.

"Ich wette, wir könnten uns ihnen anschließen!", schlug Jedidiah vor und drückte damit den Gedanken aus, der sich öfters in die Köpfe der Männer geschlichen hatte, seit sie von ihren Befehlen erfahren hatten.

"Und wie willst du das anstellen? Ich sehe es vor mir, wie die ganze Garnison ihr Dorf umzingelt, und du dann vom Pferd springst und rufst: ´Wartet, wartet, ich will mich euch anschließen´, bevor du sie umbringst!"

Die anderen kicherten in die Dunkelheit, verstanden aber, was gemeint war. Selbst wenn sie sich den Maroons anschließen wollten, wie konnten sie das bewerkstelligen?

"Darüber habe ich auch nachgedacht", murmelte Daniel.

"Und?" fragte Hesekiel.

"Ich sage es dir, wenn ich mit dem Denken fertig bin!"

"Schhhhh, der Korporal kommt!" warnte ein anderer.

Sie zogen ihre Decken gegen die kühle Nacht nach oben und wickelten sich darin ein, um wenigstens so zu tun, als ob sie schliefen, nur um dem Zorn ihres Vorgesetzten zu entgehen. Aber sie überlegten trotzdem, was sie tun könnten, um so frei zu sein wie die, die sie suchten. Die Freiheit, wenn man sie so nennen kann, die sie jetzt als Soldaten hatten, war besser als

Sklaverei, aber nur ein wenig. Es gab immer noch diejenigen, die über sie herrschten und sie mit ihrer Überlegenheit und ihrer Stellung verspotteten. Wenn sie sich nicht an die Regeln hielten wurden sie bestraft, und zwar genauso streng wie damals, als sie Sklaven waren. Alle trugen die Narben der Peitsche auf dem Rücken und hegten den tiefen Groll gegen diejenigen, die sie versklavt hatten und sie kaum mehr als Tiere achteten.

Daniel war ein Feldarbeiter und ein Haussklave gewesen, und seine Mutter hatte ihn über die Zeiten der Bibel und über Sklaven in jenen Zeiten unterrichtet. Er hatte sich selbst das Lesen beigebracht und in der Bibliothek des Massa viele Bücher verschlungen. Dabei hatte er von der Sklaverei in jeder Zeit und auf jedem Kontinent gelesen. Er hatte von Sklaven fast aller Rassen erfahren, von Orientalen, Indianern, Farbigen, Mestizen und sogar von einigen hellhäutigen Mulatten, die eigentlich als Weiße hätten gelten sollen. Von den Maroons wusste er seit seiner Zeit als Flüchtling in den Sümpfen von Louisiana, aber er fand ihr Lager nie. Er schaffte es bis nach El Paso, wo er zu den Soldados eingezogen wurde. Oft dachte er, er sei gerade einer Art von Sklaverei entkommen, nur um in eine andere zu geraten.

Eines wusste er, wo sie hinwollten gab es keine *Presidios* Festungen mit *Soldados*, und es war ein riesiges Land. Vielleicht könnte er sich den Maroons anschließen, aber wäre diese Lebensweise dann besser? Wenigstens wurde er jetzt bezahlt. Es waren zwar nur Zweihundertneunzig Pesos im Jahr, aber er hatte Geld, das er vorher nie hatte. Und selbst gemeine Soldaten konnten Beförderungen erhalten. Und über einige war sogar bekannt geworden, dass sie Landzuteilungen erhalten hatten. Aber als ein Maroon würde es Freiheit geben. Aber zu welchem Preis gäbe es diese Freiheit?

22

MAROONS

Gabe war in dieser Hinsicht nicht so diszipliniert wie Ezra, aber er lernte, und nun genoss er seine morgendliche Zeit mit dem Herrn. Er saß am Fuße einer isolierten Ponderosa Pinie, die von Wacholder und Eichengestrüpp umlagert war. Er saß mit Blick nach Osten und beobachtete, wie der Beginn des Lichts seinen hellgrauen Staub über die dünne Linie des östlichen Horizonts streute. Ezra hatte das Lager vor ihm verlassen und Gabe wusste, dass er sich in Rufdistanz befand, falls nötig. Wahrscheinlich saß er, ähnlich wie Gabe selbst, nach Osten gerichtet und beobachtete den Beginn des Tages. Obwohl auch viele Einheimische durch ihren Glauben genötigt waren, der aufgehenden Sonne Opfergaben zu bringen und zu beten, so beobachtete Gabe einfach nur gern den Beginn des neuen Tages und begann ihn oft mit einem Gespräch mit seinem Gott aus tiefstem Herzen.

Doch der Geruch von Rauch, der aus der Richtung ihres Lagers kam, alarmierte ihn und er erhob sich, um zurückzukehren. Als er aus den Bäumen trat, war er überrascht eine Indianerin zu sehen, die am Feuer damit beschäftigt war eine Mahlzeit zu kochen. Sie blickte auf und sah Gabe. Sie lächelte,

"JeanSaintMalo", seinen vollständigen Namen als ein Wort aussprechend, "schickt mich, um für Sie zu kochen." Sie sprach in der Siouan-Sprache, die dem Dialekt der Omaha, Ponca und Osage gleich war. Dennoch unterschied sie sich von der Sprache der Lakota.

Gabe grinste: "Das wäre nicht nötig, aber wir sind dankbar!"

"Es ist mir eine Ehre. Er sagte, Sie sind ein Freund der Maroon und der Eingeborenen. Ich bin von den Two Kettle Lakota. Die Maroons halfen unserem Volk, und nachdem ich meinen Mann durch die Fleckenkrankheit verloren hatte, beschloss ich mit ihnen zu gehen."

"Haben Sie einen Mann aus den Reihen der Maroon genommen?", fragte Gabe und unterhielt sich weiter mit ihr, während er den Kaffee zubereitete. Er setzte die Kanne Wasser nahe an die Flammen, und nahm dann auf einem Cottonwood Stamm Platz. Er schaute zu der Frau auf, um ihre Antwort abzuwarten.

"Nein, habe ich nicht."

"Ich verstehe! Oh, mein Name ist Gabe und mein Freund heißt Ezra!", bemerkte Gabe, als er Ezra von seiner Gebetszeit am Berghang ins Lager zurückkehren sah.

"Ich bin die Biberfrau. Ihr Essen wird bald fertig sein!", erklärte sie und rührte etwas in der flachen Pfanne um. Gabe runzelte die Stirn, beugte sich vor, um in die Pfanne zu schauen, und fragte: "Was ist das?" Ezra setzte sich in die Nähe und sah zu, ohne zu sprechen, aber er grinste seinen Freund an.

Sie lächelte und antwortete: "Das ist Timpsila, Steckrübe. Jetzt ist die Zeit des Jahres, in der sie im Überfluss vorhanden sind." Sie fügte mehrere dünne, in Scheiben geschnittene Streifen des verbliebenen Büffelfleischs hinzu und rührte die Zutaten um. Gabe fand, dass es wie Kartoffelscheiben aussah, und lächelte, als er sich zurücklehnte und seine Aufmerksam-

keit durch die Kaffeekanne abgelenkt wurde, die ihren blub-
bernden Tanz auf dem flachen Stein begann. Er warf eine
Handvoll frischen Kaffee, den er auf dem flachen Stein
gemahlen hatte, in die Kanne und setzte den Deckel wieder
drauf. Dann nickte er in Richtung der Pfanne: "Das riecht gut
und ich bekomme Hunger."

Biberfrau lächelte, griff nach den Tellern und bot jedem
der Männer einen vollen Teller an, und die Männer schenkten
sich selbst ihren Kaffee ein. Biberfrau lehnte sich zurück und
beobachtete die Männer, bereit, bei Bedarf mehr anzubieten.
Beide genossen die morgendliche Kost, aber bevor sie ihre
Teller wieder füllen konnten, richtete sich ihre Aufmerksamkeit auf eine kleine Gruppe, die sich ihrem Lager näherte.
Beide Männer standen auf und sahen die Besucher an. Es
waren vier Männer, drei Farbige und ein Indianer, die ziel-
strebig und offensichtlich wütend vorwärts gingen.

Ein schlanker, schwarzer Mann mit nacktem Oberkörper
und nur mit einer groben Leinenhosen bekleidet war etwa so
groß wie Gabe. Er war breitschultrig und seine Brust und Arme
zeigten, dass er viel harte Arbeit auf dem Feld gewohnt war. Er
trat vor, hielt ein Steinschlossgewehr über die Brust und hatte
die Augen weit aufgerissen. Er knurrte: "Du!", und schob dabei
sein Gewehr von der Brust weg nach vorne, richtete es aber
nicht direkt auf einen der beiden Männer: "Du gehst! Jetzt!",
befahl er. Die drei anderen Männer traten zur Seite, jeder
Mann war bewaffnet, einer mit einem Gewehr, einer mit einer
Pistole und der Indianer mit einer Lanze.

Gabe zeigte sich nicht beunruhigt, sondern antwortete mit
ruhiger Stimme: "Ihr Anführer Jean sagte, wir seien willkommen und könnten bleiben, solange wir wollen."

Der Mann mit der Pistole schob diese in seinen Gürtel, trat
vor und packte Biberfrau und riss sie vom Feuer weg. Sie
kämpfte gegen ihn an, aber der große Mann drängte sie mit
dem Rücken zu der Gruppe zurück. Ezra trat vor, aber der

Anführer der Gruppe brachte sein Gewehr zum Einsatz, spannte den Hammer, während er es auf Ezra richtete, und damit stoppte.

"Er hatte kein Recht dir zu sagen, dass du bleiben sollst! Ich bin James Parkinson und ich sollte der Anführer sein, und ich sage dir, dass du gehen sollst! Wir haben geschworen jeden zu töten, der unser Volk bedroht und jeder weiße Mann ist eine Bedrohung! Geht oder wir töten euch!", knurrte der Anführer.

"Gilt das auch für meinen Freund hier?", fragte Gabe und nickte Ezra zu. Er versuchte den Eifer der Männer vor ihm einzuschätzen. Er wusste, dass er seine Gürtelpistole und den Tomahawk in seinem Gürtel sowie die Messer in der Scheide auf seinem Rücken hatte. Sein Gewehr lag neben dem Stamm, war aber außer Reichweite. Er versuchte sich zu erinnern, ob er Ezras Pistole an seinem Gürtel gesehen hatte, war sich aber nicht sicher.

"Jeder Mann, der ein Freund unseres Feindes ist, ist auch unser Feind!", spuckte Parkinson. Die anderen grunzten und nickten, ihre Haltung und ihr stechender Blick zeigten, dass sie angriffslustig waren.

Gabe schaute von einem zum anderen und nickte langsam mit dem Kopf. Er erkannte Parkinson als einen Mann der es gewohnt war, anderen seinen Weg aufzuzwingen. Sicher war er darauf bedacht, sich vor seinen Anhängern zu beweisen. Gabe sagte: "In Ordnung. Wir packen einfach unsere Sachen und gehen."

"Nein!", rief Parkinson und stieß Gabe mit der Gewehrmündung an: "Du wirst mit dem gehen, was du anhast! Der Rest bleibt hier!" Er drückte die Mündung gegen Gabes Brust und stieß ihn nach hinten: "Das ist der Preis, den ihr für euer Leben bezahlt!"

Gabe trat mit weit aufgerissenen Augen zurück, und täuschte Angst vor. Er hob die Hände zur Seite: "Schon gut, schon gut! Ich will nicht sterben! Vorsichtig mit dem Ding!" Er trat langsam zurück und warf einen Blick auf Ezra. Er blickte auf die Taille seines Freundes hinunter, womit er Ezras Aufmerksamkeit erregte.

Wie von Gabe erwartet, forderte Parkinson seinen Vorteil heraus und folgte Gabe, als dieser einen Rückzieher machte. Als der Mann sein Gewehr nach vorne stieß, um Gabes Brust erneut zu treffen, schlug Gabe es zur Seite, zog seine Pistole und spannte den Hahn in einer Bewegung. Er stieß die Pistolenmündung unter Parkinsons Kinn und knurrte: "Das ist nicht sehr nachbarschaftlich von Ihnen. Nun...", Gabe blickte von einem zum anderen der übrigen Drei. Keiner von ihnen schien zu eigenen Gedanken fähig zu sein. Sie standen vor dem Lauf von Ezras Pistole, nachdem dieser seine Waffe gezogen hatte. Sie beobachteten ihren Anführer, hatten aber auf dessen Befehl hin ihre Waffen fallen gelassen.

"Lassen Sie mich Ihnen erklären, was es bedeutet, nachbarschaftlich zu sein!", knurrte Gabe. Er rammte dem Mann die Mündung seiner Pistole hart unter das Kinn, riss ihm das Messer aus der Scheide und warf es beiseite. "Sehen Sie, mein Vater hat mich immer gelehrt, nachbarschaftlich oder, wie er es nannte, gastfreundlich zu sein. Er sagte immer: 'Gabe, mein Junge, du solltest immer freundlich zu den Leuten sein, es sei denn sie sind unfreundlich dir gegenüber. Dann musst du ihnen vielleicht auf ihre eigene Art erklären, was es bedeutet, freundlich zu sein'." Er legte die Pistole zusammen mit seinem Tomahawk und den Messern auf den grauen Baumstamm und drehte sich zu dem wütenden Mann um.

"Er sagte: 'Manchmal müssen sie es genau hier fühlen'!", und Gabe holte mit seiner Faust von der Seite aus und vergrub sie in Parkinsons Eingeweiden. Dieser beugte sich nach vorne, während er ächzte und sich den Bauch hielt. "Und manchmal ist es eine Sache des Denkens!" Als der Mann anfing, sich aufzurichten, schlug Gabe mit beiden Händen auf seinen Kopf ein und ließ ihn auf sein Gesicht in den Dreck fallen.

"Aber dann sagte Vater: 'Das Schwierigste, für solche Leute ist es, zu lernen, freundlich zu denken'." Gabe sprach, als er auf die Seite von Parkinson trat, der sich auf Händen und Knien hochgezogen hatte und nach seinem Gastfreundschaftslehrer suchte. Gabe sagte: "Mein Vater musste mir oft einfach eins auf die Nase hauen", und er ächzte dabei, als er seine Faust von tief unten raufholte, um Parkinson ins Gesicht zu schlagen und ihn mit dem Hieb auf den Rücken zurück in den Schmutz zu schicken. Der große Mann, der nun verzweifelt versuchte, wieder auf die Beine zu kommen, holte aus und griff Gabe mit ausgebreiteten Armen an. Er knurrte durch seine blutende Lippe, und ausgeschlagenen Zähnen. Ein Auge war dick angeschwollen und würde bald nicht mehr zu öffnen sein, aber das Feuer loderte noch immer hinter den dunklen Lidern und dem finsteren Gesicht auf, aber er griff ins Leere, als Gabe zur Seite trat und gleichzeitig seine rechte Faust hart in die Niere des Mannes schlug.

Der wütende Anführer der kleinen Gruppe drehte sich mit einer Hand auf der Seite, und fühlte den Schmerz des Nierenschlags. Tief atmend fiel er in die Hocke und sagte: "Ich bringe dich um, weißer Mann, aber zuerst reiße ich dir die Arme ab und schlage dir das Gesicht ein!", aber seine Prahlerei wurde durch ein Stakkato von linken Hieben auf sein geschwollenes Auge gestoppt, die ihm zusätzlich die Nase brachen, während er auf den Fersen zurückstolperte.

"Was hast du gesagt?", fragte Gabe, als er die Hände zur Seite fallen ließ und vor den Mann trat, von Seite zu Seite schwankend, sein offenes Auge beobachtend. Der große Mann überraschte Gabe, als er zu einem linken Haken ausholte, der Gabe neben seinem Ohr erwischte und ihn seitlich über einen Feuerholzstapel stolpern ließ. Das Holz fiel mit Gepolter übereinander und Gabe trat auf die Holzstücke und versuchte, das Gleichgewicht zu halten. Dennoch fiel er auf den Rücken und der Aufprall presste ihm die Luft aus den Lungen. Dann landete der große Mann auf Gabes Brust und packte seine ausgestreckten Arme mit einem eisernen Griff. Das halbnackte Biest knurrte wütend: "Jetzt!" Es spuckte Gabe ins Gesicht, und wollte mit seiner Stirn nach unten schlagen, um Gabes Nase zu zertrümmern, aber der blonde Mann wand sich und bog seinen Rücken durch, warf den größeren Mann ab und mit einer schnellen Windung unter ihm, befreite er sich.

Gabe sprang auf und drehte sich gerade noch rechtzeitig um, um dem Angriff des großen Mannes entgegenzutreten. Mit einer leichten Drehung fing er den Schwung des Mannes ab, sodass der Schlag die Wange nur streifte. Er ging auf seinen weit gespreizten Beinen leicht in die Knie und zog mit seiner Faust von unten her auf, und vergrub sie im Bauch des schwarzen Mannes. Er zog die Faust zurück und schlug abermals zu und als Parkinson vornüber stürzte schlug ihm Gabe eine Linke auf sein rechtes Ohr. Während der Angreifer fiel, riss Gabe sein Knie hoch, schlug es in Parkinsons Brustkorb und hörte das Brechen eines Knochens. Dann ließ er den Mann zu Boden fallen.

Parkinson ächzte und stöhnte, drückte sich hoch und kam mit erheblicher Anstrengung wieder auf die Beine. Irgendwoher hatte er sich ein Messer gegriffen und hielt dieses nun tief, während er sich in die Hocke begab. Das Messer mit der Klinge nach oben haltend und mit seinem einen Auge finster blickend, knurrte er durch seine blutenden Lippen. Die Zähne waren rot vom Blut, dass er ausspuckte, als er langsam auf Gabe zukam. Als Parkinson eine Finte durchführte, zog Gabe schnell seinen Bauch ein und streckte sich bis auf die Zehenspitzen, wobei die Klinge seinen Darm kaum verfehlte. Aber der Mann brachte die Klinge abermals zum Bauch, durchschnitt Gabes Lederhemd, und zog eine dünne Blutspur über seine Bauchmuskeln.

Doch der große Blonde trat zurück und beobachtete die Augen seines Angreifers. Als diese aufflackerten und er sich vorwärts stürzte, trat Gabe rasch zur Seite, ließ seine offene Hand auf Parkinsons Handgelenk fallen und brachte seine rechte Hand nach oben, um dasselbe Handgelenk ebenfalls fest zu greifen, wobei die Daumen bis zum Handrücken des Angreifers ausgestreckt waren. Als Parkinson seinen Arm anhob, ließ Gabe ihn hochkommen, streckte ihn sogar noch höher und riss ihn dann mit seiner ganzen Kraft gerade nach unten, Daumen am Handrücken und Handgelenk in einem eisernen Griff. Als die Hand mit dem Messer fast Gabes Taille erreicht hatte, hörten beide Männer das Splittern des Knochens, als der Arm knapp hinter dem Handgelenk brach. Gabe lockerten seinen Griff und trat zurück, als Parkinson aufschrie, seinen Arm packte und auf die Knie sank.

Einer von Parkinsons Freunden sprang zu seinem Gewehr, als der Indianer nach seiner Lanze griff und sich vorwärts stürzte, um Ezra aufzuspießen. Ezra drückte den Abzug seiner Pistole. Der Schuss traf den Schwarzen knapp unter dem Arm in die Brust. Blitzschnell wendete Ezra die Pistole und zerschmetterte dem Indianer mit einem schnellen Schlag mit dem Pistolengriff die Nase. Die Lanze des Indianers erwischte Ezras Lederhemd noch an der Seite. Der zweite Maroon kämpfte um seine Pistole, aber Ezra drehte die Läufe seiner eigenen Pistole und brachte den zweiten geladenen Lauf in Position, während er den Hammer spannte. Als der Maroon mit seiner Pistole ankam, lachte er und spannte den Hahn, denn er dachte, Ezra hätte nur einen Schuss. Doch plötzlich peitschte Ezras Pistole durch das Lager und spukte Rauch und Blei. Die Augen des Mannes flackerten vor Angst und Schock auf und er begann zu schreien, aber die Bleikugel schlug ihm die Zähne in den Mund, bevor sie ein Loch durch seinen Nacken riss. Der Möchtegern-Angreifer starb, ohne ein weiteres Wort sagen zu können, und erstickte an seinem eigenen Blut.

Gabe schnappte sich seine Pistole, sah sich um, sah aber

keine weitere Bedrohung und schob sie in seinen Gürtel. Er beugte seine Finger und zuckte ein wenig zusammen, aber Unruhe aus dem Lager erregte seine Aufmerksamkeit. Die Schüsse hatten mehrere in die Flucht geschlagen, weil sie dachten sie würden angegriffen. Als sich Menschen vom Dorf näherten und einen Toten, einen weiteren erschossen mit zerfetztem Gesicht, sowie Parkinson, auf den Knien liegend, auf dem Boden sahen, blieben sie stehen. Parkinson hielt immer noch seinen Arm und schüttelte den Kopf. Die Menge kam langsam näher, aber ein Schrei von hinten stoppte sie, und sie trennten sich, um Jean Saint Malo in den Vordergrund treten zu lassen. Er sah die Männer am Boden an, blickte zu Ezra und Gabe: "Was ist passiert?"

"Herr Parkinson wollte das wir gehen, und zwar ohne unsere Sachen. Ich hielt das nicht für nachbarschaftlich, also erklärte ich ihm, was es heißt, gastfreundlich zu sein!" Er winkte zu dem Mann, der noch immer auf dem Boden kniete. Er bemerkte, dass sich niemand auf die Seite ihrer Angreifer gestellt hatte. Gabe blickte zu Saint Malo zurück: "War das Ihre Idee?"

"Nein. Parkinsons Bruder war Leonard Parkinson, einer der frühen Anführer der Maroons und ein angesehener Mann unter uns. James dort", nickte er dem Mann zu, "dachte, er sollte Anführer sein, weil sein Bruder einer war. Es gab einige, die ihm folgten." Er zeigte dabei auf den Mann am Boden. "Dieser Ärger hat sich schon seit einiger Zeit zusammenge-braut. Dennoch haben wir die Regel, dass, wenn jemand einem anderen unter uns das Leben nimmt, er das Lager verlassen muss."

Gabe hob langsam den Kopf, als er Saint Malo ansah: "Ich verstehe! Es ist am besten, wenn wir uns wieder auf den Weg dorthin machen, wo wir sowieso hinwollten. Wir danken Ihnen für Ihre Gastfreundschaft!", kicherte er. "Auch wenn ich die ein wenig erklären musste."

Jean Saint Malo grinste und sagte: "Ich bin sicher, dass sie eine Lektion gelernt haben. Ich danke Ihnen, dass Sie sie nicht alle getötet haben!"

"Nun, ich hoffe, Sie finden den Frieden und die Freiheit, die Sie verdienen. Ihr seid gute Menschen!", lobte Gabe. Er blickte auf die Menge, die sich auf den Weg zu ihrem Lager gemacht hatte, und fügte dann hinzu: "Ich weiß nicht, ob sich unsere Wege jemals wieder kreuzen werden, aber falls es so wäre und wir behilflich sein können, werden wir gerne helfen." Er schüttelte Jean Saint Malo die Hand und drehte sich um, um ihre Ausrüstung zu holen. Ezra verabschiedete sich ebenfalls und schloss sich Gabe beim zusammenräumen an. Die beiden Freunde schwiegen, als sie die Pferde bepackten und das Lager räumten, und Gabe wusste, dass Ezra viele widersprüchliche Gedanken durch den Kopf gingen, aber er entschied sich dafür, seinen Freund selbst damit fertig werden zu lassen. Ihre Freundschaft konnte von Zeit zu Zeit ein wenig Stille und Selbstbetrachtung vertragen, und dies war so ein Moment.

23

SPÄHER

"Das sind Timpsila-Kuchen. Unsere Männer nehmen sie mit auf die lange Jagd, und bei Pemmican besteht kaum Kochbedarf. Es wird aus dem Mehl der Timpsila-Wurzel und frischen Beeren und mehr hergestellt. Das wird Ihnen schmecken!", sagte Biberfrau, als sie Ezra den Sack reichte. Der Lederbeutel mit Kordelzug war schwer, und Ezra konnte es sich nicht verkneifen, einen Blick hineinzuwerfen. Er brach ein Stück von einem der Kuchen ab, probierte ihn, lächelte breit und blickte auf Biberfrau herab. "Das *ist* gut! Danke, ich werde sie mir schmecken lassen!"

Sie grinste, warf Gabe einen Blick zu und schaute dann zu Ezra zurück: "Sie sind für Sie beide!"

Ezra kicherte, als er den Beutel in seine Bettrolle stopfte, und schaute zu Gabe und sagte: "Nun, vielleicht lasse ich ihm einen übrig."

"Wenn du zurückkommst, werde ich dir mehr machen", versprach Biberfrau, als sie sich abwandte. Ein verschämtes Lächeln über die Schulter zurück zu Ezra, deutete alles an, ohne etwas zu versprechen.

Gabe lachte, als er seinen Freund ansah, schlug dann mit

der Hand gegen seinen Oberschenkel und sagte: "Da ist es! Der Köder ist geschluckt, die Falle ist aufgegangen!"

Ezra blickte finster drein: "Nun, du musst zugeben, sie ist eine mächtig gutaussehende Frau, und sie kann auch kochen!"

"Ich überlasse es dir, dem Kochen den Vorrang zu geben!", antwortete Gabe, als er Ebenholz antraben ließ, was die Führungsleine des Packpferdes spannte und die Freunde wieder auf die Reise brachte.

Es war am später Vormittag, als sie das Lager verließen, und am Nachmittag beschlossen sie, den Pferden eine Verschnaufpause zu gönnen und Kaffee zu den Timpsila-Kuchen aufzubrühen. Sie hatten ihre Pferde nach Südwesten gelenkt. Großer Donner hatte ihnen gesagt, dass sie innerhalb von ein oder zwei Tagen zum Niobrara kommen würden. Laut ihm könnten sie auch nach Westen ausweichen und den gleichen Fluss erreichen, allerdings etwas weiter flussaufwärts. Aber die beiden Männer hatten nur eines im Sinn, nämlich nach Westen zu gehen. Die Berge waren im Westen, und sie wollten die Stelle erreichen, an der die Granitgipfel das Blau des Himmels berührten.

Vor etwas mehr als einem Jahr hatten sie ihre Heimat Philadelphia mit der großen Hoffnung verlassen, in den Westen zu gehen und all das unbekannte Gebiet zu erkunden, insbesondere die als Rocky Mountains bekannten Berge. Aber dieses Jahr erschien ihnen nun wie ein ganzes Leben mit all den Ereignissen, die am Ohio River und mit den Shawnee begonnen hatten- So viele verschiedenen Ureinwohnern hatten sie seit diesen ersten Erfahrungen kennengelernt. Sie waren gewachsen und hatten gelernt, aber die größte Lektion war, zu erkennen, wie wenig sie wussten und wie viel sie noch lernen mussten. Dennoch fühlte Gabe, dass sie im vergangenen Jahr intensiver gelebt hatten als die gesamten fünf Jahre zuvor. Er kicherte, als er seinen Freund ansah: "Sag mir also, dass du nicht versucht warst, bei den Maroons und besonders bei Biberfrau zu bleiben!"

Ezra lachte: "Ich habe dir schon einmal gesagt, dass ich allem widerstehen kann, nur nicht der Versuchung! Und diese Kuchen", dabei hielt er einen vor sich selbst hoch, "sind sehr verlockend!"

"Du kannst dich immer von allem verführen lassen, was deinen Gaumen erfreut, auch wenn der deine nicht sehr anspruchsvoll ist!" Gabe hielt einen Moment inne und schaute seinen Freund an: "Was denkst du *wirklich* über die Maroons?"

Ezra atmete tief durch, griff nach der Kaffeekanne um seine Tasse wieder aufzufüllen, und blickte seinen Freund an. Er sagte: "Wenn ein Mensch von Angesicht zu Angesicht mit seiner Sterblichkeit konfrontiert, und er von Gefühlen der Aussichtslosigkeit überwältigt wird, kann ich verstehen, wenn er nach allem greift, was ihm Hoffnung geben könnte."

Gabe runzelte die Stirn, lehnte sich nach vorne, um seinen Freund genauer zu betrachten: "Du hast wirklich viel darüber nachgedacht, nicht wahr?"

"Das ist richtig. Ich konnte nicht anders, als diese Menschen anzuschauen, ich meine wirklich anzuschauen, tief in ihre Herzen und Seelen. Die meisten von ihnen haben nie auch nur einen Tag wahre Freiheit erfahren, jedenfalls nicht wie du und ich. Die Freiheit ist ihnen wahrscheinlich wie etwas Unerreichbares erschienen, ein schwer fassbarer Traum, wenn du so willst. Sie haben sich zusammengetan, haben andere Gleichgesinnte aufgenommen und Gleichdenkende unter den Eingeborenenstämmen gefunden. Nun sind sie über mehr Land geflüchtet, als der Durchschnittsmensch zu träumen wagt, und sie wollen nur Freiheit. Sie wollen in Ruhe gelassen werden, um ihr Leben nach eigenem Gutdünken zu leben. Ist das zu viel verlangt", fragte Ezra.

"Nein, ganz und gar nicht. Und auf eine kleine Art und Weise können wir es verstehen. Ist das nicht schließlich das, was auch wir tun? Wir flohen aus Philadelphia und vor dem alten Mann, der ein Kopfgeld auf uns ausgesetzt hat? Wir sind jetzt seit über einem Jahr unterwegs, und hoffentlich haben wir das hinter uns gelassen. Aber es ist immer noch möglich, dass wir eines Tages aufwachen und in die Mündung eines Gewehrs in den Händen eines Kopfgeldjägers starren. Den meisten unter den Maroons geht es nicht anders. Auf sie sind auch Kopfgelder ausgesetzt, wie ihr Anführer Jean Saint Malo vor unserer Abreise erzählt hat. Also ja, ich kann irgendwie verstehen, was du fühlst. Aber sag mal ehrlich, warst du versucht , bei ihnen zu bleiben? Versucht, sich eine Frau wie Biberfrau zu nehmen und sich ein Leben bei den Maroons aufzubauen?"

Ezra blickte auf die Grasbüschel zwischen seinen Füßen hinunter, dann auf seinen Freund: "Nein, ich glaube nicht. Ich habe darüber nachgedacht, aber das ist nicht das, was ich im Moment will. Wir müssen den gesamten Westen des spanischen Territoriums erkunden, und das ist zu verlockend für mich, um aufzugeben."

Gabe lächelte: "Schön, das zu hören! Wäre nicht dasselbe ohne dich!"

SIE LENKTEN ihre Pferde nach Süden und versuchten, sich dem Niobrara-Fluss zu nähern. Das Land war trockener. Das einzige Grün zeigte sich in den Schluchten, die den Schnee des Winters und die Feuchtigkeit des abfließenden Schmelzwassers bis weit in den Frühling hinein, hielten. Dieses Grün schien dunkel, wobei sich der kräftiger gefärbte Wacholder von den helleren Grüntönen des Knopfstrauchs und anderer Sträucher abhob. Aber diese Schluchten ragten wie dunkle, gezackte Narben hervor und deuteten auf das trockene flache Land um sie herum. Da das Reisen im Flachland leichter war und genügend Nahrung wie Büffel-, Indianer- und Grammagräsern für die Pferde bot, kamen sie gut voran, obwohl sie sich kein Zeit-limit gesetzt hatten.

Als die Sonne einen Rastplatz jenseits der sanften Hügel im Westen suchte, sahen die Männer das versprochene Grün des Niobrara Flusses und trieben ihre Pferde zum Trab an, um ihr Lager für die Nacht zu finden. Es war eine verlockende, grasbe-wachsene Ebene, eingebettet zwischen der kiesigen Sandbank des Flusses und der Cottonwood Baumgruppe am Ufer. An der Flussbiegung hatte sich reichlich trockenes Treibholz gestapelt. Es stammte wahrscheinlich aus dem Hochwasser des Früh-jahrsabflusses, und die Männer hatten bald das Zeug für ein komfortables Lager zusammen.

Als die Abenddämmerung ihren Vorhang fallen ließ, sagte Gabe: "Ich gehe auf die Jagd nach frischem Fleisch! Du kannst dich an diesen Kuchen satt essen, aber ich brauche etwas rotes Fleisch!"

"Machen nur! Ich bringe derweil den Kaffee zum Kochen und mache vielleicht ein paar Maiskuchen. Du bringst uns eine schönen Hirschrücken und wir werden ein Festmahl haben!", antwortete Ezra.

Gabe schnappte sich Bogen und Köcher, überprüfte die Ladungen in seiner Gürtelpistole und machte sich stromauf-wärts auf den Weg, in der Hoffnung, ein schönes zartes Reh auf dem Weg ans Wasser zu erwischen. Er bahnte sich seinen Weg durch die Pappelwälder, durch Erlen und Vogelbeerengebüsch und bewegte sich dabei so leise wie ein Luchs auf der Jagd. Nach etwa zweihundert Metern kam er zu einer vielverspre-chenden Stelle, wo einige Wildpfade von den trockenen Hügeln zum Fluss führten. Es war ein leicht zugänglicher Ort mit ein paar Weiden und anderem Gestrüpp, die als Deckung dienten, aber nichts hielt das Wild von der Sandbank und dem Wasser fern.

Er suchte sich eine verästelte Stieleiche als Deckung, legte einen Pfeil auf die Bogensehne und wartete auf einem Knie.

Die leichte Brise wehte ihm ins Gesicht, bewegte sich stromabwärts und rührte die Blätter gerade so stark, dass sie jede kleinste Bewegung, die er eventuell machen würde, mit ihrem Rascheln verdeckten. Er wartete mit flachen Atemzügen und nur die Augen bewegend, und seine Geduld wurde bald belohnt. Bewegung zeigte sich jenseits der Weiden, als eine Hirschkuh heraustrat, gefolgt von einer weiteren, dann von einem ungefähr halbjährigen jungen Rehbock. Dazu kamen eine weitere Hirschkuh und ein größerer Bock mit einem Geweih, das sich gerade anfing zu gabeln und noch mit Samt bedeckt war.

Gabe zögerte noch etwas, denn wenn er seinen Schuss zu früh abgeben würde, bekämen die anderen nicht das benötigte Wasser, sondern würden zu spät trinken. Schoss Gabe zu spät, bekäme er aber sein Frischfleisch nicht mehr. Die Rehweibchen tranken, dann der Jungbock und schließlich der größere Hirsch. Ver Nasen waren im Wasser. Plötzlich riss der Jungbock seinen Kopf hoch und erschreckte die anderen, aber sie bewegten sich nicht weg. Der Halbjährige schaute stromabwärts, an Gabe vorbei, nachdem er wahrscheinlich etwas aus ihrem Lager gehört hatte. Vielleicht hatte Ezra eine Pfanne derb auf einen Stein gesetzt. . Der nervöse Hirsch drehte sich um und machte sich wieder auf den Weg. Gabe zog die Bogensehne voll auf und ließ den Pfeil fliegen. Die gefiederte Rakete fand ihre Markierung direkt hinter dem Vorderbein des Jungbocks und vergrub sich bis zu den Federn in seiner Brust. Der Bock stolperte und fiel auf seinen Hals, was die anderen erschreckte und sie in die Flucht schlug. Alle verschwanden rasch durch das Gestrüpp und die Bäume innerhalb eines Augenblicks. Gabe beobachtete den niedergestreckten Hirsch und ging langsam an dessen Seite. Er tippte ihm mit dem Mokassin an den Hals. Zufrieden, dass das Tier tot war, ließ er sich auf die Knie fallen und begann, seine Jagdbeute auszunehmen.

Die Dämmerung hatte ihren schattenhaften Glanz dem Beginn der Nacht weichen lassen. Die Sterne zündeten ihre Laternen an, und der abnehmende Vollmond hing wie eine gesprenkelte Kugel knapp über den Baumkronen. Gabe hatte den Kadaver über den Schultern, eine Hand hielt ein Vorder- und ein Hinterbein zusammen, die andere den Bogen, während er sich lautlos durch die Schatten bewegte. Er wusste durch den Geruch von Holzrauch, dass er sich ihrem Lager näherte, aber er blieb plötzlich stehen und lauschte. Es kamen mehr als eine Stimme von jenseits der Bäume, die ihm unbekannt waren und etwas sprachen, das wie Spanisch klang.

Er fiel auf ein Knie, ließ den Hirsch von seinen Schultern rutschen und legte rasch einen Pfeil auf die Bogensehne. Mit seinen üblichen geräuschlosen Bewegungen näherte er sich dem Lager, wobei er immer einen Baum oder ein Gebüsch zwischen sich und der Lichtung als Deckung nutzte. Er hielt inne, lauschte dem Gespräch auf Spanisch, das er nun deutlich verstand und das ihm gar nicht gefiel.

"Geben Sie es zu! Ihr seid beide entflohene Sklaven!"

"No habla español!" erklärte Ezra. Gabe wusste, dass Ezra Spanisch sprach, und vermutete, dass Ezra einen Trick vorhatte. Aber er wurde von zwei Männern festgehalten, während ein dritter eine Pistole auf ihn richtete. Gabe wusste, dass normalerweise mehr als zwei Männer nötig waren, um Ezra festzuhalten, aber da die Pistole auf ihn gerichtet war, wartete er seine Zeit ab, wahrscheinlich, um auf Gabes Rückkehr zu warten.

Gabe scannte das Lager, vier Pferde standen, angebunden am äußersten Rand, das heißt, es gab einen vierten Mann, aber wo? Er schaute, wartete, bewegungslos. Dann trat ein vierter Mann aus den Bäumen, mit seiner Hose herumfummelnd. Anscheinend war er zu den Bäumen gegangen, um sich zu erleichtern. Gabe blickte zu dem Mann mit der Pistole zurück, der an die einzelne Ponderosa Pinie am Rande des Lagers gelehnt stand. Alle vier Männer waren gleich gekleidet, alle dunkelhäutig, schwarzhaarig und unverkennbar gemischtrassig obwohl spanisch gekleidet. *Das müssen einige der Soldado de cuera sein, die die Maroons verfolgen!* dachte Gabe. Er kicherte vor sich hin und musterte jeden der Männer in ihren mehrschichtigen Ledermänteln, die sie vielleicht vor den Pfeilen der Eingeborenen schützten, aber das Eindringen eines Pfeils seines mongolischen Bogens kaum verlangsamen würden.

Die Männer sprachen sich gegenseitig an, redeten alle auf einmal und gestikulierten dabei heftig, aber es war offensichtlich, dass sie Ezra fertig machen wollten. Gabe verstand wie einer sagte: "Alles, was wir brauchen, sind seine Ohren! Das wird uns die Belohnung vom Capitan einbringen!"

"Aber was, wenn er kein Sklave ist?", fragte ein anderer.

"Wer würde es erfahren? An seinen Ohren kann man nicht erkennen, ob er frei oder ein Sklave ist!"

Der Mann mit der Pistole hatte sich an die Seite des Baumes gelehnt, ein Bein hochgezogen, um seinen Fuß gegen den Stamm zu stellen. Er winkte Ezra mit der Pistole zu und fragte erneut: "Du bist ein Sklave, nicht wahr?" Ezra schüttelte den Kopf und tat sein Bestes, verwirrt und verständnislos auszusehen.

Gabe konnte nicht länger warten. Er wusste, dass die anderen Männer kurz davor waren, diese Partie zu beenden. Er trat langsam hinter dem Baum hervor, zog den Bogen voll auf und ließ den Pfeil fliegen. Sein gewähltes Ziel war der Mann mit der Pistole, und der Pfeil traf wie gewünscht auf sein Ziel. Mit einem Flüstern trieb der Schaft die Pfeilspitze in den Stamm der Ponderosa Pinie, weniger als einen Zentimeter unterhalb des Schritts des Mannes.

Die Augen des Soldaten flackerten auf, ein Schrei ertönte, als er auf den Pfeil starrte, und er wagte nicht sich zu bewegen. Seine Hose verdunkelte sich mit Urin, als er den Atem anhielt. Er blickte dorthin, wohin die Fiederung des Schaftes zeigte, und sah, wie Gabe aus seiner Deckung trat, einen weiteren Pfeil auf dem Bogen und dieser voll aufgezogen.

Gabe rief auf Spanisch: "Fallen lassen! Der nächste wird in deiner Kehle stecken!" Er blickte von einem Mann zum anderen und bewegte seinen Pfeil langsam von einer Seite zur anderen, wobei er alle vier Männer in Schach hielt. Ezra beugte plötzlich die Arme und schlug beide Männer, die ihn festhielten, gegeneinander, sodass ihre Köpfe zusammen- krachten und der dumpfe Aufprall sie beide zu Boden warf. Der vierte Mann, der am Feuer gesessen hatte, stand auf und griff nach seiner Pistole, aber der Pfeil durchbohrte den Leder- mantel und vergrub sich bis zu den Federn am Schaft in seinem Körper. Der Mann blickte auf die Federn hinunter, begann den Kopf zu heben, um seinen Angreifer anzusehen, fiel dann aber nach vorne auf sein Gesicht und blieb still liegen. Der Mann mit der Pistole hatte die Waffe zu seinen Füßen fallen lassen, wie Gabe es befohlen hatte. Nun aber griff er danach und hob sie hoch, spannte den Hahn, während er sich aufrichtete. Dann aber starrte er auf die Pistole in Gabes Hand, als dieser auf den erschrockenen Mann zuging. Der Soldat erstarrte, die Pistole zeigte zu seinen Füßen auf den Boden und er lockerte seinen Griff, um sie fallen zu lassen. Die entsicherte Pistole feuerte und schoss die Bleikugel in das Bein des Mannes, sodass dieser zu Boden fiel.

Ezra blickte von einem der Männer zum anderen und trat von den beiden zu seinen Füßen weg, die sich nun rührten und ihre Köpfe hielten. Ezra beugte sich vor, um ihre Pistolen aus ihren Gürteln zu ziehen, bevor sie wieder bei vollem Bewusst- sein waren. Er ging zu Gabe, sah sich zu den drei Männern um und fragte: "Wo warst du so lange?"

"Ich musste mein Rehbock ausnehmen. Dann habe ich mich hingesetzt, um den Sonnenuntergang für eine Weile zu genießen, und habe mit dem zurückkommen Zeit gelassen und die Kühle des Abends genossen. Du weißt ja, wie es ist, wenn man ganz allein im Wald ist." Er blickte Ezra grinsend an. „Außerdem sind es ja nur vier von denen. Warum hast du dich so von ihnen festhalten lassen?"

Ezra kicherte und schüttelte den Kopf: "Ich wollte nur sehen, was sie vorhaben."

"Und was genau ist das?"

"Sie suchen nach den Maroons!", erklärte Ezra.

24

BERICHT

"So wie es aussieht, ist die Karte ziemlich genau. Dieser Fluss hier wird der Weiße genannt und fließt etwa hier weiter nördlich." Der Kundschafter, Estavanico, stieß mit dem Finger auf die Karte. "Dieses Land hier ist ganz schön schwierig zu durchqueren, viele Schluchten, steile Schluchten mit dichten Wäldern darin. Dieses Gebiet", ein wenig nach Süden weisend, "ist eine Hochebene, und viele Wasserläufe und Senklöcher und Schluchten führen etwa hier in ein Tal. Dort ist das Lager, weites Tal, Wasser, eigentlich ein ganz schöner Ort."

Hauptmann Cerranza studierte die Karte, schaute seinen Späher an und fragte "von hier aus?" nach Zeit und Entfernung zu ihrer Beute. Leutnant de Vaca stand an der Seite, beobachtete und lernte schweigend. Er hatte sich als eifriger Schüler aller Dinge erwiesen und versuchte nun, von seinem Kommandeur zu lernen, wie man seinen Gegner verfolgte.

Der Kundschafter blickte zurück auf die Karte und zeigte darauf: "Hier ist es flach und leicht durchzukommen, aber sobald wir an diese Stelle kommen", und er zeigte auf das nördliche Gebiet, "wird es rau! Aber wenn wir früh losreiten würden, könnten wir es bis zur Dunkelheit schaffen, zu spät für einen Angriff, aber wir wären schon vor Ort", erklärte der Späher.

"Wie viele von ihnen sind noch übrig?", fragte der Capitan.

"Die meisten von ihnen, aber während ich das Lager beobachtete, hatte ein weißer Mann ein Handgemenge mit einigen und einer von denen wurde dabei getötet. Sie vertrieben den weißen Mann und seinem farbigen Freund. Ich schätze, es waren dreißig farbige Männer, noch fünfzehn Rothäute, die kämpfen können! Aber sie haben auch ein paar Frauen und Kinder dort. Farbige und Indianer Mischlinge. Vielleicht kämpfen die dann auch!"

"Humph, das Einzige, was sie gut können, ist laufen! Es wird nicht anders sein als damals, als Malos Vater gefangen wurde. Er wurde gehängt und der Sohn wird nun ebenfalls gehängt." Der Capitan schien zu vergessen, dass der Mann, mit dem er sprach, ebenfalls ein Farbiger war. Da Estavanico einen portugiesischen Namen hatte und den Soldados so lange und so treu gedient hatte, wurde er als einer von ihnen angesehen. Aber er war ein befreiter Sklave, der Sohn von Sklaven, und ganz gleich, wie lange er den Soldados als Kundschafter gedient hatte, der bittere Groll über seine Zeit in der Sklaverei hatte nie nachgelassen. Sein Besitzer war aus Portugal gewesen und war der Dorfschmied, ein Gewerbe, das er Estavanico aufzuzwingen versuchte. Als sein Besitzer krank wurde, schenkte er Estavanico seine Freiheit. Dennoch waren seine Erinnerungen schlecht und intensiv und wurden oft wieder wach. Die Narben auf seinem Rücken erzählten von der Peitsche seines Herrn, und die Brandmale auf Brust und Schultern stammten von den heißen Eisen in der Schmiede. Brandnarben, die ihm zugefügt worden waren, um den Besitz des Schmiedes zu kennzeichnen.

Estavanico wandte sich vom Capitan ab, um sein aufbrausendes Temperament zu verbergen, atmete tief durch und ließ den Zorn verstummen. Als er sich umdrehte und dem Kommandanten gegenüberstand, fragte der Capitan: "Ist das Lager leicht zugänglich?"

"Ich war auf einem Punkt südlich des Lagers. Es sah für mich aus, als gäbe es von beiden Enden des Tals Zugang, aber die anderen Schluchten waren zu steil und bewaldet. Estavanico blickte auf die Karte hinunter und vermied es den Capitan anzusehen. Er wusste, dass es andere Wege aus dem Tal gab, und vermutete, dass die Maroons und die anderen leicht entkommen könnten, aber im Kampf war nichts sicher. Er kämpfte mit seinen eigenen Entscheidungen. Obwohl für jeden Maroon eine Belohnung von hundert Pesos ausgesetzt war, war er auch sehr versucht, sich ihnen anzuschließen. Als er sie in ihrem Lager beobachtete, sah er eine Freiheit, die er nicht hatte, obwohl er offiziell frei war. Die Einschränkungen, die ihm von den Soldados auferlegt wurden, waren fast so einschneidend wie die, die er als Sklave hatte ertragen müssen. Aber die Maroons kannten den Geschmack echter Freiheit, und er bräuchte sich ihnen nur anzuschließen. Er erinnerte sich, wie er die Indianerin beobachtete, die das Essen für den weißen Mann und seinen Freund kochte. Sie war eine Frau, die einen Mann ein Leben lang glücklich machen konnte.

Er schüttelte den Kopf und sah den Capitan an: "Was haben Sie gesagt, Capitan? Ich schaute auf die Karte und erinnerte mich an das Land. Was war es?"

"Ich fragte, ob die anderen Spähtrupps schon zurück seien?"

"Äh, ich bin mir nicht ganz sicher, Sir. Sie sollten es sein, aber ich habe keinen von ihnen gesehen."

"Finden Sie es heraus. Und wenn welche zurück sind, schicken Sie sie zu mir rein, pronto!" befahl der Offizier.

Estavanico schlug das Leder am Eingang des Unterstands des Capitans zurück und prallte fast mit zwei der Anführer der Kundschafter Truppe , die ihren Bericht abgeben wollten, zusammen. Sergeant Valazquez und Corporal Iglesias traten zurück und nickten dem Späher zu. Er knurrte sie an: "Der Capitan wartet auf Ihren Bericht. Wo ist der andere Trupp?"

Der Sergeant antwortete: "Er ist noch nicht zurück", und erhielt ein Nicken von Estavanico, als er sich abwandte, um seinen Bericht abzugeben.

Das Lager des Spähers befand sich zwischen den Bäumen, weit weg von den anderen, aber am nächsten bei der Gruppe der Farbigen, die ebenfalls unter sich blieben. Er rollte seine Decken aus und bereitete seine Ausrüstung für einen frühen Aufbruch vor, wollte sich gerade ausstrecken, als er einen Tumult im Lager hörte. Er drehte sich um, um durch die Bäume zu schauen, und sah einige Reiter ins Lager kommen. Er nahm sein Gewehr und ging auf den Tumult zu, aber als er sich näherte, sah er, dass es die letzte der Kundschafter Einheit war, die zurückkehrte. Corporal Lorenzo Dominquez führte diese an. Da er schon mal hier war, beschloss er nachzusehen, ob die Gruppe das Lager der Maroons oder andere Spuren ebenfalls gefunden hatte.

Es war schnell klar, dass die Unruhe wegen der Leiche, die über das letzten Pferde gebunden war, entstanden war. Die Leiche war einer der Ihren, und die Männer waren aufgebracht. Das hätte nicht passieren dürfen, denn sie waren die besten Reiter der Welt und die gefürchtetsten Soldaten. Ihre Mäntel, Chaps und Schilde sollten sie im Kampf schützen, und hier hing dieser Mann, mit einem Pfeil, der aus seinem Rücken herausragte, ein Pfeil, der den vielschichtigen Mantel durchbohrt hatte, der die Pfeile dieser Prärieindianer abwehren sollte. Das Geschwätz der Männer verstärkte sich noch, als der Körper vom Pferd genommen wurde und auf den Rücken gelegt wurde. Der Pfeil hatte den Mantel und den Körper durchbohrt, bevor er am Rücken wieder ausgetreten war. Da nur die Federn des Schafts auf der Brust des Mannes zu sehen waren, waren die Männer überrascht und beunruhigt zu sehen, dass ein Pfeil solch eine Kraft hatte.

Estavanico blickte auf Corporal Dominguez: "Der Capitan möchte Sie jetzt sehen!"

Der Unteroffizier schüttelte mit großen Augen den Kopf und machte sich auf den Weg zum Zelt des Hauptmanns. Estavanico folgte ihm. Als der Corporal an der Zeltklappe kratzte, hörte er die Stimme des Capitan: "Entrar! Er duckte den Kopf und zog die Klappe zurück, um einzutreten, sah den Kundschafter folgen und hielt die Klappe für ihn auf und beide traten gemeinsam ein.

"Ahh, Corporal Dominguez, schön, dass Sie sich zu uns gesellen! Was ist Ihr Bericht?"

"Wir wurden von einer Bande von Maroons angegriffen. Wir kämpften tapfer, ich wurde verwundet", er zeigte er auf sein blutiges Hosenbein, "und Soldat Muñoz wurde getötet. Es gelang uns, nach Einbruch der Dunkelheit zu fliehen und zurückzukehren."

"Wie viele haben Sie angegriffen?"

"Wir konnten nicht genau zählen, aber ich würde sagen, mindestens zehn oder zwölf. Ein weißer Mann war bei ihnen, ein Mann mit einem Bogen, der einen Pfeil abschoss und den Gefreiten tötete."

Der Capitan blickte mit finsterer Miene vom Corporal zu seinem Kundschafter und zurück. "Ein weißer Mann? Mit einem Bogen? Wollen Sie damit sagen, dass ein weißer Indianer bei den Maroons war?"

"Äh, ja, Sir, das stimmt, Sir!", antwortete der Korporal, der stramm stand und seinen Kommandanten nicht direkt ansah.

"Und wie waren diese Maroons bewaffnet?"

"Äh, mit Gewehren und Pistolen", er zeigte erneut auf seine Wunde.

"Und sie trafen nur mit einem Schuss? Das ist unglaublich!"

"Äh, Sie sagten selbst, sie seien keine guten Soldaten, Sir."

Der Capitan schüttelte den Kopf: "Ja, das habe ich gesagt. Aber", drehte er sich zu Estavanico um, "glaubst du diesen Bericht, Kundschafter?"

"Nein, Sir. Es gab nur einen Weißen und seinen farbigen Freund, die das Dorf verließen. Keiner der Maroons folgte ihnen und keiner verließ das Lager. Ich blieb, bis es gestern Abend dunkel wurde, und niemand ging fort."

Die Augen des Corporals wurden groß, als er den Späher und dann den Capitan ansah und stotterte: "Es muss noch andere gegeben haben, denn wir wurden angegriffen!"

Der Capitan stand auf, faltete die Hände auf den Rücken und ging näher an den Corporal heran. Er stand nahe vor ihm, sah dem Mann direkt in die Augen und sprach leise: "Ich glaube, es gab keine Maroons, und Sie haben wahrscheinlich den weißen Mann und seinen Freund angegriffen, weil Sie dachten, Sie würden das Kopfgeld von hundert Pesos bekommen, denn Sie behaupten, der Farbige sei ein Maroon und ein entlaufener Sklave. Aber die Zwei waren zu stark für Sie und Sie mussten diese Geschichte erfinden, um Ihren Fehler zu vertuschen. Ist es nicht so, Korporal? Bevor Sie antworten, denken Sie daran, dass die Strafe für Lügen gegenüber Ihrem Vorgesetzten vierzig Peitschenhiebe ist!" Der Capitan trat zurück, sah zu, wie sich der Corporal ein wenig wand, und er wartete. "Nun?"

Der Corporal zappelte, senkte den Kopf und murmelte: "Ja, Sir! Genau das ist passiert." Dann blickte er auf: "Aber ich habe gedacht, dass Sie mir nicht glauben würden, wenn ich erzähle, dass sein Pfeil durch den Cuero ging!" Er griff nach seinem Lederumhang und zog ihn von seiner Brust weg, um zu betonen, was er meinte.

Die Augen des Kapitäns weiteten sich, und er drehte sich knurrend zu dem Mann um: "Wollen Sie damit sagen, dass ein Pfeil den Mantel komplett durchschlug?"

"Jawohl, Sir!", antwortete der Unteroffizier, der offensichtlich nervös über die Antwort des Capitan war.

"Das muss ich sehen!", erklärte der Capitan, als er sich
seinen Hut schnappte und aus dem Zelt ging, wobei er die
anderen beim hinausstürmen zur Seite schob.

DIE LEICHE des Gefreiten Muñoz lag noch dort, wo sie abgelegt
worden war. Die Männer standen noch immer drum herum
und redeten, offensichtlich verärgert darüber, dass ihre
Rüstung gegen den Pfeil eines Feindes unwirksam war. Der
Capitan ließ sich neben dem Körper auf ein Knie fallen,
betrachtete die Pfeilspitze und rollte den Mann dann zur Seite,
um den gebrochenen Schaft aus dem Rücken herausragen zu
sehen. Er fühlte das Leder neben dem Schaft, ließ den Körper
auf den Rücken fallen und untersuchte das Leder neben den
Befiederungen. Er zog den Umhang zurück, fühlte die Dicke
des mehrschichtigen Leders und stand still da und schaute auf
den Toten herab. Er schüttelte den Kopf, sagte nichts und
wandte sich ab, um zu seinem Zelt zu gehen. Er brüllte sich
über die Schulter: "Begraben Sie den Mann!"

Der Leutnant folgte dem Capitan in das Zelt und fragte:
"Was nun, Capitan?"

"Was nun? Wir werden genau das tun, was wir gesagt
haben, seit wir diese Kampagne begonnen haben. Wir brechen
gleich morgen früh auf. Der Kundschafter weiß, wo das Lager
der Maroon ist, und wir werden es wie geplant einnehmen!
Wenn wir mit diesen Ausreißern fertig sind, werden die Bäume
mit ihren Körpern geschmückt sein und ihre Köpfe werden
den Weg säumen, genau wie sie es beim Pointe Coupée getan
haben!"

Bei der Erwähnung des Wortes erinnerte sich der Leutnant
an den grausigen Anblick entlang der Straße in Pointe Coupée,
dem Schauplatz eines Sklavenaufstandes, bei dem dreiund-

zwanzig Sklaven gehängt, dann enthauptet und ihre Köpfe als Warnung für andere Sklaven zur Ausschmückung der Straßen benutzt wurden. Einunddreißig weitere wurden ausgepeitscht und zu Zwangsarbeit verurteilt, und drei weiße Männer, die an der Rebellion beteiligt waren, wurden deportiert und zu sechs Jahren Zwangsarbeit in Havanna verurteilt. Der Leutnant schüttelte den Kopf, als er das Zelt verließ, da er nicht wollte, dass sich die Geschichte wiederholte.

25

ÜBERLEGUNGEN

"Ich denke, dass wir sie nicht hätten gehen lassen sollen!", erklärte Ezra, als er die drei Soldados in die Dunkelheit reiten sah.

"Sie werden nicht zurückkommen", antwortete Gabe. "Sie werden noch eine Weile ihre Wunden lecken und nicht mehr von dem wollen, was wir ihnen geboten haben."

"Das ist nicht das, was mir zu denken gibt. Sie waren auf der Suche nach den Maroons, und wenn andere Späher unterwegs sind, könnten sie sie finden. Nach dem, was der Korporal sagte, gibt es eine ganze Kompanie von ihnen, und ihr Hauptmann ist todsicher, dass er die Maroons finden wird, und sie sind auch gar nicht so schwer zu finden!"

Gabe lehnte sich mit dem Rücken an den Baumstamm, hielt den letzten Kaffee in der dampfenden Tasse vor sich und blickte seinen Freund an: "Schau Ezra, sie sind den ganzen Weg von Neu Orleans ohne unsere Hilfe gekommen, ich bin ziemlich sicher, dass sie das allein schaffen. Außerdem, was könnten wir beide gegen eine ganze Kompanie spanischer Soldados ausrichten?"

"Seit wann hat es dich jemals aufgehalten, in der Unterzahl zu sein?"

"Nun, du bist derjenige, der sich immer darüber beschwert, dass ich uns laufend in Schwierigkeiten bringe", antwortete Gabe. Er neckte Ezra nur so zum Spaß, denn er hatte bereits beschlossen, alles zu tun, um die Maroons zumindest zu warnen, wenn nicht sogar ihnen gegen die Soldados zu helfen. Aber die beiden Freunde hatten ein Leben lang die Angewohnheit entwickelt, sich gegenseitig in jedes aufkommende Abenteuer zu drängen.

"In Ordnung! So, jetzt bin ich an der Reihe, uns in Schwierigkeiten zu bringen, so sei es!", erklärte ein verärgerter Ezra, warf die Hände hoch und griff nach seiner Tasse Kaffee, die auf dem Stein beim Feuer stand.

"Also, was willst du tun? Sie warnen, sie auskundschaften oder sie bekämpfen?", fragte Gabe grinsend.

Ezra sah seinen Freund an, sah das Lachen in seinen Augen und hob einen Stock auf, um ihn damit zu bewerfen, bevor er antwortete: "Alles! Ist das nicht das, was wir am besten können?"

SIE HIELTEN sich an den unteren Rand der Steilküste, wo die sanften Hügel in das grasbewachsene Unterland des Niobrara-Flussbetts abflachten. Sie folgten dem Fluss stromabwärts, was sie in die Morgensonne führte. Der Plan war, nach Anzeichen anderer Späher der Soldados zu suchen, die dem Maroon-Lager nähergekommen sein könnten. Da man wusste, dass die Truppen irgendwo südlich des Niobrara und wahrscheinlich näher am Nord Platte Fluss lagerten, mussten die Späher den Niobrara überqueren, um das Lager der Maroons zu finden. Der Korporal, der die Späher anführte, die sie in der Nacht zuvor angegriffen hatten, hatte unter Androhung, ihn verbluten zu lassen, gesagt, dass zwei weitere Kundschafter

Patrouillen und ein einzelner Fährtenleser auf der Suche waren.

Ezra hatte die Führung übernommen, und das Paar war etwa drei Stunden lang in Bewegung gewesen, als Ezra an den Zügeln zog, sich über die Seite seines Reittiers lehnte und den Boden absuchte. Er stieg ab, ging auf ein Knie und griff nach unten, um einige Spuren im feuchten Boden zu untersuchen. Er stand auf und blickte zu Gabe zurück: "Diese sind etwa drei Tage alt, beschlagen, mit langen Schritten in Richtung Norden unterwegs. Ein Pferd! Könnte das des einzelnen Fährtenlesers sein."

"Klingt richtig, aber wenn er etwas gefunden hat, oder auch wenn er nichts gefunden hat, sollten wir eine weitere Spur finden, als er zurückgekehrt ist", schlug Gabe vor. "Denkst du nicht auch?"

"Ja, ich schätze schon. Die meisten erfahrenen Späher würden nicht dieselbe Spur zurücknehmen, also vielleicht kreuzen wir sie ein Stück weiter weg", vermutete Ezra und schwang sich wieder in den Sattel seines braunen Wallachs. Sie waren weniger als hundert Meter weit geritten, als Ezra anhielt und wieder zurückritt. Er schaute zu Boden, richtete sich auf und grinste Gabe an. Er zeigte auf die Spur und sagte: "Und da sind sie! Dasselbe Pferd, gestern Abend, auf dem Weg nach Süden. Bewegt sich schneller, hat wahrscheinlich Neuigkeiten zu berichten."

"Das findet man am besten raus, wenn man seine Spuren zurückverfolgt. Das wird uns eine Menge verraten!", sagte Gabe und blickte zurück nach Norden über die Steilküste und wusste, dass die Ebenen jenseits davon lagen, bevor sie die zerklüfteten Hügel erreichen würden, die das Lager der Maroons beherbergten. "Gönnen wir den Pferden eine Verschnaufpause, machen wir uns einen Kaffee, und dann treiben wir sie ein wenig schneller nach Norden zurück!"

· · ·

SIE BEWEGTEN SICH IM GALOPP, dann im Trab, dann wieder ein Stück weit im Schritt und fielen dann wieder zurück in den Galopp und trieben die Reittiere so einen Großteil des Nachmittags vorwärts. Nach einer kurzen Ruhepause am späten Nachmittag kamen sie bald zu der langen, steilen Felsklippe, die den Rand des flachen Gipfels markierte, der die unzähligen, von Wäldern gesäumten Täler überblickte. Sie ritten an der Kante entlang und folgten in etwa dem gleichen Kurs, den Großer Donner bei ihrem ersten Besuch benutzt hatte, und nahmen den schmalen Pfad bis zu dem Punkt oberhalb des Tals. Die Spuren des Spähers, falls es sich um die des Spähers handelte, führten sie zu derselben Landzunge. Die beiden stiegen ab und durchsuchten die Gegend, wobei sie die Spuren so deutlich wie ein gemaltes Schild lasen. Sie berichteten vom kurzen Aufenthalt des Kundschafters und seiner Beobachtung des Lagers darunter.

"'Scheint, er war mehr als nen Tag hier. Würde mich nicht überraschen, wenn er zuschaute, während wir hier waren", observierte Ezra, als er auf den Rand des Lagers zeigte, wo sie die Nacht verbracht hatten. "War auf alle Fälle lange genug hier, um genug über das Lager und die Leute zu wissen. Ezra war ein gebildeter Mann und konnte das Englisch des Königs so prägnant wie jeder andere gebildete Mann fließend sprechen, aber es gefiel ihm, wie den meisten Männern in der Wildnis, sich manchmal in der landestypische Umgangssprache zu äußern. Wenn sich die Prioritäten eines Mannes von Äußerlichkeiten und Manieren auf das Überleben und das Leben selbst verlagern, werden die Gedanken und die Sprache desselben Mannes faul oder zumindest nachlässig.

Gabe zeigte auf den Rand des Vorgebirges, wo ein Stück weicher Boden mehr Spuren enthielt: "Er hat ein Fernglas. Schau dort, seine beiden Ellenbogen lagen auf dem Boden, während er eine Zeit lang ausgestreckt auf dem Bauch lag. Er beobachtete sie genau."

"Ich denke schon. Was jetzt?", fragte Ezra. Beide Männer blickten nach Westen und beurteilten das Licht des Tages, dann stieg Gabe mit einem Nicken auf, und Ezra tat es ihm dicht dahinter gleich. Sie verließen den Aussichtspunkt und machten sich auf den Weg zum Lager. Sie hielten sich an die freie Ebene, die Hände sichtbar und signalisierten keine Bedrohung. Innerhalb weniger Augenblicke kam eine Warnung von den Bäumen: "Halt! Hebt eure Hände hoch!"

Beide Männer blieben stehen, ließen die Zügel auf den Nacken ihrer Reittiere fallen und hoben die Hände. Ezra sprach: "Wir sind hier, um Jean, Ihren Führer, zu sehen!"

Zwei Männer traten von den Bäumen, beide mit Gewehren auf die Besucher gerichtet, und ein Mann sagte: "Ich kenne euch! Du bist derjenige, der gegen Parkinson gekämpft hat!"

"Das ist richtig!", antwortete Gabe. "Aber wir haben Neuig-keiten für Jean, dringende Neuigkeiten."

"Du solltest nicht zurückkommen. Ein Mann wurde deinet-wegen getötet. Wir dürfen keine Verbannten zurück ins Lager lassen!"

Ezra sah den Mann wütend an: "Schicken Sie Ihren Freund dorthin, um Jean zu sagen, dass wir hier sind. Wenn er uns nicht sehen will, gehen wir. Aber wenn wir gehen, wirst du vielleicht keinen Tag länger leben!"

Die Augen des Mannes flackerten auf, und er trat näher heran, hob sein Gewehr in Richtung Ezra und knurrte: "Drohst du mir?"

"Nein, ich sage euch nur, wie ernst und dringend diese Botschaft für Jean ist."

Der Mann starrte Ezra an und ging zurück zu Gabe, dann trat er zurück und nickte seinem Partner zu, dass er es Jean ausrichten soll. Er forderte die Männer zum Absteigen auf und warnte: "Den Ersten, der etwas Krummes versucht, bringe ich um!"

Innerhalb weniger Augenblicke trat Jean, gefolgt von einer

kleinen Gruppe bewaffneter Männer, vor Gabe und Ezra, finster dreinblickend, und fragte: "Warum seid ihr zurückgekehrt? Euch wurde gesagt, dass ihr nicht mehr willkommen seid!"

Gabe trat vor, hob den Kopf: "Diese Soldados, von denen Sie sagten, sie hätten sie in Neu Orleans zurückgeschlagen! Die sind etwa einen Tagesritt von hier entfernt!" Er hielt einen Moment inne, als die Nachricht den Anführer wie eine Faust im Bauch traf, und fuhr dann fort: "Sie hatten da oben auf dem Felsvorsprung einen Mann postiert", er zeigte dabei hinter sich, "der euch in den letzten Tagen beobachtet hat. Er ist gegangen, um dem Capitan der Kompanie der Soldados Bericht zu erstatten, und ich vermute, dass sie bald auftauchen werden."

Einer der Männer hinter Jean trat vor und knurrte: "Warum sollten Sie uns warnen, Jean? Was kümmert es euch, was mit uns passiert?"

Gabe erkannte den Querulanten sofort als den Mann, mit dem er gekämpft hatte, James Parkinson. Gabe zuckte mit den Schultern und sagte: "Es schien das Richtige zu sein, falls Sie das verstehen können?"

Jean schob James beiseite: "Was glauben Sie, wann sie hier sein werden?"

"Ich denke, Sie haben vielleicht einen Tag Zeit, nicht viel mehr", antwortete Gabe.

"Wie viele sind es?"

"Der Mann sagte, es wäre eine Kompanie. Soweit ich weiß, sind das etwa vierzig Männer."

"Welcher Mann?", fragte James und trat wieder nach vorne. "Du hast mit ihnen gesprochen?" Er drehte sich zu Jean: "Sie stecken mit ihnen unter einer Decke! Das ist eine Falle!"

Ezra meldete sich zu Wort: "Ein Spähtrupp, vier Mann, stürzte sich auf mich, als wir unser Lager aufschlugen. Sie wollten mich töten, mir die Ohren abschneiden und sie wie von einem entlaufenen Sklaven abgeben und das Kopfgeld kassieren. Wir kämpften, töteten einen, ließen die anderen gehen, nachdem wir so viel wir konnten herausgefunden hatten.""Wahrscheinlich haben sie ihnen gesagt, wo unser Lager ist! Sie müssen getötet werden!" drohte Parkinson.

Gabe sah ihn an: "Wir brauchten ihnen gar nichts zu sagen, sie hatten einen Kundschafter, der euer Lager in den letzten zwei Tagen beobachtet hat, wie wir es gesagt hatten! Gabe schaute von Parkinson zu Jean: "Wir haben getan, was wir uns vorgenommen hatten. Ihr seid gewarnt worden, und da wir nicht willkommen sind, machen wir uns wieder auf den Weg!"

Parkinson sprang auf Gabe zu, hielt eine Pistole in der Hand und drohte: "Sie werden es den Soldados sagen!"

Ohne einen Augenblick zu zögern, gab Gabe dem Mann eine Ohrfeige, griff nach dessen Pistole, als er fiel, und warf sie zur Seite. Er trat neben den Mann, lehnte sich leicht über ihn und starrte ihn an: "Mir reicht's mit dir! Wenn du mich noch einmal bedrohst, wirst du dir das Blei aus den Zähnen kratzen!" Er trat zurück, blickte Jean an und stieg auf Ebenholz, wendete ihn, zog an der Führungsleine des Packpferdes und begann, den Zug wieder nach oben in Richtung des flachen Plateaus zu reiten. Ezra blickte von Jean auf den sich zurückziehenden Gabe, schwang sich in den Sattel seines Braunen und folgte seinem Freund mit dem Führungsseil seines Packpferdes in der Hand in die Bäume.

Sie hielten an, als sie zu der Landzunge kamen, die das Lager überblickte. Gabe blickte nach unten, schüttelte den Kopf und lenkte Ebenholz herum, wurde aber von Ezra angehalten. "Wirst du diese Schlange gewinnen lassen?"

Gabe schaute finster drein: "Was meinst du?"

"Wenn wir jetzt mit eingezogenem Schwanz zwischen den Beinen gehen, lässt du diesen Abschaum glauben, er hätte dich verjagt. Das ist nicht der Gabe, den ich kenne!"

Gabe atmete tief durch, sah seinen Freund an und sagte: "Ich weiß. Aber wenn ich hiergeblieben wäre, hätte ich ihn wahrscheinlich am Ende umgebracht, und davon habe ich genug!"

"Du hast niemanden getötet, der es nicht verdient hätte! Nebenbei wissen wir beide, dass es noch mehr Kämpfe geben wird, bis wir mit unserer "Erkundung" des wilden Landes fertig sind. Und ich glaube, du warst es, der einen Kerl namens Burke zitierte, der sagte: 'Das Einzige, was für den Triumph des Bösen notwendig ist, ist, dass die guten Menschen nichts tun'."

Gabe starrte seinen Freund an, schüttelte den Kopf und grinste. Ezra wusste, dass Edmund Burke ein von Gabe oft gelobter Mann war. Er war ein langjähriger Abgeordneter des britischen Parlaments und ein Fürsprecher der amerikanischen Kolonien gewesen. Und seine in seinen Schriften zum Ausdruck gebrachten Ansichten hatten Gabe, der alles gelesen hatte, was der Mann geschrieben hatte, schwer beeindruckt. Aber hier, mitten in der unruhigen Wildnis und von seinem besten Freund zur Rechenschaft gezogen zu werden in Bezug auf seine grundlegenden Überzeugungen, ließ Gabe innehalten. "Schon gut, schon gut, du kannst mit dem Predigen aufhören!"

Ezra grinste: "Das war eine ziemlich gute Predigt, nicht wahr?" Er kicherte und fragte dann: "Also, was machen wir jetzt?"

Sie stiegen von den Pferden und betrachteten das darunter liegende Tal. Sie befanden sich auf einer Landzunge, die zwischen zwei Zügen lag, die sich zu einem Zusammenfluss zusammenfügten, der ein breiteres grünes Tal bildete, in dem das Lager der Maroons lag. Der Zug auf der rechten Seite, etwa hundertfünfzig Fuß unter ihnen, beheimatete einen kleinen Bach, der das Tal speiste. Dahinter erhob sich ein langer Grat, der die Ostwand des Tals bildete. Zu ihrer Linken befand sich eine Reihe von mit Bäumen bedeckten Kuppen und Hügeln, die den Westrand des Gebiets eingrenzten. Jenseits des Lagers stieß ein weiteres Tal von Westen her in das größere Tal mit der grünen Ebene und bot einen Fluchtweg, ähnlich wie das nördliche Ende des Tales, das ebenfalls vom Lager wegführte.

"Wenn ich der Anführer der Angreifer wäre, würde ich einige Männer das westliche Tal dort einnehmen lassen, während ich dieses unter uns angreifen würde und dann aus beiden Richtungen gleichzeitig zuschlagen. Vielleicht würde ich sogar ein paar Männer dort drüben an der nördlichen Gabelung platzieren." Er hielt inne und überlegte: "Wenn ich jetzt dort oben wäre", und zeigte dabei auf den östlichen Kamm, "könnte ich beide Vorstöße mit meinem Zielfernrohr sehen und wüsste, wann sie zuschlagen würden, und vielleicht eine Art Warnung abgeben. Dann würde ich mich hinter diesem Haufen bewegen und von der Flanke aus auf sie zukommen. Wenn ich sie kurz vor dem Lager angreifen könnte, würde sie das so verwirren, dass die Maroons einen Vorteil hätten. Er dachte noch etwas nach, visualisierte seinen Plan und schaute sich das Gelände an. "Und wenn du dort, auf dem Hügel am Ende des westlichen Tals, einen Platz einnehmen würdest, könntest du vielleicht auf die Mischpoche an ihrer Flanke treffen, genau wie ich hier.

"Und wenn Jean seine Männer aufteilen würde, um auf beide Streitkräfte frontal zu treffen, und vielleicht noch einige seiner Leute von den Seiten da drüben, dann wäre das ein schöner Hinterhalt. Jawoll, Sir!", erklärte Ezra.

26

VORARBEITEN

Die hohen Bäume in der Talsohle, die den Bach säumten, streckten ihre Schatten den Hang hinauf und zwangen die Überreste der Tagessonne zum Rückzug. Gabe und Ezra schlugen ihr Lager am Westhang mit Blick auf das Dorf der Maroons auf. Nach ihrer Strategiesitzung war Ezra ins Lager gegangen, um mit Jean Saint Malo zu sprechen, während Gabe sein Lager aufschlug. Nun saßen die beiden Männer da und beobachteten, wie die Rehstreifen über den Flammen grillten und der Fleischsaft in die Kohlen tropften. Es war nicht ihre Gewohnheit, ins Feuer zu starren, wie es die meisten einsamen Männer tun, sie wollten lieber ihre Nachtsicht bewahren. Aber dies war der Vorabend der versprochenen und außergewöhnlichen Schlacht, und niemandem ist ein Morgen garantiert, auch nicht denjenigen, die ihren Mitmenschen gerecht werden wollen. Ob richtig oder falsch, eine Bleikugel oder ein scharf gespitzter Pfeil zeigt keine Bevorzugung oder Diskriminierung.

Gabe hob seinen Kaffee an, nahm einen langen Schluck und schaute zu Ezra: "Jean gefällt also unser Plan, ja?"

"Umhumm. Natürlich hat er ein paar eigene Ideen. Er wird

einen Mann zu dir und einen zu mir hier hochschicken. Ich weiß nicht, ob sie nützlich sein werden, aber vielleicht passen sie auf uns auf."

"Sagte er dir, welche anderen Ideen er hat?"

"Nein, aber er hat ein bisschen gegrinst, als würde er sich darauf freuen. Ich glaube, sie waren selbst schon in der ein oder anderen Balgerei", vermutete Ezra.

"Wahrscheinlich!" So wie ich es verstehe, haben die meisten dieser Leute ihr ganzes Leben lang gekämpft", bemerkte Gabe.

Sie aßen bald ihre Mahlzeit aus Wildsteaks und übrig gebliebenen Johnny-Maiskuchen und machten sich dann daran, ihre Waffen zu reinigen und vorzubereiten. Gabes Vater hatte immer darauf bestanden, dass er ein Ersatzgewehr bei sich hatte, und es waren sogar zwei in dem Gepäck. Gabe reichte Ezra ein Gewehr und fragte: "Willst du noch eine Pistole?"

"Nee, ich habe alles was ich brauche, genau wie du, und mit diesem Ersatzgewehr und meiner Kriegskeule reicht das aus, um mich zu beschäftigen. Du kennst mich, ich mag den Nahkampf am liebsten."

Gabe kicherte: "Vielleicht kannst du deinen Helfer damit beschäftigen, für dich nachzuladen."

"Das ist keine schlechte Idee. Ich weiß nicht, wen Jean zu uns schicken wird, aber es würde sie vor Ärger bewahren, das heißt, wenn sie wissen, wie man lädt.

Gabe hatte sein Ferguson Gewehr fertig gereinigt und geladen, lehnte es gegen den Baumstamm, auf dem er saß, und griff nach den beiden französischen doppelläufigen Sattelpistolen und seiner Bailes-Doppellauf-Gürtelpistole. Während sich beide Männer in ihre Aufgabe vertieften, waren sie so in Gedanken versunken, dass zwei Besucher sie überraschen konnten. Erst als sie ein "Haben Sie schon gegessen?", hörten, nahmen sie ihren Besuch wahr.

Es waren Biberfrau und eine weitere Frau, die lächelnd in

den Ring des Lichts traten. Ezra antwortete schnell: "Wenn Sie es so nennen wollen. Wir hatten etwas Fleisch und Maisbrot und Kaffee, nichts, was so schmeckt, wie das was Sie so zubereiten."

Biberfrau lächelte und kam näher: "Das ist Gelber Vogel, sie ist auch Lakota, vom Stamm der Brule. Wir wurden von Jean Saint Malo geschickt, um Ihnen zu helfen. Was immer Sie brauchen, wir werden es tun!" Beide Frauen hatten Schlafdecken über den Schultern und waren offensichtlich bereit, die Nacht hier zu verbringen.

Ezra sah die Biberfrau an und fragte: "Sie haben nicht zufällig noch mehr von diesen Timpsila-Kuchen, oder?"

Biberfrau lächelte und ließ ihre Bettdecke fallen, rollte sie ein wenig aus und holte einen Lederbeutel heraus, den sie Ezra übergab. Er grinste breit und sagte: "Genau das, was ich brauche, danke!" Er griff in den Beutel, holte einen Kuchen heraus und biss lächelnd und nickend hinein.

"Hey! Die sollst du doch teilen!", erklärte Gabe, als er nähertrat und nach der Tasche griff, die Ezra wegzog und den Kopf schüttelte.

"Humnumm, das sind meine!", erklärte Ezra und hielt die Tasche außer Gabes Reichweite.

"Was für ein Freund bist du?", schrie Gabe wütend und schaute weg, nur um sich plötzlich umzudrehen und seinem Freund die Tasche aus der Hand zu reißen. Er trat grinsend zurück und griff in den Beutel, um sich selbst etwas Leckeres zu gönnen. Er zog ein Paar Kuchen aus dem Beutel, warf ihn dann zurück zu Ezra und drehte sich zu der Indianerin um: "Danke, Biberfrau. Die sind sehr gut!"

ALS GABE in ihr Lager zurückkam, blickten Biberfrau und Gelber Vogel von ihren Tätigkeiten auf und lächelten, als er sich näherte. Gelber Vogel fragte: "Haben Sie etwas gesehen?"

"Ja, haben ihr Lager gefunden!", wurde er unterbrochen, als Ezra sich ebenfalls näherte. Es war etwa eine Stunde vor dem Morgengrauen, Gabe hatte seine Erkundung im Licht des tief-hängenden Halbmondes und des hellen Sternenlichts durch-geführt. Die Leuchtfeuer der Nacht signalisierten ihre Anwesenheit noch immer mit unerschütterlicher Klarheit in der dunklen Stille. Er hatte sich lautlos durch die Nacht bewegt, kehrte in die Nähe der vorhergehenden Landzunge zurück und fand das Lager der Soldados weit hinten und am Rande des absteigenden Grads vom flachen Gipfel des Tafel-bergs. Sie hatten ihr Lager am Rande der Bäume aufgeschlagen und kümmerten sich um nichts anderes als um ihre eigene Bequemlichkeit. Mehrere wärmende Feuer loderten, Männer sprachen laut, und es waren keine Wachen aufgestellt worden. Ob aus Dummheit der Wildnis oder aus Gleichgültigkeit gegenüber den Maroons, es war anmaßend für sie zu glauben, dass sie sich nicht in Gefahr befänden oder dass die Maroons nichts von ihrer Anwesenheit wüssten. Aber die den Über-machten, wie den Criollos, eigene Überlegenheitshaltung und die daraus resultierende Verachtung für die Minderheiten hatte viele Herrscher in eine Situation der verdienten Bestra-fung gebracht, die meist auf Kosten von anderen ging.

Gabe schlich sich heran und wollte so viel wie möglich über die Soldados herausfinden. Die Männer legten sich für die Nacht hin, keiner zeigte sich besorgt über die Ereignisse des kommenden Tages. Er hörte nur Bruchstücke von Gesprä-chen, wobei die meisten damit prahlten, was sie in der kommenden Schlacht zu tun gedachten.

"Ich werde Cinco töten!", prahlte ein Mann und veranlasste die anderen, zu lachen und ihre Zahlen zu addieren. "Ahh, ich werde Ocho töten!" konterte ein anderer. "Wenn ihr", der sich mit einer ausholenden Bewegung seines Arms auf die Vierer-gruppe in der Nähe des Feuers zubewegte, "so viele töten werdet, wird keiner mehr für mich übrigbleiben, also werde ich hier im Lager bleiben und eine Siesta halten! Schießt dann nicht zu laut, damit ihr mich nicht weckt!", kicherte ein anderer.

Für Gabe war es offensichtlich, dass diese Männer erfahrene Kämpfer waren, denn bei aller Prahlerei hüteten sie dennoch ihre Waffen und behielten sie in ihrer Nähe. Er entfernte sich von den biwakierenden Männern und arbeitete sich näher an das einzige Zelt heran. Dies war die Unterkunft der Offiziere und der anderen Führer. Die meisten saßen still da und starrten in die Flammen. Der Capitan sprach zu seinem Unteroffizier: "Leutnant de Vaca, Sie und Ihre Männer sollten etwas schlafen! Sie werden in etwa zwei Stunden losreiten!" Er blickte in den Himmel, um die Zeit bis zum ersten Tageslicht zu schätzen. "Es wird etwa zwei Stunden dauern, bis Sie in Position sind."

"Si, mon Capitan. Wir werden bereit sein!", antwortete de Vaca.

"Denken Sie daran, Sie sind da, um ihre Flucht zu verhindern! Wir werden zuerst aus dem Süden angreifen, und wenn sie vor uns fliehen, dann, und nur dann, eröffnen Sie und Ihre Männer das Feuer!"

"Si, si. Aber wenn Sie sie im Schlaf erwischen, können die Maroons nicht davonlaufen", antwortete der Leutnant, zuckte mit den Schultern und hielt die Handflächen auf Höhe der Taille in einer hilflosen Geste nach oben. Er grinste und fügte hinzu: "Alles, was wir tun müssen, ist, sie zu begraben!"

"Wir werden niemanden begraben. Wir werden die Feiglinge den Bussarden und Kojoten überlassen!", spuckte der Kapitän aus.

Wegen der wütenden Stimmung, die von ihrem Anführer aus auf sie herabkam, standen die anderen zügig zum Abschied bereit. Er schenkte ihnen wenig Beachtung, als sie sich abwandten, um sich zu ihren Decken zurückzuziehen. Er murmelte: "Diese erbärmlichen Feiglinge haben mich zu lange von meiner Frau ferngehalten! Dieses elende Land ist schlimmer als das Fegefeuer!" Er stieß einen Stock in die Kohlen, um das Feuer zu schüren, sah zu, wie die Funken in die Dunkelheit aufstiegen, und lehnte sich zurück, um allein in seinem Elend zu schmoren.

ALS GABE seine Erkenntnisse mit den Frauen und Ezra teilte, schaute er zu seinem Freund und bat ihn zusammen mit Biberfrau, den Plan der Soldados Jean Saint Malo mitzuteilen. Biberfrau fragte: "Werden Sie hier sein, wenn wir zurückkehren?"

Gabe blickte auf Ezra und zurück zu Biberfrau: "Sie werden nicht hierher zurückkehren, sondern mit Ezra gehen, um seine Waffen für ihn zu laden, und Gelber Vogel wird mit mir kommen!"

Die Frauen hatten eine Art frittierte Kartoffelkuchen zubereitet, aber sie hatten Timpsila und Maismehl mit einer Auswahl frisch gepflückter Beeren dafür verwendet. Sie legten die Kuchen auf einen Teller, stapelten in aller Eile die restliche Ausrüstung und die Schlafdecken unter die Bäume, schnappten sich jeweils ein paar Kuchen und machten sich auf den Weg zu ihrer gewählten Position.

Gabe und Gelber Vogel arbeiteten sich durch die dichten Bäume bis zur Spitze der Anhöhe vor, die das Dorf und das Tal überragte. Gabe ging zu dem von ihm gewählten Punkt auf einem moosbedeckten Felsen, der durch eine Buschzeder abgeschirmt war. Er nahm das Messingteleskop aus seiner Hülle und nach einem kurzen Blick nach Osten streckte er sich auf dem kühlen Felsen aus. Es war immer noch zu dunkel, um das Zielfernrohr zu benutzen, aber seine Augen waren an das schwache Licht gut angepasst, und er hielt nach Bewegung Ausschau. Selbst in der Dunkelheit wäre die Bewegung einer Kompanie von Soldaten leicht zu erkennen gewesen, aber noch gab es keine.

Der östliche Himmel begann gerade, Farbe zu zeigen, ein gedämpftes Gold, das im Indigo des Nachthimmels verblasste, als Gabe die Täler und flachen Gipfel nach den Soldados absuchte. Er hatte die Route richtig erraten, welche die de Vaca angeführte Meute nehmen würde, um zum nördlichen Ende der Schlucht zu gelangen. Obwohl die Route größtenteils hinter den Hügeln im Westen verlief, gab es Abschnitte des Weges, wo man sie von seinem hochgelegenen Hügel aus, sehen konnte. Schließlich erregte Bewegung seine Aufmerksamkeit, und als sich im Osten der erste Hauch von Licht zeigte, reichte es aus, um Silhouetten der kleineren Truppe abzuzeichnen. Gabe blinzelte, um besser sehen zu können, aber sie waren schwer zu erkennen. Er versuchte es mit dem Zielfernrohr und sah nichts. Aber er war sich sicher, dass dies die Vorhut war, die sich auf den Weg zum nördlichen Ende des Tals machte.

Er drehte sich um und schaute in Richtung des Lagers, kein Feuer war zu sehen, keine Bewegung in der Nähe der Bäume. Dann suchte er den schrägen Hügel, der zu dem Punkt oberhalb der Kreuzung der beiden kleineren Bergzüge führte, und sah wieder Bewegung. Das Licht des frühen Morgens beugte sich über den Rand der Hügel, legte sich über die Ebene und verriet die Bewegungen der restlichen Kompanie. Gabe drehte sich um, um sofort Ezra und dem Lager darunter ein Signal zu schicken. Er benutzte dazu das breite Ende seines Zielfernrohrs, um die aufgehende Sonne zu reflektieren und so das Signal an Ezra und auch nach unten in das Lager der Maroons zu senden.

Als das Tageslicht begann, das Land zu erhellen, hob Gabe sein Teleskop an, um einen besseren Blick zu bekommen. Er hatte eine Lederhaube angefertigt, die nun über das Ende des Zielfernrohrs hinausragte, um das Spiegeln des Sonnenlichts zu verhindern, denn er wollte die Soldados nicht versehentlich vorwarnen. Die Kompanie bewegte sich vom Abhang weg und folgte einem Pfad durch die Bäume, als Gabe eine Lücke in der Lederhaube nutzte, um die Anzahl der Soldados zu zählen. Während sie sich bewegten, bemerkte er auch die Abwesenheit ihres Anführers, Capitan de Cerranza. Er schätzte die Truppe auf etwa zwanzig bis fünfundzwanzig erfahrene Kämpfer plus ein paar Unteroffiziere, die diese Abteilung anführten. Dann schwenkte er sein Zielfernrohr wieder den Pfad hinauf in die Ebene, sah Bewegung an der vertrauten Landzunge und konzentrierte sich auf die kleine Gruppe. Da waren der Capitan, den er in der Nacht zuvor gesehen hatte, und zwei weitere Männer, von denen einer wahrscheinlich ein Unteroffizier und der andere entweder ein Soldat oder Sanitäter war. Der Kapitän hatte auf dem großen Felsen Platz genommen und hatte ebenfalls ein Teleskop, das er nun herausholte und in das darunter liegende Tal blickte, um das Lager der Maroons zu beobachten.

Gabe hatte gesehen, was er wissen musste, und schlich sich hinter den Baum zurück. Als er sein Zielfernrohr wieder in das Schutzkästchen gelegt hatte, übergab er es Gelber Vogel: "Kümmern Sie sich darum, es ist sehr wertvoll für mich!" Das Schutzkästchen hatte eine lange Kordel, und sie zog diese über ihren Kopf und eine Schulter und ließ es seitlich an ihrem Körper hängen. Gabe hatte ihr auch ein Pulverhorn und einen Beutel mit Baumwollfetzen für das Umwickeln der Kugeln, sowie einen Beutel Bleikugeln gegeben, damit sie die Pistolen nachladen konnte, falls nötig. Sie hatte die Wechsellaufpistole in ihren Gürtel gesteckt, während Gabe beide Sattelpistolen in seinem hatte. Er war mit den beiden Pistolen, einem Tomahawk und zwei Messern ziemlich bepackt, wenn man noch den Köcher mit Pfeilen, seinen Bogen und das allgegenwärtige Ferguson Gewehr dazuzählte. Er lief durch die Bäume und arbeitete sich zu seinen gewählten Schießpositionen vor, dicht gefolgt von Gelber Vogel.

27

HINTERHALT

Die beiden schmalen Bodensenken, von denen nur eine einen kleinen laufenden Bach führte, trafen an der Stelle unterhalb der Landzunge zusammen. Das enge Tal, in dem sich der Bach träge durch den flachen Boden schlängelte, diente als Trichter mit den Bäumen, die die Hänge abfallend bedeckten. Die enge dieses Einschnitts in die Landschaft zwang jeden Reisenden, ob Mensch oder Tier, sich eng beieinander zu bewegen, bevor sich das Tal in die Ebene öffnete, die das Lager der Maroons beherbergte. Die Soldados hatten sich von der Hochebene entfernt, und folgten dem regelmäßig genutzten Pfad bis zum Boden des Tals. Sie ritten nun in einer Kolonne zu zweit durch den Trichter in Richtung des Lagers der Maroons. Hier hatte Gabe seine Schusspositionen gewählt, aber er wollte sich erst dann zu erkennen geben, wenn die Soldados an ihm vorbei waren.

Als sie aus der schmalen Schlucht kamen, wechselten die Soldados ihre Formation und ritten in einer Dreiecksformation erst vier, dann sechs, dann acht Männer Seite an Seite. Diese Aufstellung hatten sie schon viele Male zuvor verwendet. Mit dem Stierfellschild am linken Arm, der langen Lanze in der

rechten Hand, zwei Pistolen am Sattel und einem Gewehr mit
glatt gebohrtem Lauf im Futteralunter dem Bein waren die
Männer ausgerüstet für den Kampf. Die Pferde, die kampfer-
fahren waren und die Aufregung ihrer Reiter spürten,
tänzelten nervös, mit hohen Schritten und kauten unaufhör-
lich auf ihren Trensen herum. Sie schienen im Gleichschritt zu
marschieren und drängten sich durch die hohen Gräser und
das niedrige Gebüsch.

Sergeant Velazquez ritt allein mehrere Schritte vor den drei
Reihen der Soldados. Er hielt ein Schwert ohne Scheide an
seiner Schulter, während er das Lager nach Lebenszeichen
absuchte. Nichts bewegte sich, kein Rauch stieg aus Feuern auf,
nichts regte sich. Die Ruhe des Lagers wurde nur durch das
gedämpfte Donnern der Hufe unterbrochen. Der Feldwebel
hob sein Schwert hoch, drehte sich im Sattel um, um die
Reihen hinter sich zu sehen, und rief: "Listo!", hielt nur eine
Sekunde inne, "Cargar!"

Die Männer gruben den Schaft der stumpfen Sporen in die
Rippen ihrer Pferde, und die gesamte Kompanie schien
synchron aufzuspringen, als die Pferde ihre Hinterhufe tief in
den Boden gruben und vorwärts sprangen, und die Vorderhufe
dabei vom Boden abhoben. Die Männer lehnten sich tief auf
die Hälse ihrer Reittiere, und der Donner, nun nicht mehr
gedämpft, erschütterte den Talgrund, als vierundzwanzig
Pferde ihr Gesamtgewicht auf den Boden übertrugen und in
das Lager stürmten. Die Männer ließen ihr Kriegsgeschrei
erklingen, als sie ihre Lanzen senkten und nach einem Ziel
suchten, welches aus einer der vielen Hütten zu entkommen
versuchte. Durch Druck mit den Beinen rannten die Pferde
quer durch die Tipis und die Erdhütten, Männer fuhren mit
den Lanzenspitzen in die Tipis aus Büffelfell, während andere
ihre Pferde auf die Hinterläufe aufrichteten, um die Türen der
Erdhütten einzutreten. Das einzige Ziel, das sie fanden, waren
die unbelebten Gegenstände des täglichen Lebens. Innerhalb

weniger Augenblicke schwirrte eine verwirrte Kompanie von Berufssoldaten umher, stellte sich gegenseitig Fragen und suchte nach jemandem, irgendjemandem, um ihren Blutdurst zu stillen.

Sie versammelten sich auf dem zentralen Gelände und irrten umher, als plötzlich ein Sperrfeuer von Gewehren das Qualm aufsteigen ließ, aus den Bäumen kam. Die Sicht auf den Wald war durch den Rauch der Schüsse verdunkelt, und Todesboten aus Blei waren entsandt, um ihr Urteil zu verkünden. Mehrere Männer fielen von ihren Pferden, als ihre Lederrüstungen durchlöchert wurden und sich rot verfärbten. Andere wirbelten herum, spornten ihre Pferde an und rissen an den Zügeln, um zu fliehen, aber ein zweites Sperrfeuer ertönte und weitere fielen aus ihren Sätteln. Einem Mann verfing sich der Fuß in den Tapaderos, und sein verschrecktes Pferd sprang und rannte, den Kopf zwischen seinen Knien, trat gegen die Wolken aus Qualm aus, buckelte und bog wild seinen Rücken gen Himmel. Die Soldados hatten erwartet, dass ihre Beute wie die Eingeborenen mit nichts weiter als Pfeil und Bogen bewaffnet sein würde und glaubten, dass ihre Lederrüstung sie schützen würde, aber die mehrschichtigen Ledermäntel konnten die Bleigeschosse kaum bremsen. Die plötzlichen Einschläge in ihren Körpern schockierten sie und sie fühlten ihre Verletzlichkeit im selben Augenblick, in dem sie den Tag ihres Todes erkannten.

Als Leutnant de Vaca die Schreie und Rufe des Angriffs hörte, machte er seine Männer bereit. Sie waren in zwei Fünferreihen aufgestellt. Er setzte sein Pferd an die Spitze, das Schwert auf der Schulter ruhend, während er sich Richtung Lager beugte und unruhig auf jedes Zeichen wartete, das ihm den Vorwand zum Angriff geben würde. Er hatte nicht die Absicht, die Schlacht zu verpassen, er wartete nur darauf, dass jemand versuchte, aus dem Lager zu fliehen. Als er Schüsse hörte, gab er seinen Männern den Befehl "Sigueme!" und führte den Angriff in das Lager. Er beugte sich vor, als er seinen großen Rappwallach anspornte, und das Pferd antwortete mit einem Ausfallschritt, der seinen Reiter fast aus dem Sattel brachte. Die Mähne flog, der Schweif hoch, das kampfliebende Pferd stürmte voran. Aber der Leutnant war überrascht, mehrere seiner Landsleute, die bereits tot waren, auf dem Boden und andere fliehen zu sehen. Da waren Reiter, die ziellos umherirrten, und er sah keine toten Eingeborenen oder Neger. Er sah sich suchend nach irgendwelchen Maroons um, aber da er keine sah, befahl er den Männern, in die Mitte des Dorfes zu stürmen. Dort wurden sie mit einer Salve Gewehrfeuer konfrontiert. Er spürte den plötzlichen Schlag in die Brust, blickte nach unten, und sah, wie Blut auf dem Ledermantel wie eine Blume aufblühte. Er hob rasch die Augen, um zu sehen, wo die Angreifer waren, aber eine weitere Kugel traf ihn in die Kehle, so dass er seinen Säbel fallen ließ und zu Boden fiel, tot, bevor er den Staub schmeckte.

Ezra senkte sein Gewehr, lud schnell nach, beobachtete aber das Geschehen im Lager unter ihm. Er hatte zwei Treffer, einen nach dem anderen, auf den Anführer der zweiten Welle erzielt. Während er zuschaute, bewegten sich die Soldados die dem niedergestreckten Mann gefolgt waren, ziellos umher, und Ezra bemerkte, dass eine Handvoll derer nahe der Nachhut Farbige waren die ihre Lanzen gesenkt hatten, und nichts taten, um dem Rest der Soldados beim Angriff zu helfen. Während er zuschaute, formierten sich die Farbigen zusammen, drehten ihre Reittiere um und trabten auf die Bäume zu. Ezra merkte sich in Gedanken die Stelle, an der sie in den Wald hineingeritten waren, und blickte dann auf das Lager zurück. Niemand bewegte sich, die ersten Angreifer hatten sich zur Flucht umgedreht, trafen aber auf ein weiteres Sperrfeuer, aber er konnte nicht sehen, wo die Verteidiger waren. Mit seinem Gewehr bereit, nickte er mit dem Kopf zu Biberfrau, damit sie ihm folgte, und sie bewegten sich langsam zum Rand der Bäume, schauten erneut auf das Lager und machten sich auf den Weg dorthin, aber er dachte an die, die er flüchten sah. Ezra dachte, dass er ihnen vielleichtfolgen sollte, um zu sehen, wohin sie gegangen waren.

Nachdem die drei Reihen der Söldner seine Versteck passiert hatten, rückte Gabe näher zum Grund des Tals heran und wartete auf deren Rückkehr. Sein Plan war, jeden Rückzug abzuschneiden, und er machte sich bereit. Augenblicke später hörte er die erste Salve des Gewehrfeuers und hob sein Ferguson an seine Schulter, wobei er den Hahn des Gewehrs zurückzog. Er hörte die Kampfschreie, die sich bald in Angst- und Schmerzschreie verwandelten, als die Verwundeten anfingen um Gnade und Hilfe zu betteln. Dann signalisierte das Donnern der Hufe den Rückzug der Männer, die auf ihn zukamen. Der erste Mann, der auftauchte, war derselbe Mann, der sie in den Kampf geführt hatte. Sergeant Valazquez lag tief unten auf dem Hals seines Pferdes, beide Hände leer, da er anscheinend sowohl seine Lanze als auch seinen Schild verloren hatte. In seinen großen Augen war das Weiß deutlich zu sehen, als Gabe den vorderen Teil seines Visiers in Linie brachte, aber die Gestalt war nur noch schemenhaft zu erkennen, als das Ferguson Gewehr beim Abschuss bockte und dabei Blei und Rauch spuckte. Sofort ließ Gabe das Gewehr von der Schulter fallen und drehte den Abzugsbügel, um den Verschluss zu öffnen. Er ließ eine Kugel in den Verschluss fallen, schüttete das Pulver hinein und drehte den Abzugsbügel, um ihn wieder zu verschließen und dabei die richtige Pulvermenge einzuteilen. Sobald der Verschluss verriegelt war, füllte er die Pfanne mit Pulver, schlug das Frizzen nach unten und hob das Gewehr für einen weiteren Schuss an. Es waren weniger als zehn Sekunden seit seinem ersten Schuss vergangen, und der nächste Schuss folgte unmittelbar und schickte ein weiteres tödliches Bleigeschoss in die Schlacht, das den zweiten Reiter aus dem Sattel warf. Eine Pistole bellte seitlich aus dem Gebüsch, und ein weiterer Soldado sackte zusammen, fiel aber nicht vom Pferd. Gabe wusste, dass es Gelber Vogel gewesen war, die ihre eigene Chance auf Rache forderte.

Schnell zog er die Pistolen aus seinem Gürtel, hob eine an und schoss, spannte den zweiten Hammer und schoss erneut. Er hob die zweite Pistole, feuerte zweimal und duckte sich unter den Qualm, um das Ergebnis seiner Schüsse zu beurteilen. Fünf Männer lagen grotesk verdreht im Gras und Gestrüpp, und kein weiterer Reiter kam auf sie zu. Die Pferde waren davongetrabt, Zügel hinterher ziehend, und würden später eingefangen werden. Er ging zu Gelber Vogel, um sich ihr anzuschließen, und begann, seine Pistolen nachzuladen. Als sie näherkam, fiel sie auf ein Knie und lud die Wendepistole nach. Gabe sah sie an und sagte: "Überprüfen Sie diese Männer, aber seien Sie vorsichtig, vielleicht sind nicht alle tot! Tun Sie, was Sie für richtig halten, aber ich gehe da rauf!", deutete dabei auf die Landzunge an der Spitze des Tafelbergs. „Da oben ist Capitan, und er ist derjenige, der mit all dem angefangen hat!"

Gelber Vogel nickte und stand auf, um Gabe die Pistole auszuhändigen: "Nein, die behalten Sie erst einmal. Vielleicht brauchen Sie sie noch. Ich hole sie später von Ihnen zurück!" Sie nickte erneut und ging zu den Verletzten im Gras. Als sie sich umdrehte und zu Gabe zurückblickte, war er verschwunden.

DAS DONNERN und Rasseln des Gewehrfeuers hallte über das Tal, und eine niedrige Wolke aus Pulverrauch hing träge, als ob sie sich an den Stangenspitzen der Tipis verheddert hätte. Die sporadischen Schüsse ließen schließlich nach, und man hörte nur noch das Wiehern verwundeter Pferde und die Schreie verwundeter Männer. Langsam kamen schattenhafte Gestalten aus den Bäumen, die Gewehre an den Schultern gehalten und die Mündungen gesenkt. Sowohl die Männer als auch die Frauen der Maroons suchten sich ihren Weg durch das Lager und sahen nach jedem der niedergeschossenen Soldados. Wann immer ein Verwundeter Leben zeigte, wurde er entweder getötet oder zusammen mit anderen gewaltsam zum zentralen Platz im Lager gebracht. Als sich die Leute versammelten, saßen sechs Verwundete zusammen am Boden, mit dem Rücken zueinander in der Mitte des Lagers unter Bewachung mehrerer bewaffneter Männer. Viele hatten die Pferde der Männer eingefangen und führten sie nun ins Lager, wobei die Waffen bereits von den Sätteln genommen worden waren und von denen getragen wurden, die die Pferde führten.

ALS GABE den Gipfel des Tafelbergs erreichte, wo die überblickende Landzunge lag, hielt er inne und blieb im Schutz eines kleinen Wacholders stehen. Dort an dem Punkt, auf dem großen Felsblock sitzend, den Gabe selbst als Aussichtspunkt benutzt hatte, war Kapitän Andrés de Cerranza, der seine Frustration über den Pulverrauch des Gewehrfeuers vor sich hinmurmelte. Hinter ihm sah Gabe drei Reiter aus den Bäumen kommen, die auf das Lager der vergangenen Nacht zusteuerten, aber ihre Pferde waren atemlos und bewegten sich im Schritt, wobei keiner der Männer irgendwo anders hinschaute als in die erhoffte Sicherheit ihres Lagers. Neben dem Hauptmann befanden sich zwei Männer, von denen der eine Insignien auf dem linken Ärmel trug, der andere keine. Diese beiden Männer waren Lakaien, die zusammen mit dem Hauptmann stationiert waren, um sich um seine Bedürfnisse zu kümmern, während er die Schlacht aus sicherer Entfernung beobachtete.

Gabe stand, das Gewehr in der Hand und über die Brust gehalten, und ging langsam hinter dem Trio her. Während sie sich auf die Szene unten konzentrierten, sprach Gabe ruhig

und auf Spanisch: "Steht still! Lasst die Waffen fallen!",
befahl er.

Auf sein Wort hin drehten sich alle drei um. Der Capitan
blieb oben auf dem Felsen stehen, aber die beiden anderen
hoben schnell die Hände. Falls sie Waffen in der Nähe hatten,
konnte er sie nicht sehen. "Wo sind Ihre Waffen?", fragte er.

"Nein, Ninguna. Wir haben keine Waffen, sie sind im Lager,
Señor!", sagte der Korporal und blickte vom Soldaten zum
Capitan.

Der Capitan rutschte vom Felsblock und stellte sich vor
Gabe und fragte: "Wer sind Sie und wie können Sie es wagen,
ein Gewehr auf mich zu richten! Ich bin Capitan Andrés de
Cerranza vom Presidio von Santa Fe. Ich bin in einer offiziellen
Angelegenheit hier und Sie mischen sich ein! Legen Sie sofort
das Gewehr weg!"

Gabe grinste, kicherte ein wenig, fuchtelte dann dem
Capitan mit der Mündung des Ferguson Gewehrs vor dem
Gesicht herum und sagte: "Sie sind nicht mehr in offizieller
Angelegenheit tätig. Sie sind mein Gefangener!"

"Gefangener?! Ich bin niemandes Gefangener! Ich befehle
Ihnen im Namen der Regierung von Spanien und des spanischen Louisiana, die Waffe niederzulegen! Und zwar sofort!"

Gabe grinste erneut und bemerkte den Schweiß auf der
Stirn des spanischen Kapitäns. Seine Nasenlöcher weiteten
sich, und der Lippenwinkel hob sich an, als er knurrte. Dieser
Mann war wütend, und das brachte Gabe zum Lachen. "In
Ordnung, Capitan. Ich werde mein Gewehr ablegen", begann
Gabe und lehnte sich nach vorne, um das Ferguson auf den
Gewehrkolben zu stellen und gegen den Felsbrocken zu
lehnen. Er entfernte für einen Augenblick die Augen von den
Dreien, eher eine Einladung als eine Unachtsamkeit, und mit
leicht von ihnen abgewandter Körperhaltung stabilisierte er
sein Gewehr mit der linken Hand am Fels, zog aber mit der

rechten eine Pistole, spannte den Hahn, als er sie zog und überdeckte das Geräusch mit einem Husten.

Wie erwartet, stürzte sich der Korporal auf ihn, aber Gabe drehte sich um, um seinem Angriff entgegenzutreten, brachte den Lauf der Pistole unter dem Kinn des Mannes nach oben und stoppte seine Attacke. Der Mann stolperte, ruderte mit den Armen, um das Gleichgewicht zu halten, in der Hoffnung, dass Gabe nicht abdrücken würde. Gabe sagte: "Nein, nein, nein! Das ist nicht das, was ich Ihnen gesagt habe!"

Als der Capitan dies sah, dachte er, dass es ein Vorteil zu seinen Gunsten war und er knurrte: "Erschießen Sie ihn! Dann haben Sie keinen weiteren Schuss mehr und wir", auf den Gefreiten und sich selbst zeigend, "werden Sie überrumpeln und töten! Und jetzt, wie ich schon sagte, lassen Sie die Waffe fallen!"

Gabe grinste erneut und sah den Capitan an. "Oh, aber Capitan! Sie irren sich so sehr! Haben Sie nicht bemerkt? Ich habe noch eine Pistole in meinem Gürtel. Wenn Sie tun, was ich Ihnen sage, leben Sie vielleicht etwas länger."

Die aufgesetzte Autorität im Gesicht des Capitan bröckelte. Sein Zorn war noch immer sichtbar, aber seine Frustration trug zu seiner Verwirrung bei, und er entschied sich schlussendlich, das zu tun, was er sich eigentlich geschworen hatte, dass er es niemals tun würde. Er ergab sich seinem Besieger. Gabe blickte zum Corporal und dem Soldaten: "Ihr zwei, da sind drei oder vier eurer Männer in eurem Lager", und wurde vom Capitan unterbrochen. "Es ist niemand im Lager! Sie sind alle in die Schlacht gezogen!"

"Nein, Capitan, sie sind alle gerannt, zumindest die wenigen, die noch am Leben waren. Und in Ihrem Lager gibt es einige, die wahrscheinlich gerade Vorräte besorgen, um von hier zu verschwinden." Er schaute die beiden Männer noch einmal an: "Und wenn Sie beide sich ihnen anschließen wollen, und mir Ihr Wort geben, dass Sie nicht zurückkommen werden, dann können Sie gehen!"

Beide Männer stammelten, blickten auf das Lager zwischen den fernen Bäumen und sahen Pferde, die sich bewegten, und der Korporal sprach schnell: "Wir geben Ihnen unser Wort. Wir werden nicht zurückkehren!" Gabe winkte mit seiner Pistole, und die beiden Männer rannten zum Lager, ohne einen Blick zurück zu ihrem Hauptmann zu werfen. Gabe ergriff sein Ferguson Gewehr und schob den Capitan vor sich her, und sie machten sich auf den Rückweg zum Lager.

28

PROZESS

Ezra lief hinter vier Männern her, von denen jeder sein Pferd führte. Sie gingen hintereinander und schauten gelegentlich über die Schulter zurück zu Ezra und Biberfrau, , die ebenfalls ein Gewehr trug, mit der Mündung auf die Männer gerichtet, während sie neben den Gefangen lief. Sie bewegten sich auf die Versammlung auf dem zentralen Platz zu, und die Maroons traten zur Seite, als sie sich näherten. Diese Männer waren alle farbig, trugen aber die Uniform der Soldados. Sie blieben stehen, als sie sich den Führern des Lagers näherten, die vor den Gefangenen versammelt waren. Jean blickte zu Ezra, als dieser nach vorne trat. Ezra nickte: "Diese vier ritten in die Bäume, als die Schlacht begann. Ich habe nicht gesehen, dass sie jemanden angegriffen oder verletzt haben. Ich glaube, sie wollen sich euch anschließen, aber wir hatten keine Zeit für ein tiefgreifendes Gespräch von Angesicht zu Angesicht."

Jean sah die vier Männer an, ging von einem zum anderen und trat dann zurück, "Äußern Sie sich!"

Die Männer sahen einander an, dann trat einer nach vorne: "Ich bin Daniel Wheeler. Wir", er nickte den anderen zu, "haben lange darüber gesprochen, und wir möchten uns Ihnen anschließen."

"Warum? Sie kennen uns nicht einmal oder wissen nicht, was wir tun?" fragte Saint Malo.

"Wir wissen, dass Sie frei sind, und wir sind es nicht", antwortete Wheeler. Er blickte zu seinen Freunden, die zustimmend nickten und unter den Blicken der anderen Maroons zappelten.

"Ihr habt gegen uns gekämpft, vielleicht einige unserer eigenen Leute getötet, und jetzt denkt ihr, wir sollten euch aufnehmen? Warum?"

"Wir haben nicht gegen Sie gekämpft. Unsere Kompanie war in Santa Fe, und die einzigen Kämpfe, die wir geführt haben, waren gegen abtrünnige Apachen. Wir hatten vereinbart, dass wir weder gegen Sie noch gegen andere unserer Art kämpfen würden."

Am Rand der Gruppe entstand ein Tumult. Die Menschen traten auseinander und ein anderer Mann trat auf die Männer zu. Dieser Mann war anders gekleidet, eher wie ein Indianer, wahrscheinlich wie ein Apache, aber er war ein farbiger Mann. Estavanico trug ein Gewehr locker in der Hand an seiner Seite, und er sprach selbstbewusst: "Er spricht die Wahrheit. Diese Männer sprachen davon, seit dem ersten Tag, als wir von unserem Auftrag erfuhren. Keiner von uns hat sich diesen Trupp ausgesucht. Ich habe in den Sümpfen in der Nähe von Neu Orleans, wo Sie herkommen, gegen die Maroons gekämpft, aber als ich mehr über sie erfuhr, habe ich nicht mehr gegen sie gekämpft. Ich bin ein Kundschafter und habe nur getan, was mir befohlen wurde. Auch ich möchte mich Ihnen anschließen!"

Plötzlich kam ein Schrei aus ihrem Umkreis: "Feiglinge! Verräter! Verräter! Ihr habt einen Eid geschworen!" Der Capitan taumelte, als Gabe ihn nach vorne stieß, dann knurrte er die Leute an: "Geht mir aus dem Weg, ihr stinkenden Tiere!"

Einige traten zur Seite, um ihn durchzulassen, während andere sich näher herandrängten, um zu sehen, wer die Beleidigungen schrie.

Jean und die anderen Führer wandten sich dieser neuen Unterbrechung zu, und er sah, wie Gabe den Uniformierten vorwärts drängte. Als sie in den Vordergrund traten, sagte Gabe: "Jean, lassen Sie mich Ihnen den Anführer dieses Pöbels, Capitan Andrés de Cerranza, vorstellen. Capitan, das ist Jean Saint Malo, der Anführer dieser Gruppe von Maroons." Er trat zurück und übergab den Capitan an die Maroons.

Der Kapitän stand vor Jean und den anderen Anführern, bewegte nur seine Augen, um auf jeden einzelnen zu schielen, dann knurrte er mit einer hochgezogenen Augenbraue: "Ja, ich bin der Anführer!", und hob stolz den Kopf, um auf die Menschen um ihn herum herabzusehen. Er blähte die Nasenlöcher, während er angewidert die Lippe kräuselte.

"Sie sind also den ganzen Weg von Santa Fe gekommen, nur um vor unserem Tribunal vor Gericht zu stehen?", fragte Jean.

Der Capitan drehte den Kopf leicht, um sich umzusehen, hob eine Augenbraue und blickte Jean an: "Sie irren sich. Ich bin gekommen, um Sie vor Gericht zu stellen und Ihr Todesurteil zu vollstrecken!", spuckte er die Worte aus, während er sprach. Verachtung stand ihm ins Gesicht geschrieben, aber er hatte keine Angst.

Jean sah den anmaßenden Machthaber vor sich direkt an: "Sie aufgeblasener Narr! Sie dachten, Sie treffen auf einen Haufen lumpiger, hilfloser Ausreißer, und Ihre Vorurteile und Ihre Arroganz haben Sie in diese Situation gebracht. Wir haben dreiundzwanzig Tote gezählt, sechs weitere warten hier auf ihren Prozess, und Sie glauben immer noch, Sie hätten das Kommando! Wir stehen nicht vor Gericht, sondern Sie!" Er wandte sich an seinen Kreis von Anführern, vier Männer, zwei mit grau melierten Haaren und reichlich Falten, aber mit

Leben in den Augen, und eine Frau, matronenhaft, vollbusig und grauhaarig, deren Augen wütend blitzten. "Was sagt ihr dazu?"

Jedes Mitglied der Führung schaute den Capitan an und streckte langsam, einer nach dem anderen, die geschlossene Hand aus und gab dann ein Daumen-nach-unten-Zeichen. Die Abstimmung war einstimmig, und Jean wandte sich wieder dem Capitan zu: "Schuldig!", er blickte den Mann an und fuhr fort: "Nun, wie soll Ihre Strafe aussehen?"

Aus der Gruppe der Soldados, die mit Ezra warteten, kam eine Stimme: "Er schwor, dass er jeden Maroon, der den Angriff überlebt, hängen würde. Ihm wurde befohlen, jeden von euch zu töten oder gefangen zunehmen. Diejenigen, die überlebten, sollten zurückgebracht werden und sich als Ausreißer ergeben, aber er schwor, dass er alle Überlebenden hängen würde. Es war Jedidiah Green, der älteste der farbigen Soldados, der gesprochen hatte und der sich den Maroons anschließen wollte. Jedes Gesicht wandte sich von Jedidiah zurück zu Jean, als er vor dem Capitan stand. Jean blickte zu Gabe, dann zu Ezra, und erhielt von keinem der beiden Männer eine Antwort. Er blickte den Kapitän an, dem plötzlich seine Angeberei vergangen war, als ihm klar wurde, was ihm bevorstand. Mit weit aufgerissenen Augen atmete er tief durch, Angst zeigte sich auf seinem Gesicht, als er Jean sagen hörte: "Aus seinem eigenen Mund!" Der Capitan blickte Jean an: "Sie haben keine Autorität!"

"Das ist meine Autorität", sagte Jean und streckte die Arme aus, als er sich seinem Volk zuwandte.

GABE WANDTE sich ab und ging auf sein Lager zu. Mit seinem Gewehr in der Hand trat er zwischen die Bäume und folgte einem düsteren Wild Pfad höher zum Abhang, wo sie ihr Lager aufgeschlagen hatten. Er setzte sich hin, stocherte mit einem

Stock in den Kohlen und ließ den Stock mit einigen anderen auf die beginnende Flamme fallen. Er schob die Kaffeekanne näher heran und ruhte mit den Ellbogen auf den Knien, während er auf die kleinen Flammen starrte, die an den frischen Zweigen leckten. Sein Geist war leer, und er genoss die Stille. Er wollte weder denken noch fühlen. Er war müde, müde vom Kämpfen, müde vom Ärger, müde vom Konflikt. Er schüttelte langsam den Kopf und hielt ihn in den Händen, die Augen geschlossen und saß still da.

Seine Träumerei wurde unterbrochen, als er das Rasseln der Kaffeekanne hörte. Das Gebräu blubberte und die Kanne fing an auf dem Stein zu tanzen. Er hob den Kopf und wollte gerade nach der Kanne greifen, als er Ezra gegenüber am Feuer sah. Er saß an einen Felsbrocken gelehnt und sah ihn an. Gabe griff nach einer Tasse, goss sie voll, bot sie Ezra an, der sie gerne entgegennahm, und goss eine weitere Tasse für sich selbst ein. Die Freunde saßen schweigend, bis eine Wiesenlerche ihren trillernden Ruf ertönen ließ und beide Männer aufblickten, um den leuchtend gelb-braunen Vogel auf einem Ast hoch über ihren Köpfen sitzen zu sehen. Er rief nach seiner Gefährtin, die in der Nähe landete und den Kopf hob, um einem weiteren Ruf zu lauschen.

Beide Männer kicherten, aber eine Stimme hinter ihnen sprach: "Deshalb nennen sie mich Gelber Vogel." Sie hatte den zweiten und perfekt nachgeahmten Ruf erklingen lassen. Beide Vögel blickten auf die drei am Feuer und flogen hintereinander davon.

"Möchten Sie, dass ich Ihnen ein Essen koche?" fragte Gelber Vogel. Ezra blickte zu Gabe, und beide Männer grinsten, als Ezra antwortete: "Ein gutes Essen lehne ich nie ab!"

Zu ihnen gesellte sich Biberfrau, die einen großen Beutel Timpsila Kuchen mitbrachte und Gelber Vogel bei der Zubereitung der Mahlzeit half. Während die Frauen arbeiteten, reinigten Gabe und Ezra ihre Waffen, jeder seinen eigenen

Gedanken nachhängend , bis Gabe sagte: "Ich habe sechs von ihnen laufen lassen."

Ezra schaute auf: "Du hast was?"

"Ich habe sechs von ihnen laufen lassen. Vier von ihnen waren vor dem Kampf geflohen und auf dem Weg aus diesem Landstrich, hielten aber in ihrem Lager an, wahrscheinlich für Vorräte, und zwei waren beim Capitan. Ich sagte ihnen, sie sollten verschwinden und nie mehr zurückkommen, und das taten sie auch."

Ezra sah ihn an, dann zurück zu seinem Gewehr, das auf seinem Schoß lag, und sagte dann: "Die fünf, die ich ins Lager brachte, wollten alle den Maroons beitreten, also wurden sie probeweise aufgenommen, eine Art Bewährung.

"Glaubst du, sie werden sich bewähren?"

"Wahrscheinlich." Sie haben keine andere Wahl. Wenn sie zurückgehen würden, würde man sie vielleicht als Deserteure behandeln, wenn sich herumspricht, dass sie nicht kämpfen, aber ich denke, sie werden es schaffen. Sie haben genauso viel zu verlieren wie der Rest von ihnen." Sie wurden durch einen Zuruf von Biberfrau unterbrochen, dass das Essen fertig sei, und sie wandten ihre Aufmerksamkeit eifrig etwas Lohnenderem zu.

29

ABREISE

"Ich weiß, du denkst, dass meine Zeit an der Universität fruchtlos war, aber ich habe viele Studien über diejenigen durchgeführt, die sich vor uns in die westliche Wildnis gewagt haben", sagte Gabe mit Blick auf Ezra. Die Männer ritten westsüdwestlich auf derselben Route, die sie vor ihrer Begegnung mit den Kundschaftern der Soldados eingeschlagen hatten. Es war ein wunderschöner Tag, keine Wolke am Himmel und der gewölbte blaue Baldachin so strahlend, dass es fast in den Augen schmerzte. Ein Rotschwanzbussard kreiste über ihnen und warnte mit seinem Kreischen die Eindringlinge in seinem Jagdgebiet. Ein Fuchs hörte auf, nach Feldmäusen zu graben, um den Passanten über die Schulter zu schauen, und Zikaden klapperten im spärlichen Gras.

"Es hat viele Expeditionen in dieses Land gegeben, die mehr als zweihundert Jahre zurückreichen. Hernando De Soto deckte den Südosten ab und kam nie so weit in den Norden, aber Coronado kam aus dem Südwesten und erforschte einen Großteil dieses Gebietes. Pedro de Villasur kam zwar in diese Richtung, aber er kam aus der Gegend von Santa Fe und war hinter französischen Trappern her, und das war erst vor fünfundsiebzig Jahren. Er Die meisten seiner Männer wurden dabei getötet. Und der hohe Norden wurde von den Trappern der Hudsons Bay Company und der Northwest Company abgedeckt. Dann gibt es diejenigen von der Missouri Company denen wir begegnet sind, und die auf dem Missouri unterwegs waren. Aber wir wollen nicht dorthin gehen, wo die anderen gewesen sind", er hielt inne, und Ezra fragte: "Wollen wir nicht?"

"Nein, natürlich nicht. Wir wollen erforschen, wo andere es nicht getan haben! Ist es nicht das, worüber wir immer gesprochen haben?"

"Ja, ich schätze schon. Aber nach allem, was du gesagt hast, gibt es einen solchen Ort noch?" fragte Ezra.

"Da wollen wir hin. Wir werden nördlich davon sein, wo all diese spanischen Entdecker waren, und südlich davon, wo die Unternehmen im Nordwesten und in der Hudsons Bay gewesen sind. Wir könnten auf einige unabhängige Trapper oder so treffen, und natürlich wird es viele Indianer geben, aber das Land müssen wir erforschen. Meinst du nicht auch?", fragte Gabe.

"Nun, wie du gesagt hast, darüber haben wir gesprochen, seit wir jung waren. Also, auf unsere Träume!" Er hob seine Feldflasche mit Wasser in die Luft, als ob er in den feinsten Restaurants anstoßen würde, und forderte Gabe auf, es ihm gleich zu tun, und die beiden grinsenden Freunde stießen auf ihre gemeinsame Zukunft an.

Sie überquerten den Niobrara, so wie er war, jetzt mehr ein Bach als ein Fluss mit flachem Wasser von vielleicht fünfzehn Fuß Breite. Die leuchtenden Farben der untergehenden Sonne schickten Lanzen aus Gold und Orange über den westlichen Himmel, während die hohen Präriegräser sich von einem weiteren angenehmen Tag in der Prärie verabschiedeten. Der sich dahinschlängelnde Bach bot ein breites Bett aus hohem Gras, das von den Pappeln und Erlen des Baches begrenzt wurde, ideal als Lagerplatz für die beiden Männer. Sie waren nach der langen Reise des Tages müde geworden und sehnten sich nach ein wenig Ruhe.

Als Ebenholz seinen Kopf hob, um das niedrige Ufer zu erklimmen, wurde er von zwei jungen Böcken erschreckt, die von den Weiden huschten. Gabe holte sofort sein Gewehr aus der Scheide, zielte und schoss, brachte den größeren der Beiden zu Fall und sah zu, wie der andere Bock in die weite Ebene des hohen Grases sprang.

"Guter Schuss", bemerkte Ezra, als er sein Reittier aus dem Wasser steigen ließ. Er stieg neben Gabe ab, nahm die Zügel von Ebenholz in die Hand und sagte: "Ich kümmere mich um die Pferde, du schleppst das frische Fleisch hierher, und dann genießen wir ein paar saftige Steaks zum Abendessen!"

Sie hängten den Kadaver den dicken Ast einer Pappel, und Gabe häutete ihn, während Ezra bereits das Rückenfilet herausgeschnitten hatte. Nun hingen Scheiben nach Belieben geschnitten an Weideruten über den Flammen. Er hatte eine Portion Maismehlteig für Johnny Kuchen zubereitet und etwas Timpsila in den Kohlen gebacken. Gabe sprach, während er arbeitete: "Ich denke, von hier aus können wir weiter nach Westen gehen. Nach dem, was Estavanico sagte, sollten wir dem Nord Platte durch das Land der Cheyenne und Arapaho folgen."

"Ist einer der Stämme freundlich?", fragte Ezra, während er die brutzelnden Steaks kontrollierte.

"Biberfrau sagte, beide seien launisch. Je nachdem, was für ein Jahr sie haben, wird sich zeigen, ob sie freundlich sind oder nicht. Sie sagte, ein gutes Jagdjahr macht sie gesprächs- und handelsbereit.

"Ich würde auf beide Stämme am liebsten verzichten. Wir hatten mehr als genug Anteil daran, neue Einheimische kennenzulernen. Und es war nicht alles immer gut!"

"Da bin ich deiner Meinung. Selbst die Maroons waren

nicht gerade freundlich", bemerkte Gabe. Er hatte das Tier
gehäutet und das Fell lag ihm zu Füßen. Er schnitt das Fleisch
vom Knochen und stapelte es auf dem Fell. "Nachdem wir uns
ein wenig ausgeruht haben, sollten wir vielleicht wieder nachts
weiterreiten, zumindest bis wir das Indianerland verlassen
haben.

Ezra kicherte: "Ich bin für Reisen im Mondschein, aber wie
kommst du darauf, dass wir jemals aus dem indianischen
Gebiet herauskommen werden?"

"Nun, zumindest dort, wo es nicht so viele von ihnen gibt
oder wo sie freundlich sind. Ich vermute, das ganze Land hat
irgendeine Art von Eingeborenen."

"Bist du jetzt fertig mit dem Fleisch? Das Essen ist fertig!"

GABE SCHLIEF IMMER WIEDER EIN, fiel aber nie in einen tiefen
Schlaf. Er starrte zu den Sternen und dachte über ihre Zukunft
nach und darüber, was sie zu finden hofften. Es ging nie
darum, ein Vermögen zu finden oder den Verlauf ihres Lebens
zu ändern, sondern darum, ein neues Land zu sehen, ein
Leben zu erleben, das anders war als das der meisten, die ihre
Zeit damit verbrachten, das zu verfolgen, was einige in den
Augen ihrer Zeitgenossen bereits den amerikanischen Traum
oder Erfolg nannten. Aber Gabe und Ezra hatten sich nie um
die Zustimmung oder Akzeptanz der Menschen um sie herum
gekümmert. Sie hatten sich immer darauf konzentriert, das zu
tun, was ihnen Spaß machte, und ihre eigenen einzigartigen
Träume zu verfolgen, mehr zu erforschen und zu erleben, als
ihre Freunde und Familie für möglich gehalten hätten.

Seit Gabe Christus als seinen Erlöser vertraute, wie Ezra es
ihn gelehrt hatte, waren seine Gedanken ganz anders. Er hatte
sich seitdem mehr um andere gekümmert, nicht so sehr
darum, was sie von ihm dachten, sondern mehr um die Bedürfnisse und das Wohlergehen der anderen als um sich selbst. Seit

sie Philadelphia verlassen hatten, hatte es so viele Gelegenheiten gegeben, bei denen sie in eine missliche Lage geraten waren, die es ihnen ermöglicht hatte, genau das zu tun, nämlich anderen zu helfen. Dabei hatte es keine Rolle gespielt, ob es sich um `Transplantate` aus Frankreich handelte, wie jene auf dem Fluss, oder um Bauern, die auf einer Handelsreise nach Neu Orleans unterwegs waren, oder um einen der vielen Eingeborenenstämme. Sie waren eine Hilfe für die Osage, die Otoe, die Omaha und die Maroons gewesen. Aber es war nie einseitig gewesen, sie hatten immer gelernt und ebenfalls von den Freundschaften profitiert. Und er betrachtete diese Freundschaften als eine Belohnung von unschätzbarem Wert.

Er sah den Mond an, vermutete, dass es etwa Mitternacht war, und rollte sich aus seinen Decken. Er stocherte in den Kohlen, fügte ein paar Zweige hinzu und schob die Kaffeekanne näher an die kleinen Flammen. Er ging zu den Pferden und begann, Ebenholz zu satteln, und der große Schwarze beugte seinen Hals um, um einen freundlichen Blick auf seinen Freund zu werfen. Der Hengst war genauso erstrebt wie Gabe, wieder los zu reiten. Er war ein reisendes Pferd und liebte es, unterwegs zu sein.

Ezra rührte sich, setzte sich auf und streckte sich, schaute zum Mond und dann zu Gabe: "Das war eine kurze Nacht!" Er kroch aus seinen Decken und schloss sich Gabe bei den Pferden an, sattelte seinen Wallach und begann dann, die Packpferde zu beladen. Sie brauchten ein paar Minuten, um ihren Kaffee herunterzustürzen, warfen den Bodensatz ins Gebüsch und packten die Kanne ein. Gabe schwang sich in den Sattel und Ezra folgte schnell. Gabe rief ihm über die Schulter zu: "Bei diesem Vollmond verpassen wir nichts."

"Außer Schlaf!", murmelte Ezra, kauerte im Sattel und ließ sich vom rollenden Gang des braunen Wallachs trösten.

IM OSTEN ZEICHNETEN sich die niedrigen Hügel gegen das blasse Gold des frühen Morgens ab. Es war das Ende ihrer zweiten nächtlichen Reise, und sie kamen an das Ufer eines kleinen Baches, der sich auf seinem Weg nach Süden schlängelte. "Ich denke, wir werden dem Bach hier bis zum Nord Platte Fluss folgen. Es sollte nicht allzu weit sein", erklärte Gabe und drehte den großen Schwarzen an die Seite des Baches. Und er hatte Recht. Die Sonne war gerade dabei, ihre Goldstreifen über die sanften Hügel zu schicken, als der Bach eine Kurve in einem rechten Winkel nahm und sich in den viel größeren Nord Platte River ergoss.

Jenseits der Baumgrenze wand sich der große Fluss um eine breite Sandbank, die ein kleines Becken mit Wasser an der Vorderseite der Strömung beherbergte. Das Wasser im Nord Platte war nicht wirklich klar, aber der Schlick hatte sich in dem Becken abgesetzt, und das dadurch klare Wasser war einladend. Gabe blickte zu Ezra: "Ich glaube, es ist an der Zeit, dass wir ein Bad nehmen. Ich komme an einen Punkt, an dem ich mich selbst kaum noch riechen kann, und es ist lange her, dass ich dich riechen konnte, wenn der Wind aus deiner Richtung kommt!"

Ezra gab vor schockiert zu sein, hob den Arm, als wolle er an seiner Achselhöhle schnüffeln, machte ein Gesicht und sagte: "Ich habe dich überholt!"

Gabe sprang auf den Boden, löste die Bänder an seiner Hose und griff nach den Schnürbändern an seinem Lederhemd. Er schlüpfte aus seinen Mokassins, während er sich immer noch mit den Lederschnüren seiner Hose abmühte und hüpfte auf einem Fuß in Richtung Wasser. Die Pferde, die daran gewöhnt waren, am Boden angebunden zu werden, sahen den ungewöhnlichen Possen ihrer Reiter mit Interesse zu, aber sie blieben, wo sie waren, und jedes Pferd senkte schließlich seinen Kopf für ein Maul voll grünem Gras. Das Wasser plätscherte, als Gabe Ezra knapp auf dem Weg zu dem

Becken schlug, aber Ezra hatte in den Satteltaschen nach einem Stück Laugenseife gegraben und folgte seinem Freund schnell in den kühlen Teich. Sie lachten, planschten, schäumten und schrubbten ein paar jener Klamotten, die nicht aus Hirschleder waren, und amüsierten sich. Dann blickte Gabe sich plötzlich um, und schaute wieder zu Ezra und sagte: "Hast du das gehört?"

"Was gehört?"

"Klang wie ein Gewehrschuss. Da drüben", er nickte mit dem Kopf zum anderen Ufer des Flusses.

Beide Männer lauschten und kletterten langsam aus dem Becken. Sie hatten einen ungewöhnlichen Fehler gemacht. Ihre Waffen, mit Ausnahme der Wechsellaufpistolen und dem Tomahawk, welche sie an ihren Gürteln trugen, befanden sich an ihren Sätteln. Sie hüpften barfuß näher an die ange-pflockten Pferde heran, packten rasch das zweite Paar trockene Hirschledersets aus ihren Packtaschen aus und zogen sich schnell an. Dabei behielten sie immer das andere Flussufer im Auge, in der Erwartung, dass eine Kriegerschar Indianer rüber stürmen würde. Aber alles blieb still, und die Frösche am Flussufer krächzten, und ein Eichhörnchen beschimpfte sie aus den Pappeln. Beide Männer entspannten sich, als sie die Ausrüstung von ihren Pferden zogen und begannen, ihr Lager vorzubereiten. Aber da das Geräusch der Gewehrfeuer so nah gewesen war, versprach es nichteine Zeit der Ruhe und Stille zu werden.

30

SCHULBILDUNG

"Haloo das Lager!" kam ein Ruf, der sowohl Gabe als auch Ezra überraschte. Sie hatten nichts gehört und waren damit beschäftigt, Trockengestelle zu bauen, um das restliche Fleisch des von Gabe erlegten Hirsches zu räuchern, und jemanden auf Englisch rufen zu hören, war eine noch größere Überraschung. Gabe stand auf und schaute über den Fluss, um einen Mann zu sehen, der auf einem Pferd saß und ihr Lager betrachtete.

"Kommen Sie her, wenn Sie freundlich gesinnt sind", erklärte Gabe und sprach leise zu Ezra: "Ich glaube nicht, dass er dich gesehen hat, also geh zurück in die Bäume, bis wir uns seiner sicher sind. Sieht aus, als wäre er ein Fallensteller." Ezra schnappte sich sein Gewehr, versteckte sich zuerst in der Hocke hinter ein paar Büschen und ging dann zu den Bäumen.

Der Mann trieb sein Reittier dort ins Wasser, wo die Wellen kiesigen Untergrund signalisierten. Das Pferd hatte wenig Schwierigkeiten mit dem Wasser, das nur knapp über seine Knie kam, und hielt in der Mitte des Flusses an, um lange zu trinken. Sein Reiter trieb ihn weiter, und sie kletterten auf die Sandbank und kamen auf die grasbewachsene Lichtung. Er schaute zu Gabe: "Bonjour! Ich bin Francois LaRamee. Ich freue mich, ein freundliches Gesicht zu sehen. Darf ich absteigen?"

Gabe winkte ihn vom Pferd und sagte: "Ich bin Gabe Stone. Und es ist eine Überraschung, Sie hier mitten im Nirgendwo zu sehen. Setzen Sie sich, wir haben Kaffee, wenn Sie möchten."

"Oui, oui. Es ist lange her, dass ich einen Kaffee getrunken habe!", sprach er mit starkem französischen Akzent, war aber dennoch gut zu verstehen. "Sie können Ihrem Freund sagen, dass ich harmlos bin, und er kann jetzt rauskommen!", grinste der Mann. Er hatte ein volles Gesicht mit Schnurrbart und lange Haare, die über seinen Kragen hingen, aber unter dicken Augenbrauen strahlende Augen und ein Lächeln, das selbst durch die Masse der kreuz und quer wachsenden Schnurrbart-haare hindurch zu sehen war. Er war von schlanker Statur, in abgenutzte Wildlederkleidung gehüllt, die an den Beinen und dem Vorderteil viele Streifen vom Abwischen fettiger Hände zeigten. Die ausgefransten Leggings hingen über seinen perlenbesetzten Mokassins, und sein roter Gürtel hielt sowohl einen Tomahawk als auch ein Messer in einer perlenbesetzten Scheide. Auch sein Jagdbeutel war mit Perlen und Federkielen verziert, und das Pulverhorn zeigte komplizierte Schnitzereien. Seine Pelzmütze war keck zur Seite geschoben, und über der Falte war eine abgebrochene Feder befestigt. Er hatte sein Steinschlossgewehr neben sich hingelegt, den Kolben neben dem Fuß auf den Boden , als er sich nach der Kaffeekanne streckte. Er hatte seine eigene emaillierte Tasse und goss sie voll, dann hob er die aromatische Leckerei an seine Nase, um sie zu genießen.

Er lächelte Gabe an und sah Ezra aus den Bäumen kommen: "Und was ist es, dass euch junge Männer in die uner-forschte Wildnis führt? Ich sehe keine Fallen, also seid ihr nicht hinter dem Biber her, also . . . ?" ließ er die Frage unbeant-

wortet stehen, während er am Kaffee nippte. Er sah die beiden
Männer an, lächelte und sagte: "Merci! Das ist ein ganz uner-
wartetes Vergnügen. Merci!"

Gabe entspannte sich ein wenig, setzte sich auf den Stamm
gegenüber den Kohlen des Feuers und sprach: "Sie haben
gefragt, was uns hierhergebracht hat? Wie Sie sagten, es ist eine
unerforschte Wildnis, und wir wollten sie sehen, bevor alle
hierherkommen und versuchen, sie zu zivilisieren! Was ist mit
Ihnen? Sind Sie schon lange hier?"

"Oui, dass hier", mit dem freien Arm weit ausholend, "ist
mein Zuhause. Ich war die meiste Zeit meines Lebens in der
einen oder anderen Wildnis. Ich bin ein *coureur des bois*, ich
komme aus dem Quellgebiet des Missouri River und den
Rocky Mountains. Ich bin auf dem Weg zurück in meine
Heimat in Kanada. Ich bin *Metis.* "

"Für eine *Metis* sind Sie ein bisschen zu weit im Süden,
nicht wahr?", fragte Ezra.

"Peut-être, aber ich habe Neuland erkundet. Die Hudsons
Bay und die North West Company verdrängen die unabhän-
gigen Trapper. Ich wurde von Simon McTavish von der North
West Company angesprochen, um neue Gebiete auszukundschaften. Ich sagte ihm, dass ich darüber nachdenken würde,
beschloss aber, die Reise für meine eigenen Zwecke zu unternehmen. Es ist ein wunderbares Land, dieses Land!" Er nahm
noch einen Schluck von dem Kaffee und genoss ihn offensichtlich sehr.

"Aber Sie haben anscheinend keine Fallen gestellt, ich sehe
keine Pelze", bemerkte Gabe.

Francois kicherte, schaute in seine Kaffeetasse und hob
den Blick zu den Männern, die er für Grünschnäbel hielt:
"Aber ich hatte! Ich hatte drei Packpferde, voll beladen, bis
heute Morgen!" Er klopfte mit der Faust gegen sein Bein und
blickte finster drein. "Die verdammten Arapaho! Ich bin
durch das Land der Schwarzfüße, Gros Ventre, Schoschonen,

Crows und noch mehr gereist! Ich bin immer durchgekommen, aber diese Arapaho!" Er spuckte den Ausdruck aus und schüttelte den Kopf: "Ein Haufen junger Wilder, die sich beweisen wollten. Sie erwischten mich vor Sonnenaufgang und kamen wie eine Herde stampfender Büffel auf mich zu! Noch schlimmer! Sie schrien und schossen auf alles! Einer erwischte mich an meinem Bein", er deutete auf einen dunklen Fleck von der Größe seiner Hand, der ein Loch in seiner Hose umgab. „Da waren mehr als ein Dutzend von ihnen, aber ich habe einen erwischt, vielleicht noch einen anderen, bevor sie mit meinen Packpferden davonrannten. Ich habe sie nicht getötet, nur Blut vergossen. Ich hatte gerade die Felle aufgeladen und weg waren sie! Mein Reitpferd haben sie auch mitgenommen. Der einzige Grund, warum ich dieses Pferd noch habe ist, weil es ein X-beiniges Ross mit zu kurzem Hals ist, , dass alles und jeden beißt, der sich ihm nähert. Das Pferd ist hässlicher und gemeiner als Ihre schlimmste Albtraum-Schwiegermutter, und niemand außer mir kann ihn ertragen, aber wir sind die besten Freunde. Er ist ein in den Bergen gezüchteter Mustang, und Sie werden kein besseres Pferd als ihn finden. Er kam trottend ins Lager zurück, Blut um sein Maul, also weiß ich, dass er einen von ihnen wissen ließ, was er davon hielt, dass sie meine Felle mitgenommen haben."

Gabe warf einen Blick auf das Pferd, das direkt hinter dem Baumstamm, auf dem sein Besitzer saß, am Boden angebunden stand, und er war fast sicher, dass das Tier seinen Freund anlächelte. Er wippte mit dem Kopf, als würde er zustimmen, und ließ ein kleines Wiehern aus Wertschätzung oder Langeweile erklingen, um alle wissen zu lassen, dass er anwesend war.

"Siehe da! Er weiß, dass ich von ihm spreche", erklärte Francois, nickte und grinste seinen langjährigen Weggefährten an.

"Wir hörten heute früh einen Schuss, waren Sie das?", fragte Ezra.

"Wahrscheinlich." Diese jungen Kerle hatten keinerlei Schusswaffen, aber sie brauchten sie auch nicht. Sie schossen so schnell ihre Pfeile ab, dass ich dachte, es würde regnen!"

"Also, wie sind Sie entkommen?", fragte Gabe und lehnte sich dabei in seinem Interesse an der Geschichte des Mannes nach vorne.

"Ah, sie waren nicht an Skalpen interessiert, sie wollten die Felle und Pferde. Ein paar von ihnen zielten auf mich, aber ich wollte sie nicht töten. Wenn Sie das tun, haben Sie sich einen Feind gemacht! Diese Jungs werden mit einer Menge zu prahlen haben und ihre Leute werden so tun, als hätten sie etwas Besonderes vollbracht. Diejenigen, die angeschossen wurden, werden Geschichten erzählen, die mit jeder Erzählung wachsen werden." Er grinste, als er darüber nachdachte. Er war in vielen Dörfern gewesen und hatte unter verschiedenen Stämmen gelebt, aber die jungen Krieger waren alle gleich, egal, um welchen Stamm es sich handelte.

"Glauben Sie, dass sie sehr weit weggeritten sind?", fragte Gabe mit einem Blick auf Ezra. Sein Freund wusste genau, was er dachte, und ließ den Kopf hängen, schüttelte ihn langsam von einer Seite zur anderen und wusste, dass Gabe sie wieder in Schwierigkeiten bringen würde.

"Nein. Sie werden sich nur eine kurze Distanz entfernen, anhalten und durch die Bündel gehen, um die Dinge aufzuteilen. Wenn sie die Handelsgüter sehen, werden sie sich eine Weile darüber zanken und balgen, um zu entscheiden, wer was bekommt. Sie werden eine Weile dafür brauchen." Er runzelte die Stirn, sah Gabe an und fragte: "Warum? An was denken sie?"

"Wie wäre es, wenn wir mit Ihnen gingen, um Ihre Felle zurückzuholen?", fragte Gabe grinsend.

"Das würden Sie tun?", antwortete Francois überrascht.

"Wenn Sie wollen. Ich möchte nicht, dass Sie eine ganze Saison Pelze verlieren, nur weil einige junge Böcke versuchen, sich zu beweisen." Er dachte einen Moment nach und fragte dann: "Haben Sie eine Familie?"

"Ich habe eine Frau, die auf mich wartet. Sie ist Algonquin."

Gabe nickte, schaute Ezra an und sagte: "Was sagst du dazu?"

"Würde es einen Unterschied machen? Du fühlst dich immer verpflichtet und bist erpicht darauf uns in Schwierigkeiten zu bringen. Ich möchte mal eine Woche, vielleicht auch zwei rumbringen, ohne dass du uns in etwas hineinziehst", erklärte Ezra, der aufstand, um die Pferde bereit zu machen. Dabei schimpfte er den ganzen Weg vor sich hin.

"Ich HATTE mein Lager in diesem Gebiet dort drüben, und sie zogen nach Südwesten in Richtung jener Hügel", deutete Francois auf eine Reihe von sanften Kuppen, Bergrücken und knorrigen Hügeln, die sich aus dem Grasland erhoben. "Ich glaube, sie sind auf der anderen Seite dieses großen Hügels." Er deutete auf die Spuren, denen sie folgten: "Die Abdrücke führen direkt dorthin." Er sah sich um und winkte ihnen, damit sie ihm folgten, während er sein Reittier zum Trab antrieb und den Mustang mit dem kurzen Nacken zur Böschung des größten Hügels lenkte.

Er verlangsamte das Pferd dann zum Schritt und suchte sich seinen Weg sorgfältig zwischen den Wacholderbäumen und Zedern. Er hob seine Hand, um sie anzuhalten, stieg ab und ging an Gabes Seite und schaute zu dem noch im Sattel sitzenden Mann auf. Er deutete auf die weite Neigung der Böschung: "Ich bin sicher, sie sind gleich hinter dieser Stelle. Ich werde hinaufgehen und nachsehen. Wenn ich Ihnen von dort aus ein Signal gebe, gehen Sie und Ezra dort hinüber. Lassen Sie Ihre Pferde zurück und arbeiten Sie sich hinter dem

Kamm vor." Gabe nickte und beobachtete den mageren Franzosen, wie er die Anhöhe erklomm.

Sie hatten ihre Strategie bereits besprochen, und sowohl Ezra als auch Gabe grinsten über den geplanten Angriff. Sie würden ihr Bestes tun, um niemanden zu töten, was eine Abwechslung und auch eine Herausforderung wäre, aber sie wollten die Pelze von Francois zurückholen. Er drehte sich um und gab den beiden ein Zeichen. Gabe sah Ezra an: "In Ordnung, gehen wir!"

Sie banden ihre Pferde an einen Wacholder und begannen den Hang hinauf zu laufen . Sie rückten auseinander, bereit, den Plan in die Tat umzusetzen. Als sie über die Kante schauten, sahen sie, dass Francois Recht hatte. Das Dutzend junger Männer tanzte mit buntem Tuch herum, einige kämpften um einen Beutel mit Messing- und Nickelknöpfen, ein anderer lag ausgestreckt auf dem Boden und tauchte seine Finger in einen kleinen Beutel mit Zucker und leckte das süße Zeug ab. Plötzlich kam Francois auf seinem Hammerkopfpferd vom Hügel herunter, schrie und feuerte seine Pistole in die Luft.

Die Arapaho sprangen gleichzeitig auf, einige rannten zu ihren Pferden, andere schrien sie an und griffen nach ihren Waffen. Gabe und Ezra standen auf und feuerten ihre Pistolen in die Luft, schrien und brüllten. Gabe schnappte sich sein Ferguson Gewehr und schoss in die Mitte der Reiter, traf den Beutel mit den Knöpfen und verstreute sie weit und breit. Die jungen Männer wurden von den zusätzlichen Schützen aufgeschreckt, und als Gabe und Ezra immer wieder schossen, waren sie sich sicher, dass viele gegen sie vorrückten. Diejenigen, die kampfbereit gewesen waren, rannten zu ihren Pferden und schwangen sich auf deren Rücken, um zu flüchten. Gabe schickte ihnen einen weiteren Schuss auf den Fersen hinterher, der sie auf ihrem Weg zusätzlich anspornte.

Sowohl Gabe als auch Ezra setzten sich lachend auf die Fersen und zeigten auf die fliehenden Arapaho. Francois saß im Sattel seines hässlichen Rotschimmels, schüttelte seine Faust den fliehenden Kriegern hinterher und blickte dann zu Gabe und Ezra hoch und forderte sie auf, vom Hügel herunterzukommen und sich ihm anzuschließen. Sie halfen ihm, seine Felle und Handelswaren einzusammeln, luden sie auf die drei Packpferde, die dort stehen geblieben waren, wo die Arapaho sie angebunden hatten, und machten sich auf den Rückweg zu ihrem Lager.

31

BERGE

Der Rest des Tages wurde damit verbracht, von Francois zu lernen. Seine Erfahrungen in der Wildnis und in den Bergen waren für die beiden Freunde eine Goldgrube, um Wissen zu erlangen. Er half ihnen mit den Trocknungsgestellen, zeigte ihnen, wie man das Fleisch schneiden kann, um bessere Streifen für Pemmican herzustellen. Er teilte Rezepte für Pemmican und erzählte von vielen Pflanzen und Kräutern, die wild wuchsen und für alles von Lebensmitteln bis hin zur Medizin verwendet werden konnten. Er zeichnete Karten in den Dreck und befragte sie anschließend nach Orientierungspunkten und Gelände.

Wäre Francois dazu bereit gewesen, hätten die Männer eine Woche und mehr mit ihm verbracht, um so viel Wissen über die Wildnis zu sammeln, was sie konnten, aber er war auf dem Weg nach Hause zu seiner Lebensweise als *coureur des bois*. Er war ein *Metis* und sie waren als große Büffeljäger und Hersteller von Pemmican und mehr für die vielen Trapper und Händler der Hudsons Bay Company bekannt geworden. Am späten Nachmittag des zweiten Tages, als sie gerade dabei waren, das geräucherte Fleisch wegzupacken, wandte er sich an sie: "Es ist klug, nachts zu reiten, wann immer es möglich ist. Viele der Stämme verlassen ihre Dörfer nachts nicht, sie sehen keinen Sinn darin. Sie können nicht in der Dunkelheit jagen, und nachts zu kämpfen ist unnötig und tödlich. Aber sie werden sich jederzeit verteidigen und ihre Feinde verfolgen. Unterschätzen Sie sie nicht, sie sind große Krieger!"

"Sie verlassen uns also?", fragte Gabe und beobachtete, wie der Mann die Felle auf den Pferden sicherte.

"Oui, meine Frau vermisst mich, und ich muss meine Felle nach St. Louis bringen. Ich werde sie verkaufen und zu meiner Familie zurückkehren. Ich habe zwei heranwachsende Söhne, Jacques und Joseph, die viel brauchen."

Gabe trat näher: "Francois, wir sind dankbar für ihre Weisheit und dafür, dass Sie diese mit uns geteilt haben. Sie waren ein Geschenk des Himmels."

"Ahh, mein Freund, Sie und Ezra sind es, die mir zum Segen geworden sind. Ohne Sie beide würde ich mit leeren Händen zu meiner Familie zurückkehren, und meiner Frau würde das nicht gefallen", kicherte er, als er an seine Familie dachte. Es war fast zwei Jahre her, dass er zu Hause gewesen war, und er freute sich darauf, sie zu sehen.

"Und wir sind dankbar für Ihre Wegbeschreibung zu den Bergen. Umso gespannter sind wir darauf, die Rocky Mountains zu sehen, und mit Ihrer Wegbeschreibung werden wir sie sicher erreichen", fügte Ezra hinzu. Die Männer schüttelten sich die Hände, umarmten sich dann, klopften sich gegenseitig auf den Rücken und traten zurück. Francois schwang sich in den Sattel, nickte seinen neuen Freunden zu und ritt mit seinem Pferd durch die Bäume davon.

Gabe und Ezra blickten einander an und drehten sich um, um ihre Pferde aufzusatteln. Die Dämmerung ließ den Vorhang fallen, als sie den Fluss überquerten und das Westufer hinaufkletterten, um über das Flachland zu ziehen. Die Zikaden stimmten sich ein, und ein einsamer Kojote heulte

sich die Kehle frei, und die Geräusche der Prärie begleiteten
die beiden Männer, als sie nach Nordwesten aufbrachen, den
Nord Platte Fluss und den Nordstern hoch über ihnen an ihrer
rechten Seite.

Der große Mond schob sich über den Sternenhimmel,
watete durch die Milchstraße und hing faul über ihnen, wann
immer sie für eine Verschnaufpause für die Pferde anhielten.
Sie lösten die Sattelgurte, führten die Pferde an einem glucksenden Bach zum Wasser und lehnten sich zurück, um sie von
dem Grammagras mit seinen blauen Stängeln grasen zu lassen.
Die Männer saßen auf einem flachen Felsblock unter einem
Felsüberhang, der von Tafelbergen gesäumt war, und lauschten
den nächtlichen Geräuschen. Das „Huhu Huhu", das in einem
Ächzen endete, kam vom Kaninchenkauz, und der hohe lang-
gezogene Schrei war der Ruf des Nachtfalken. In der Ferne
erhob ein Kojote sein Heulen in die Leere, bellte am Ende eine
Einladung und wartete ein paar Augenblicke und schwieg
wieder.

Sie zogen weiter, in der Hoffnung, den von Francois
beschriebenen Punkt zu erreichen, an dem ein Tafelberg den
Fluss überblicken, und er die von ihm beschriebene Aussicht
als unendlich weit bezeichnet hatte. Er hatte ihnen geraten, sie
sollten den kleineren Fluss nehmen, der direkt aus dem
Westen kam und auf die Nord Platte traf. Es war kurz nach
Mitternacht, als sie zum Zusammenfluss kamen und sich nach
Westen wendeten, um dem Südufer des kleineren Flusses zu
folgen. Das Gelände hatte sich verändert: Statt niedriger
Kuppen und endlosem Grasland gab es nun Hügel, Bergrücken
und Tafelberge, die mit Wacholder und Pinien übersät waren.
Salbeibüsche und Kakteen waren reichlich vorhanden, und
Büffelgras und Büschelgraskissen boten Kaninchen und Feld-
mäusen Unterschlupf. Sie überquerten eine kleinere Erhebung
und zügelten die Pferde, als die Ebenen vor ihnen mit Erdhü-
geln markiert waren, in deren Mitte Furchen zu sehen waren.

Gabe blickte zu Ezra: "Das muss das sein, was Francois ein Präriehundedorf nannte. Wir gehen am besten drum herum, er sagte, es sei ein guter Ort für ein Pferd, sich ein Bein zu brechen."

"Das würde ich nicht wollen", antwortete Ezra und zerrte am Führungsseil seines Packpferdes.

Der Mond war weit über den Zenit des Himmels gezogen, als das graue Licht des frühen Morgens die Rücken der Reiter bemalte. Gabe drehte sich um und blickte zurück, als die brillanten Rosa- und gedämpften Goldtöne den Himmel erfüllten. Er nickte, als er sich umdrehte: "Schauen hinter dich! Sag mir, dass das nicht wunderschön ist!"

"Ummhumm", antwortete Ezra. "Gott weiß, wie man den Tag beginnt, nicht wahr?"

Gabe kicherte, blickte dann nach Westen, zügelte sein Pferd und hielt inne, während er tief durchatmete. "Und schau mal da!" Er starrte in die Ferne und sah, wie die Morgensonne die Spitzen eines Trios von Bergen bemalte, einer stolzer erhöht stehend als der andere. Der Granitgipfel blühte golden auf, als das Licht langsam an seiner mit Wäldern verkleideten Front herunterglitt. Ezra hatte neben seinem Freund angehalten und starrte ebenso ungläubig wie verwundert.

"Mondschein und Berge, kann es noch besser werden?", sagte Gabe, beide Hände auf dem Knauf seines Sattels ruhend.

Ezra antwortete nicht, sondern saß in stiller Verwunderung da und genoss das Schauspiel vor sich. Er wandte sich an seinen Freund: "Sagte Francois nicht, dass dies nur eine Kostprobe dessen sei, was dahinter liegt?"

"Ummhumm! Er sagte, wenn wir diese dort vorne überqueren, dann werden wir ein paar richtige Berge sehen."

"Wenn es dir recht ist, würde ich uns lieber einen Lagerplatz suchen, etwas essen und schlafen, bevor wir genau das tun. Ich glaube nicht, dass meine Körperfunktionenviel mehr verkraften können!", schlug Ezra vor.

Gabe blickte seinen Freund an: "Ist das alles, woran du je denkst, essen und schlafen?"

"Nein, manchmal ist es schlafen und essen", kicherte Ezra und ritt mit seinem Pferd auf eine Wacholdergruppe zu, die am Ufer eines glucksenden Baches saß. Er wusste, dass er dort seinen Kopf hinlegen würde, nachdem er seinen Bauch gefüllt hatte.

ABSEITS DER SENKE, die den kleinen Bach und das Lager der beiden Freunde beherbergte, saßen eine Handvoll Arapaho-Krieger auf einem Felsplateau weniger als fünfhundert Meter entfernt und beobachteten die Besucher bei der Errichtung ihres Lagers. Der Anführer, der auch als Kriegshäuptling bekannt war, hieß Schwarzer Adler. Die Krieger blickten auf den Anführer und dieser sagte: "Lasst sie! Wir gehen auf Büffel-jagd, und unser Volk ist hungrig. Diese dort werden nicht weit kommen, und wir werden zurückkehren, wenn unsere Bäuche voll sind!"

ÜBER DEN AUTOR

B.N. Rundell wurde als jüngster von sieben Söhnen in Colorado geboren und wuchs dort in einer Familie von Ranchern und Cowboys auf. Er jonglierte zwischen Bullen reiten, Ski fahren und seiner Zeit im Gymnasium. Sein Abschluss war der Startschuss für eine Karriere als Fallschirmjäger bei der Luftwaffe.

Nach seiner Armeezeit vervollständigte er sein Studium in Springfield, Montana. Mit seiner Frau Dawn gründete er eine Familie und trat der Baptisten Kirche als Prediger bei.

B.N. und Dawn Rundell zogen vier Töchter groß. Diese sind mittlerweile alle verheiratet und haben das Ehepaar Rundell zu stolzen Großeltern gemacht.

Nach vielen erfolgreichen Jahren als Pastor und Erzieher zog er sich schließlich aus dem Kirchendienst zurück und folgte dem Beispiel seines unternehmerischen Vaters. Er gründete eine erfolgreiche Versicherungsagentur, die er mittlerweile seinem Neffen anvertraut hat.

Zusätzlich hat sich Rundell einen Namen als Sprecher mehrerer Audiobücher für ausgezeichnete, erfolgreiche Autoren gemacht. Nun endlich konnte sich B.N. Rundell seinen persönlichen Lebenstraum erfüllen und ist mittlerweile ein erfolgreicher Autor von Kinderbilderbücher, Jugendbücher, sowie Abenteuer- und historischen Westernromanen geworden.